陈巨锁 著

忽堂憶舊

陳巨鎖自署

山西出版传媒集团
三晋出版社

出版前言

春节前,陈巨锁先生将其新作《隐堂忆旧》送出版社,嘱我编辑,并命作序。

先生为我原平俊彦,晋省文化名宿,以章草独步当今国内书界,得其所书者,无不宝之。承先生不弃,我社有幸为先生出版散文集多种。先生之散文,或忆旧、或怀人、或赏佳山秀水,无不雅洁高迈,追步古贤之小品,称誉当代;而《隐堂师友百札》等函札,则在书画界产生长久影响,成为六十余年来中国书画史的鲜活见证。

今观先生《忆旧》之作,多为近年新作,大致分之,可厘为家乡及生活所忆,师友所忆,旧游所忆,并附属最新之书画题跋。其家乡所忆,最亲切不过,描写先生少小时的乡村生活,读到故乡的鸟雀声、猫狗声、虫声、钟声、铃声、松涛声,读到故乡的"草木鱼虫",领略了这些细碎的记忆,真是亲切之至。

师友所忆之作,其中有张颔先生,我颇为稔熟。在陈先生笔下,张颔先生之神情与为人,真是活灵活现,可知,陈先生对前辈怀着一片敬仰之心,存录真实,为当今艺术史,平添了一份珍贵的史料。陈先生的游记,此处选了十二篇,占了全书的绝大篇幅,其足迹所至,均有详细记录,是先生性爱山水之游的见证。印象至深者,是他在文革时与同事张瑞亭之"京津齐鲁行记"。其中所述多地的各式展览,花样翻新,足供如今博物馆展览之鉴;尤其先生登临泰山之细节,如游览泰山经石峪之经历,令人遐想。2017年,本社原大影印《泰山经石峪金刚经》,多位同事前往泰山观览石经真迹,有深切的体会。至于先生的题跋,是其近几年艺事的真实记录,已属当代艺术史事的重要组成部分,且可见出先生对书画艺术风格之追求。

陈先生从事书画艺术数十年,发萌于乡里,成长于太原,久居于忻州,播誉于九州。其艺术活动,跨越关河,名播大江南北,艺坛后人,景之仰之,尊为泰山北斗。书前有当今艺坛耆宿柯文辉先生所作长序,足可参证。2018年,陈先生已寿登八秩,位尊德劭,体健如常,著述迭出,可喜可贺。在此,藉《忆旧》新作出版之机,谨祝先生身笔双健,艺事绵长。

戊戌暮春原平张继红
谨记于太原

读陈巨锁先生作品小札（代序）

柯文辉

一

何谓幸福？

答案万千，因人与时空条件而异。

选择个人想做且能做成的事，有益升华人我精神品格，摆脱内生外来的诱惑干扰，变艰辛、误会、打击为原动力，由不自觉到全自觉，提升生命质量，享受知识，可作可述，成败两忘，难如人意，又无愧寸心的凡人最幸福。

若说治国平天下的大事，有大德大能者承包。《大学》里要求的正心、诚意、修身、齐家则必须实践，不要求成丰功伟业，名扬九州，允许亲友邻居不知道"先生何许人也"，跟大众和光同尘。达于斯境，宠辱不惊，温寒无变，悄悄养成大心胸、大定力，坚韧不拔，不计较名利的品格。灵魂的职业是"读书家"，笔者杜撰的"称号"，却是获得上述幸福的"捷径"，否则发愤"为山九仞"却"功亏一篑"。

北宋政治家范仲淹的两句名言,"先天下之忧而忧,后天下之乐而乐",地球村的每个儿女都该牢记力行。"先忧"即《国歌》揭示的居安思危,怀疑与担当;"后乐"不是拒绝快乐,无论多么富强也没有浪费一饭一粥、半丝半缕的权利。

以我国文明历史之悠久,兄弟姐妹之众多,严格修身治学的人肯定会有,但决不会过剩。

我不敢说书画家陈巨锁先生是杰出的读书家,他在这条路上求索了六十余年,为此,他才受到广大读者群的尊重与爱戴。

二

"五四"以后,中国新文学收成最丰硕的是散文。

在抗日战争前后,散文家行列中,还出现过一批风格显著,学养深厚,沟通中西,扎根泥香的文体家:鲁迅、周作人、林语堂、郁达夫、冰心、梁实秋、萧红、何其芳、李广田、傅雷、钱钟书、老舍、沈从文、曹禺、李劼人……把白话文的写作提到一个有别于古代评话、明清小品,与西方随笔面目完全不同的境地。前几年,柯灵先生、黄裳先生逝世,让读者们明显地感觉到文体家少了。近八十年来对文体家研究专著很少亮相,董桥等先生的文体处在烽火前夕,批评家比较沉默。这对文体家的呼唤,文化史经验的总结不利。笔者阅读量少,报刊上的散文几乎被广告淹没，缺乏生活实感的单调之作，很少传诵。

近一个月，一气读完巨锁先生的两册散文，娓娓清谈，读人论事，淳朴可亲。画面真挚可信，不难想象作者聚精会神，转益多师，反复推敲一段一句的勤奋，写作态度值得我们学习。

散文内容来自日常见闻，亲友交心，评议一些作品和作者，时而插进昔年和书中人共处镜头，作者谦逊热情的剪影，无心插柳，取精用宏，行云流水。

巨锁兄作为白头学子，尤其在风雪冬季，可将同题同时同事之作，加以补充延长，多多回忆某些细节，让人物在纸上更鲜活。比如在访谈录中先后出场的角色，如柯璜、王绍尊、郑诵先、姚奠中、张颔等，补上他们的照片、作品，强化史料价值。不必顾虑有人会说你借大人物来标榜什么，即现有文字中，你站的视角说话语气都是谦逊的后辈。没有高谈阔论，大众一定爱欣赏。

文体是自然形成的，设计有害无益。但在剪裁对话，叙事的疏密度的把握上，还有小部分段落有考量余地。以先生的淡泊宁静，善避喧嚣，专心致一，虽未想做文体家，朝这方向精耕细作，拿读书和行万里路互补，往年亲历诸事与此刻透视显微力增强后的蒸馏净化，读者们还有更多期待。

我从这批散文里看到了书法"雕像"的实在座底。他和生活彼此选择中越来越主动,正是:沧海横流天地改,存人本色亦英雄!

自胜者勇,耕心者无愧于他应该得到的愉悦。

非开宗立派巨匠的自知之明,跟平视世界洒脱持重是无形的翅膀。

"知己知彼,百战不殆"。孙子慧语,适于谈战争,也可以用于人际关系,选择路径。

文坛上有人倡导过大散文说。《老子》《孙子兵法》皆五千字,谁说这两大名著是小文章?

报刊上多次读到以地名为题的白话大赋、辞藻华丽,激情澎湃的背后也混入了形式大于思想,功利观念强烈的颂歌。前人未创作过这一文体,无先例可参考,可以理解。

书家展览,十家九位是行草,宏大场面和基本功欠缺孪生。千米百米长卷不知如何展示;把小画放大为丈二长巨幅,意浅笔弱。鉴赏家被千人一面的作品弄得十分疲倦。

巨锁先生有定力,他行他素,量体裁衣,躲开流俗,沉稳耕耘,风神萧散,内美昭然。

三

绘画本来就肩负着再现客体物象的沉重负担。

中国绘画以其雄辩的事实,证明了不断更新,亲近传统,就是他强有力的生命线。传统中的传统内核鼓舞来者创造一见钟情、千读不厌的杰作,实现极高明而道中庸的对立统一。

西艺东来的时光不理想,晚清民国都不具备汉唐盛世那般雄浑博大的肠胃,将外来养料吃掉消化吸收,保持发扬造境、寄意传情之长,从形似上升为不似之似,高于形似,犹如陶渊明以淡化浓,去继承三百篇、楚辞、汉魏晋诗与乐府;李白、杜甫加以光大,为无似无不似,虽未超越,终不雷同,发展唐诗。高手遇到进攻者双手抱臂往墙下一蹲,并不出击,攻者以五百斤之力打了高手一拳,高手纹丝未动,对手五百斤重拳被他加倍反弹回敬,腕臂重伤。高手哈哈一笑,为进攻者推捏治伤,设宴待客,让对手羞愧悦服。

梁楷、金冬心平生未习过素描。梁氏名作《泼墨仙人》(有人疑为日本古代无名大家仿作)《李白行吟》,金农自画肖像,其中诗性思维活跃,是中国绘画中的扛鼎神品,登峰造极。

中西合璧以准确造型,好懂,便于复制,有利宣传抗战,深受大众喜爱,但也发人沉思:三百多年来西人学中国画,精通我国古代典籍的高罗佩先生能写文言文,甚至写得出合律的七言律诗,他给自著狄仁杰系列公案小说的插图仅仅是平庸的线描,稚拙的绣像,不入名作之林;郎世宁的画不过是用国画工具画普通素描,没有生动的气韵。上世纪文化名人李叔同画的佛像略高于荷兰人高罗佩;吴作人水墨动物的灵动性未超拔于郎世宁之上,比吴氏自作油画《齐白石肖像》相去甚远。

素描在西方代表了科学的造型方法。尤其是法国启蒙运动之后,表现工业文明,对欧洲传统有所拓展,造就大师数百,在美术史上留芳千秋。

国人从明末的人物画家曾波臣开始学西画,勾出被写生人肖像眼窝周围阴影。1912年,李叔同在浙江师范、刘海粟在上海美专始教素描。1923年,刘先生向蔡元培提出,中小学美术以西画做教材,经蔡翁批准风行全国。迄今同胞习素描者以千万计,名人数百,为什么这么庞大队伍中没有出现一位诗词大家,画论家、题跋名家?

显然,当下现状由历史孕育产生,画家文化水平和传统文化的地位,传播方式,提炼精华,认识局限,都非美术教育一家可以完成。

如何把美术家造就为学者型人物,笔者无知,不敢妄议。但可喜的是孩子文化课差就报考艺术院校的说法已不值一驳,重技轻艺、不涉学术大道的育人方式正在注意改进。鲁迅说:"希望是附属于存在的。有存在就有希望,有希望就有光明。"

复古是开倒车,牛角尖中没有大路;
重视文明遗产,入而能出,前程宽远。

文化的前进不可能直线上升,屈原的赋,汉魏五言诗,唐代律诗绝句都没有被后来人跨越。新样式的出现,也可以高于先辈。元杂剧比宋代的戏好,清代的小说《红楼梦》和词,大大胜过了明代。元朝只有九十年,虽未高过写实的宋画,但做到了笔墨的音乐化抒情,以少胜多,松动的线,构图的淡略野逸,有唐宋人未到之处。

胆识比前辈高,字画会比前人强。肚里墨水少的画家不是突破古人成就的选手。

由于明末小品的兴起,石涛禅意的画论,恽南田、金冬心的画跋,超过明代大师。巨锁先生的画跋,在白话文滋养成长的同辈与后学之间显得可读,短而精。如果把石、恽、金三家题画诗文之妙处加以发展,陈先生在近七十年作者之林会秀出群伦。

吴伯箫先生的散文广受读者青睐,尤其是上世纪的名作被选入过语文教材,质实清健,歌颂劳动,感染力很强。巨锁先生写过他富于诗境的七言绝句:

> 手书"天涯"沙滩上,
> 大海惊喜急收藏。
> 后人到此不见字,
> 但闻涛声情意长。

只因平仄不合律,诗的魅力未得到更艺术化的表达,收不到刻骨铭心的效果，不耐品味，让大众遗憾。以吴先生当时受到的诗教，把握普通平仄并非难事，只是没在这方面下过功夫罢了。

巨锁先生在少年青年时代，对艺术痴情，换取了老师的热忱指点。有些人在运动中被歧视，靠边多年，以后才获得平反纠正。他看到这些长者被赶下讲台的失落，不敢亲近孩子们，怕自身阴影累及晚辈，出于爱护故作冷淡，师生同时走在一条小街上，老师调节速度，制造距离。赤子之心可以烘化寒冰，主动播种缘分，闷葫芦打开，昏暗小灯泡下解冻的真挚，至今谈及，都使闻者艳羡动容，初心的暖流何等圆融！其他学子们却少有巨锁兄的眼力和幸运。2014年，第五期《档案》有文字酣畅、情采斐然的访谈录，巨锁先生的论艺、尊师、远游，亮点很多，不一一引用，谨作推荐，补拙文不足。

陈先生久工章草，底气很旺，一定会给绘画输送特殊的力量，出现新高峰。早年他画树用墨上淡下浓，尤其是树干，墨韵的繁丰透亮，略嫌拘束，接受太行、恒岳丛林挺拔婀娜的召唤后，读书远游的积累喷射而出，萌发新貌，潜力之大不限于影响山西，会有知音刮目而视。

下面说说对几张画的印象：

《西峰挂月图》。作者读诗，书法选古今好诗，自己也做诗，使此画造境较深。跋魏伦诗："夜半拥衿坐，僧窗月自鸣。"歌咏高山上的寒与静。僧与山无意对看，或隔窗相窥，彼此都感激对方无扰的宁静,衿很单薄,真到低温中就不足以抵御冷寒而非冰天雪地,则让人清醒地享受大静谧的月光,"人生几对月当头?"倾吐了烦嚣日子妨碍人和宇宙的无声交谈,超越语言的怡情。回眸一看:多少消失得太快的美和年华被白白地浪费了。死于41岁的俄罗斯小说家契诃夫颇善于发现这种被浪费的时光和美。深黑的峭峰不阴森,云雾罩着薄薄银纱,群峦似乎数着夜远远的脚步声和画外的画师诗人修持者以不同方言都忘不了的寂寥,纷纷捧起它欲赠知音,末了还是自赠待天明,境界因朦胧而倍加清远。

《芦芽雄姿》。阳光晴翠,赭色暖得开阔清雄,占据了图的心腹,包括我们的肌肤脏腑,给欣赏者镇定的乐观,劳作的渴求,阳刚的父性大爱,"四海之内皆兄弟"的宽博清凉。美国女作家赛珍珠英译《水浒传》,即用前面那句豪言作为书名。她和诗人徐志摩是好友,不知道徐先生可曾给过她启发。芦芽山下部三峰,左右两侧相对单薄,魅力比《挂月》少些神秘和味外之味。丙戌之春,作者又做同题水墨画一帧,横幅构图,场面比前画伟岸,抱气较深广,两端留白,云气漂浮,大小峰二十以上,符合造化原貌,容量充实,从开笔到放笔运线统一,左上角有云浪绕山巅,其余裸露真面目,相倚,相争,相让,相间,没有夸张任何个体。

《西海群峰》,黄山一绝。夏末秋初,微风轻拂,云涛幻化进退、升降。八十年代初,摄影器械比今日艺术效果差,刚见奇云诡谲,支起三角架,云海又意外突变。画比摄影慢得多,更觉接应不暇。巨锁先生勾线淡墨皴擦写生,上头远峰微茫闪动,全图写实,一峰一齿,同啮苍天,少点烟岚缥缈。今日笔力更健,为名山立传,正其时也。

古人画雨景,不写雨丝斜拂,雨意浓烈,直扑读者眉额。巨锁先生有得于此,1981年冬呵冻,画少林寺,大门南围墙以远,云盖屋顶,多采墨如水彩,酣润淋漓,随腕写意,收放点染,工拙不计,以虚代实,整体紧凑,似水墨犹未全干,较之其先生风光速写,大笔头直上直下,墨雨苍松不分明,读来痛快。

先生擅长小写意彩墨花卉,窃以为如《青霞紫雪点春风》《青霞》等图,淡从腴出,华自朴来,墨彩交接,一斧无痕。用水透明,虚实照映,不求工而雅俗共赏,春韵娇朗。这斗方施彩,得意忘形,墨点彩上,亮丽自得,大处着眼,不收拾而圆满。《一日东风一日香》惜色如金,光焰横飞,从何而来?往日曾用指墨写梅,颇伸杨无咎、王冕正气,魂通玉宇,刚烈无畏,高华不傲,民族美德在焉。恣肆不粗,细处有变,不纤柔,严肃,平和。《待到重阳日,还来就菊花》亦是指墨,初近萧散。先生为似八大山人笔致而欣喜。我知喜气入怀不易,分享其乐。八大太高,至简,可读、可悟,不宜分临,避免一朝掉入老人家砚中,小池太多,终身走不出来,找不到个性化自我。似张似李,何如似铁杵成针般积累风格。巨锁兄陶醉几天,迅速苏醒,千喜万喜至今不似也似不了八大、傅青主、齐白石、傅抱石。他知道把握自己能做什么,该做什么。板桥先生爱写"难得糊涂",中下之才治学根浅,还是"难得明白"为上。谁敢自诩不糊涂?郑翁言外自得:"看我何等聪明,几时不明白过?"

国画向来少讽刺之作,齐白石偶试笔锋,近乎幽默。巨锁先生指墨《鼠啮图》嘲懒猫失职,有鱼可食,却和鼠辈和平共处,纵容老鼠咬坏古书。先生爱书如命,漫画意象,指痕墨韵显豁。

四

从六朝经隋、唐、五代、两宋,大师不断,各种书体名作不少,但关于章草未有人重视。

元代,吃透二王作品的书学家赵孟頫,和比他迟生四年书体相近的好友邓文原等一小群文人,关注章草的延续发展。赵孟頫留下临皇象手书汉黄门史游所著《急就章》三种,经徐邦达、杨松耀等先生鉴定均是元人仿书。书风文气去赵氏其他创作和临摹手迹要差得多。邓文原临本有诗人张雨跋文,楷书为骨,章草造型,优于托名赵氏的三本。端凝爽秀,然骨气不尽理想。查书史,赵孟頫授学康里巎巎,康传詹希元孟举,希元传饶介。元末明初百年中书法突出代表宋克(1327-1387),字仲温,研究章草最深入,得康、饶二家之长,今存摹本三本,44岁作,藏故宫博物院,去世的61岁本藏天津艺术博物馆,尤出色;北京市文物局藏本未记写作时间。他兼通今草、行草、狂草、章草。于右任跋宋克名下《壮游诗卷》:"当章草消沉之会,起而作中流砥柱,故论章草者无不推为大宗。"

晚清落日崦嵫,考据和文字狱高峰已到尾声,粉饰落叶哀悼的"同光体"沉闷疲软,响应者寥寥。日本书道界鼓吹日本章草书法艺术成就已非中国人所及。出于民族尊严,章草书家王世镗以七年时光著《稿诀集字》,他义愤填膺:"概自赵宋后,此学乃日亡。"此举得于右任先生声援。上世纪最具实力的章草大家沈曾植声誉很高。(详拙文《三百年来第一人》见《书法门外谈》,上海东方出版中心 2015 年版)1919 年,章草学人王蘧常拜沈老为师,师生著述多,涉及面广,堪称两代大师。抗战前后,王秋湄、罗复堪亦称名家,近五十年来后两先生罕见学者述评。

巨锁先生从前辈肩头起步,近四十年清晰的印刷品大有进步,能见古人读不到的作品与论著,襟怀逐渐开阔。他热爱这一书体,临池随时想到惜福的快乐,不幻想轻易的成功,以恒温做实在学问。不空喊创新,只求桑叶吃到老,自有灵丝织锦来。

章草都比西汉前的甲骨、石鼓、金文、印文、陶文易识,书写更流便,波磔由装饰而传情。中宫留白大,有助于运笔的使转、连带、提按和简略。从临习到创作,他悟到岳飞论战心得:

"运用之妙,存乎一心。"古稀之年,更学会通感移情,从姊妹艺术今草、金石文字、乐府诗、陶文、民谣、山川、画像石(砖),不生吞活剥,不失章草主体,留神形外,行锋自如自在,欢喜无涯。一切限制化为特定抒发手段,从自然而然进入自由状态。这里说的自然,不是专指我们身外的物质世界,而是扫净干扰困惑,万事万物本体应有的境地。所谓进入"不是一通百通,一劳永逸"。还要用新眼光解开新的疙瘩。停滞重复是艺术家心身麻木,休眠,死亡的象征。

头脑清楚与体力衰老的矛盾,可以推迟,不能避免。把握心身交叉平衡的大好年华,完成只有你可以完成的事,是艺术工作者自觉使命感,要冲刺不止。沈曾植先生在去世当天还完成一副对联。题跋者有好多后学,艺海韵事,人间美谈。

巨锁先生说:"我很平常,民间卧虎藏龙,必有高手,只是他们不愿宣传,或没有得到为大众欣赏的机会。我永远是一个白发学童,一切善意的鼓舞都敦促我自省自勉。保持清醒,警惕好话对堕性的滋长!"

即或最优秀的书家,能借读诗词文曲启迪,引发创作冲动,表达书家的理解乃至注入灵气,但不能勾起读者联想的画面,演绎故事情节,或表演原诗作者风神旷逸的肖像,那些事请诗论家、传记文学家、疏注家,连环画家、电影编导、演员艺术家去再创造。书法家的"武器"要靠线点的张力弹性歌舞性,流动的建筑美去求索。

傅山翁的气节怀抱高洁壮行,国破家亡的深层巨痛。奇崛磊落的书法,感动无数同胞,也弹响了巨锁兄心弦,"技痒"(原动力)难搔,一气呵成手卷《芦芽山径想酒遣剧》,总体上清雅平和,大气流衍,每行最下两字与下行开头两字形远神近,每个字折开细读,追究四面呼应关系,稳妥倔犟,折勾圆转,有渴骥奔泉的势态,熟而脱俗。结体反山谷公"中宫紧抱,四面辐射"为中部留白多,外围向肩下膝上适度收缩,紧而不密。"侨黄""聪嘤""安往"连笔牵丝活脱,无造作卖弄痕迹。馋酒真实,树林氛围,动静呼应,历尽刀光剑影,劫后余生,不嗟贫叫苦,见到风光,信手拈来,不加雕琢,明白如话,是英雄说出来。小跋记挥毫喜乐,虎头熊腰豹尾,质而不俚,民风古朴,书家恨不得挑一担汾酒解红霜龛老汉喉咙生烟,何不梦里补上这个镜头?

章草书陆游联:"箫鼓追随春社远;衣冠简朴古风存。"字近肥硕而似疏朗,风拂闲庭月挂树杪,藏巧示拙,上联七字波磔占五,下联只第一字有之,不拘怎样的悬殊,巨锁兄举难如易,轻快地调和用笔提按,波磔水气润滑持重。

元遗山联:"百年人物存公论;四海虚名只汗颜。"形肥不坠重浊,取颜真卿楷书体势,字间距离远一点,下联首字扁细,少占空白,"名""公"二字体积小,"颜""物""汗""季"宽多于高,气流穿梭,遮掩了拥挤。

明代四大高僧之一《蕅益大师警训》:"以冰霜之操自励

则品日高……"（见弘一大师编《寒笳集》）疏处见密，效果松畅，表情警策，身教庄穆。正文两行加五字，题款一行加六字，和语录等大。添上署名，恰到好处，尽显生动。笔前没有设计，款文即兴处理，读来悦目。

陈先生自作诗《咏芍药》："闻道芍药好，结伴看花来。"全文三行，写来潇洒放腕，字的大小紧凑，各得其所，无局促感，重量体积与观者轻畅静爽，相合无间。

巨锁先生创作的《陋室铭》摇曳多姿，轻车熟路，章草吸收了一些今草笔法，跳宕、奔腾，一鼓作气和张扬有所差异，一些折勾方圆信手而出，几乎有飞出纸外的趣味。写白居易《池上篇》靠近楷体，横多线细，有的捺雁尾成分少，相对持重。他多方搜罗、试验多种形式，沉着安定。使用较多的字，如"有"、"无"，立轴中写法彼此相类似，不求变形悦目，等如请鉴赏者走入实验室，袒怀无遮拦，率真恳切，收放无忌。两行条幅章草有唐张志和《渔歌子》和戴叔伦《过三闾庙》，飞动恣肆。各字独立，左右无牵挂，如一群鸟儿从树林直冲晴空，非常灵动，粗线吃纸深，是精致的小品。

目 录

青灯有味是儿时 ………………………………… 1
故乡的草木鱼虫 ………………………………… 21
家乡豆腐的记忆 ………………………………… 37
烧山药 …………………………………………… 43
海南过冬至吃饺子 ……………………………… 53

初访董寿平先生 ………………………………… 57
梦参法师参访记 ………………………………… 64
缅怀张颔先生 …………………………………… 73
冯其庸先生访问记 ……………………………… 86
张熙玉先生 ……………………………………… 96

京津齐鲁行记 …………………………………… 106
秦豫冀行记 ……………………………………… 123
湘赣鄂行记 ……………………………………… 134

京津张之行 …………………………… 159
两广行记 ……………………………… 166
江浙行记 ……………………………… 208
川行记 ………………………………… 232
柬埔寨纪游 …………………………… 258
海南日记（之一） …………………… 274
云丘山行记 …………………………… 311
承德行记 ……………………………… 320
五台山游访记 ………………………… 333

隐堂题跋（之二） …………………… 355

后　记 ………………………………… 371

青灯有味是儿时

自 1939 年农历八月初九我降生后，到 1954 年 9 月 1 日往崞县城内的范亭中学读书以前，有整整 15 年的时间是在故乡屯瓦村度过的。这屯瓦村，四山环抱，一水中流，沿河两岸，垄亩肥沃，林木挺秀；梁之上下，瓦舍俨然，鸡犬相闻，除去战乱的日子，在我的记忆里，更多的是在宁静和祥和中充溢着乐趣与兴味，也许就是今人们乐道的乡愁吧。

一　鸟雀声

在我家四合院正房的屋檐下，挂着三块牌匾，中间一块约略是有"乡饮宾者"四个大字，左右两块，天长日久，字迹模糊，我不记得是什么内容了。我们家乡把匾额称作"牌"。牌的后面住着一群鸽子，是野生的，因为家里人不曾喂养它们，每天上午,便成群外出觅食,到傍晚便又飞了回来。这三块牌的后面,便是它们的家。这些鸽子们都有瘦健的身材,灰蓝而泛着光泽的羽毛,赭色的嘴,红红的眼睛,金黄的爪子,很是惹人喜爱。尽管它们的粪便有时会洒落在檐台上,家里人都没有怨言,只是拿起笤帚来,把这些鸽粪打扫干净。

我喜欢的是它们的"咯咕"之声,我在"咯咕"之声中入睡,又在"咯咕"之声中醒来,它们的声音不大,温和而敦厚,疏缓而清晰。

祖母在西房的窗台下垒了一个鸡窝,那是为了下蛋。没公鸡,自然不会听到"叫鸣"声。我上小学了,早上要到学校去"背书"(背诵),是鸽子的"咯咕"声把我从睡梦中叫醒。我躺在炕上,看着"东方亮"的窗纸,随着"咯咕"声的节奏背诵当日早上去完成的功课,有时会放大声音,加快速度背诵课文,有意压过鸽子们的声音。也许它们全然不知我的存在,依然有节奏地"咯咕"着,这是我在童年记忆中伴我最长时间的鸟声了。其次是麻雀,我们土话称之为"小虫"(音小寸),它们住在屋檐下的瓦洞中,喳喳之声,不绝于耳,也许是听多了,反而不在意,几乎听不到它们的声音。偶尔会搬个梯子,斜搭在屋檐下,掏去它们所生的蛋。其时,它们的家长会放大声音,"喳喳"不休,似乎是对我的行为的抗议了。

冬天下雪了,东房屋脊上会飞来几只"咕咕鸠"(斑鸠)和"鸦鹊"(喜鹊),有时也会有一只"黑老鸹"(乌鸦)落在屋顶。

也许外面的大地被白雪覆盖,它们无处觅食了,便找到人家的院子来。我有时会在院中扫开一片雪地,撒上些许粮食,旁边支起一只箩筐,箩筐上系一条绳子,自己藏在家门后,等这些"虫蚁"下来进食,就趁机将它们扣住。不过每次的行动,几乎都是以失败告终。其中有一两次扣住了"小虫",也算有所收获,扣不住"咕咕鸠"和"鸦鹊",便在院中堆雪人玩,有时大人们也帮忙,这也是冬天里很有兴味的玩乐了。有时则爬在窗台上,听"咕咕鸠""鸦鹊"的互叫,我也会加入其中,念几句儿歌:"鸦鹊喳,枣枝压。谁来呀?咱亲家。亲家亲家快上炕,你的女儿不像样。头不梳,脸不洗,好吃油糕是馋嘴。"祖母则对我说:"鸦鹊报喜,今天会有戚人来!给你做好吃的。"所以在我的童年,听到喜鹊鸣叫,总是会心生欢喜。

八爷喜欢鸟,却不曾见他饲养过。他年轻时在北京做生意,似乎有过养鸟的经历,谈起"八哥"和"画眉"总是津津乐道,我只是听过这些鸟的名字,但没有见过在我们村的小树林里,偶然见过两回"黄呱佬"(黄鹂)和一回"熠山红"。前者个头大,一身柠檬黄的羽毛,煞是亮丽,而后者小小细瘦身材,展翅飞起,猛然看是黑色的羽毛,而羽翼中却闪着缕缕的红光,竟是那么的迷人。这两种鸟的声音都可谓妙音婉转,我却是无法描摹的。

在我的家乡,还有"臭补补"(戴胜)、"锛树虫"(啄木鸟),还有只听过"布谷""布谷"声音的布谷鸟,还有应时的小燕,空中盘旋的鹰鹞等"虫蚁",在我的童年中都留下了深刻的印象。它们的鸣叫,或激越,或尖锐,或清利,或响亮,或低缓,都和山峰,和流水,和岩壥,和森林,相呼应,共激发,成天籁,是清音。

二 猫狗声

我七奶奶住在我家西隔壁的楼门院,她家的母猫生了一窝"猫娃",有四五只,她答应我和九姑姑,待小猫长大些,让我们各自要(领养)一只。小猫断奶后仍跟着它们的母亲在七奶奶家的南房里生活,每天早饭或午饭后,我和九姑姑总会各自携带些饭食去喂自己认领的那只。因为这窝猫狸狸,身上有黑白间杂的花纹,我们称它们为花狸猫,而且身上的纹样不尽相同,日子久了,便能认出哪只是自己要养的。随着喂养时间的增加,所养的那只猫狸狸也认识了自己的主人,一来二去,便会不时地跟我们回家。我和九姑姑住在同一个院里,她家住在正房(北房)的东屋里,我家住在西房中。又过了个把月,我们把小猫狸各自领回家,便成了我家和八奶奶(九姑姑的母亲)家的成员。

小狸猫后来长大成了大花猫,竟然有时会逮到老鼠吃,我就背诵小学一年级课本上的一篇短文给它们听:"小花猫,咪咪叫,它捉老鼠,老鼠先跑了。大花猫,一声也不叫,轻轻走,轻轻跑,它捉老鼠本领高。"

我家的花猫更多的时间,则是蜷曲着身子睡在热炕头上打呼噜,我们称它为"念佛"。我祖母很喜欢听这种声音,时常会用手抚摸它光滑的皮毛,有时它翻个身,或舒个懒腰,又去熟睡,"念佛"的呼噜声又会接续起来,有时会因对它的抚摸而醒来,便跟祖母"喵呜"、"喵呜"地叫起来,我奶奶知道它叫唤的意思,便取些食物给它吃。吃饱了,虎坐起来,用一只前爪打理它脸上毛皮中残留的饭渣,我们称它为"猫洗脸"。有时我用一根小棍儿或一段小布条逗它玩。初时,它也兴趣颇浓,斗久了,或因它的疲累,或者是它已厌烦了,你斗它,它竟然用利爪把我的手抓出血道儿,我自然会疼得哭起来。奶奶说:这就叫"猫脾气",脸变得快,告诫我和猫玩耍,要时时小心。不过,我总是不长记性,过不了几日,手又会被猫抓破了。

在我家的起居室,于窗户最下方空了一格窗眼,不是糊纸,而是挂了一块小窗帘,供猫儿出入,称之为"猫道"。某年二三月间,是一个没有月亮的晚上,我从熟睡中惊醒,是猫的几声凄厉的尖叫声,我睁开惺忪的双眼。窗户上一片昏黑,约略在房顶的瓦垄中有猫的活动。瞬息,又听见那刺耳的声音,还不是一只猫,起码有两三只。那声音不独尖厉,而且还拖得很长,几乎刺破了月黑天低的夜空。我问祖母,这猫叫唤什么?奶奶只回答了两个字:"嚎春。"我不懂,再问。奶奶解释说:"它们在打架。"我心里想,爱打架的孩子们,人称"赖娃娃",这爱打架的猫,也一定是赖猫。瞅瞅我家的花狸猫,已不在炕头,那"猫道"上窗帘也被碰斜了,它准是窜到了房顶上与别的猫们打架去了,从此我便把它归入了"赖猫"的队伍。它后来一段时间内也很少回家来,即使回来,我也很少理会它,它便渐渐淡出了我的视线。

我们院前后喂过两只狗。一只是哈巴狗,小小的身材,黄色的皮毛,看上去很是精悍,是八爷在北京做生意时买了带回来的。我不记得它出过大门,只要有生人来,便会"汪汪汪"地叫几声,待主人喊它,叫声便马上停下来。没想到在1941年还是1942年间,一次日本鬼子进了我们巷子,小狗叫起来,换来的是一声枪响,它便倒在南房檐台下的血泊中。后来在檐台的石条上还长久地留有它的血痕,这是让人永远不能忘却的悲伤和仇恨。

到1948年,大约是春天,我们村过了七八天的兵,是从陕北到河北西柏坡去的人民军队,我们家也住过一位女首长,因为当时在大门口有岗哨、有通讯员,大人们说,这不是一般人,还带着一只狮子狗,不过她只住了一个晚上。我曾通过窗玻璃瞭望过,只是不曾看清楚,便也没有留下什么印象。第二天一早,他们便开拔了。上午,大家正坐在院中,叙谈看过兵的见闻,突然一只狗跑到院里来,正是昨日那只狮子狗,总是在半路跟主人跑丢了,又返回昨日留宿的地方来。部队已离去了大半日,八爷便收留了这只狗。这狗很矫情,喂它一些剩饭,它根本不动嘴,过了两三天,眼看就要饿坏了,八奶奶便给它煮了鸡蛋,做了白面条,它居然吃起来,开始就这样侍奉它,后来逐渐加点玉茭面窝头和荍子面(高粱面)"鱼鱼",慢慢地也就习惯了。

这狮子狗,黑黑的长毛、圆圆的眼睛,很讨人疼爱,特别是发现了它会前后滚翻,会脚离地"打筋斗"。有一次跟我们外出,在"寺门前"的"珍珠花"道上,竟然逮住了一只狕狸(小松鼠),这让大家对它更加喜爱了,看上去披着一身的长毛,矮矮的,跑起来却很快,表演动作又那么灵动多彩。这狗自然成了八爷的跟班,八爷走到哪里,它跟到哪里,有时为邻居隔壁的女人和孩子们打个滚、翻个跟头,便会得到一些赏赐的小吃喝。

这狮子狗,很机灵,生人来了它要叫,半夜三更,只要院内有些动静,它也叫,提醒人们防贼防盗。只是它到我们家第一次过春节,孩子们热热闹闹放鞭炮,村里的"二踢脚"大麻炮声四处轰响。这狮子狗,简直像是得了疯病似的,身子颤抖着,乱闯乱藏。见此状况,大家慌了手脚,不知该如何照料它,不知哪位大人说:"这狗是从军队里来的,它也许上过战场,受过惊吓,这年节的炮仗声它一定以为是炮火纷飞的战场了。"

这句话说出后,八爷便把小狗藏在一个空屋的地窖中,还在窖盖上蒙了一张旧被子,以为隔音。等年节炮仗声过后,又把小狗放出来,它似乎眼睛中还留有害怕的表情,身子却不再颤抖了,八奶奶喂了它几个白面"扁食"(煮水饺),几天后,恢复了往日的状态。我有时会吓它玩,点一个小鞭炮,在它的尾巴后响起,小狗会吓得跳起来,若被奶奶看见我的所为,总会连骂带嗔地教训我。

狮子狗活的年龄很大,到1962年前后还活着,竟在面部生出了白须眉,它有些老态龙钟了,耳朵也不济,除了吃东西,总是爱卧着,家里人从外面回来,它也会"汪汪"地叫。当它遭到斥责声:"连自己人也听不出来,叫什么!"便又悄悄地卧下来,有时睡着了,也会发出呼噜声。现在想到那狮子狗和它的声音,不知为什么竟生出些许的伤感来。

三 虫声

我家正房的高檐下,砖砌台阶的西侧,奶奶用青砖垒边,填上土,变成了一个长方形的"花畦畦",种上几株东葫芦(南瓜)或哈密葫芦,还有小葱、芫荽以及海娜花(凤仙花)、八月菊等时令小菜和花草。待葫芦蔓长长些,又在"花畦畦"前撑起一个木架,以供葫芦窜蔓生长。到盛夏,大片大片的葫芦叶在架上撑起一把一把的遮阳伞,绿阴满架,藤蔓开着黄花,没几天,便会有小葫芦长出来,有嫩嫩的茸毛,透亮透亮的实在让人生爱。小葫芦见风就长,个头很快就变大了,茸毛却褪去了,反而没有先前好看。

挂在葫芦架上的"蚂蚱"(蝈蝈)笼,传出清脆的声响,是"蚂蚱"扇动它的短小双翅而成声的。我们把这"双翅"称作"马鞍",将这声响统称为"叫唤"。

"蚂蚱"是我们用双手在野地里捕捉的,方法是小心翼翼地用手扑或用大草帽去扣。这寸数长的精灵,生得很是好看,绿绿的身躯,大大明亮的眼睛,两根长长的细细触胡八字儿挺在头上,很有神采,两只粗壮的后腿,一蹦就有几尺远,然而因为它不时地"叫唤",就很容易让人们发现,要捕捉到它,却是要我们在骄阳下出一身热汗的。

"蚂蚱"笼是我自制的,材料用"麦箭箭"(麦秆儿)扭织成立体的三角形,或用"荽箭箭"(高粱秆长穗的一截)"插"成一个四四方方的大笼子,里面可以同时养两三只,有时用"荽皮皮"(从高粱秆上剥下的坚忍的薄皮)编制一小笼子。编制时,先用水把剥好的"荽皮皮"浸泡绵软,然后可以编出不同形状和花样的笼子来,留个小口儿,圈进"蚂蚱"和喂食用。

喂"蚂蚱"的食品,是一清早采摘的刚开放的西葫芦花或嫩"莲豆"叶,这任务是由我来完成的。奶奶去村南小道上,我家那二分下湿地中摘豆角、"打黄花"(采金针)、挽(拔)青菜,我跟着给蚂蚱备早饭。不过奶奶要我记住葫芦花和莲豆叶上的露水一定要擦净晾干,要不,蚂蚱吃上会烂肚肠。

我家葫芦架下,不止一只蚂蚱笼,同时挂了好几只,这蚂

9

蚱中只要有一只叫起来,其他几只便会跟着"叫唤",像是比赛,热闹得很。吃过晚饭,忙了一天的祖母也会坐在葫芦架下歇凉,不过坐以前,她会取一根"艾要子",用火点着。在暮色中,那火光红红的,天愈黑,火愈亮,同时冒着长长的白烟,散发出一阵阵艾绒的香气来。燃艾是为了驱蚊子。

"艾要子"是奶奶亲手编制的,这艾却是我和同年仿岁的姑叔们挽(拔)来的。早在五月端午节前,我们几个小孩便结伴到后梁上挽艾草,每人挽回一小捆。端午节门头上有插艾的习俗,每个住人的家门上都要插一两棵,说是可以辟邪。其余的艾,奶奶会趁湿编成"艾要子",挂在南房的屋檐上晒起来。之后,她还会让我们外出玩耍时,顺便挽些艾草带回来。"河艾"奶奶是不要的,奶奶说:"山艾香气浓,河艾没味道。"我们有时偷懒,把河艾充山艾,奶奶一看就知道,总会在编制时,把河艾剔出来。

这盛夏的晚上,坐在葫芦架下,闻着艾香,看着艾火,听着"蚂蚱"们的交响曲,数着天上的星宿,说道着天河的故事。夜深了,蚂蚱也停止了它们的演奏,四合院中一片宁静,我早已瞌睡了,便随奶奶回家睡觉。一阵凉风,透过低垂的竹帘,吹进屋子来,我即进入一个甜蜜的梦乡。

到农历八月,一早一晚,就有些许的寒意。其时,奶奶会说:"枣儿红圈圈,两手摆脊脊。"刮一场秋风,一早一晚,就得增加衣服,奶奶又会说:"秋风凉,想亲娘。"意思是娘亲应该给儿女们缝制寒衣了。其实,伏天一过,母亲与祖母就开始了拆洗"铺盖"(被褥),浆洗袄裤了。据说伏天潮气大,浆洗的衣服晒不干,总带水气,在这个节气里,人们是不拆洗被褥的。衣被拆洗晒后,奶奶会在滚水锅中倒入事先调好的少许白面(小麦面)糊打成稀稀的浆水,然后把衣服分批浸泡均匀,捞出、拧水、晾干,便叠成四四方方的一沓儿,接着就是捣槌。瞬息间,小院中回荡着"通通"的捣衣声。这声音和捣衣的情状也深深地印在了我的脑海里。

洗涮后衣服或"铺盖"的面料是放在"槌拍石"(砧石)上用"槌敲"(木棒)去槌打的。

我家的"槌拍石"是一块行过錾的四四方方的大"柱底石",尺五见方,五寸来厚,下面四角有矮脚,四侧刻有花纹,槌面打磨得光滑照人。那"槌敲"是用枣木做的,红红的木色,制作得很精细,一端雕成"把手",就是"木把儿",稍细些儿,正好一把。每逢槌衣被,母亲或祖母,取一个用麦秸自编的草垫儿,我们称作谓"草拍儿",盘腿坐下来,将衣被放置在"槌拍石"上,手把"槌敲"高高举起,重重落下,"通通"之声顿时响起,这该就是古诗中的捣衣声了。四合院,房高檐深,是天然的回音设备,这槌打之声,便有了轻重不同的回响,并带有悠扬动听的尾音。这是木石相击,木石之间还垫有多层棉布,三种材料碰撞后形成的共鸣,它既响亮又浑厚,有如戏台上的开场锣鼓,也颇令人兴奋的。

四合院秋天的傍晚,除了屋顶上烟筒中晚烟的升腾和飘散,屋内会传出做晚饭风箱在拉动时,"小舌"拍打风口的木击声。好风箱以楸木为材料制作,细密灵动的"小舌",因风起落,不紧不慢,"梆梆"作响。秋风过隙,檐台下,花畦旁,便会响起一种细碎的低吟,这便是所谓的秋声了,它是来自"蟋蟀"们的演唱。我们把蟋蟀称作"黑虱儿",它们演唱得很勤快,每年秋天的傍晚除了阴雨天,都会按时吟唱,一处方歇,一处又起,有时在互吟对唱后,会混声作响。每到此时,我便想起了对这种演唱的译作:"槌槌敲敲,补补扎扎,有的穿上,没的冻煞。"也自放声诵念,加入它们的队伍了。在蟋蟀声中,有时偶尔加入另一种悠长的虫鸣,"哆儿哆儿——"的伴唱,它是"蝼蛄"的声音,我们把"蝼蛄"称作"拉蛄",也许就是它的发声是拉着长音的。这低吟浅唱的秋声,是用耳朵细心聆听的,在它们的吟唱时,全然看不到一点身影,然而这秋虫的吟唱却也曾让欧阳先生为之感动过。

四　钟声、铃声、松涛声

北屯瓦西有文殊寺。寺院正殿供着三尊佛、四尊菩萨、两尊弟子、两尊力士,屋檐下有四通巨碑,檐头间挂多面牌匾,正中间一块,有"大明天启七年"字号,据说这大殿中的塑像最晚也是明朝时的遗产了。寺院东面是禅房和"送子娘娘"

庙,西面依次是"伽蓝殿"、"阎王殿"和"龙王殿"。我小时候身体很瘦弱,奶奶盼望我"长命百岁",便和"伽蓝爷"(关帝)"结拜"为兄弟。每到我的生日,奶奶就会准备一份叫作"供献"的礼品上庙烧香磕头。这供礼是调一盘细冷菜,烩一碗细热菜,炸一碟"茶食",备一份香纸,都摆在漆木条盘里,上面盖一块新手巾。另外备一束花线(红的、黄的或者是蓝的都可以),也放在条盘的一侧。然后奶奶端着条盘,领着我上庙去。

到寺门外,过水渠,爬上拐折的青石铺道的缓坡,我掐几朵石缝中正在盛开的"马莲花"(马兰花)。寺院的正门上建有南楼,楼下的正门除了在"祈雨"迎神的日子是不开的。南楼的两侧是钟鼓楼。到南楼下,我摸摸眉眼模糊的一对石狮子头,便再折东去,过一株顶天立地的大松树,便是通往寺院的旁门,南向开着。进门后有一小段路,正处在东禅房外的屋墙下。路的尽头,有一个小门,入门,是一个小院子,正房低矮,约有三间,东面两间住着"庙老道"老两口,大家称他们为"老善友"。听见有人进来,"善友"奶奶便出门接待,一个村的人,大家都熟悉,看到是奶奶领着我,就知道是来做甚的,因为我们每年这个时候都要上庙烧香。小院是文殊寺的庙产,处在正殿的东山墙下,中间有个小通道,也不设门,没几步,绕过殿角,步下大殿月台的高台阶,径直走向伽蓝殿,"善友"奶奶帮助点亮灯烛,祖母摆好供品,在"老爷"(关公)的膝头或者什么突出的地方,把从家带来的一束彩线挂上,便和我一同跪下来,把三根香点着,插入香炉,叫"上香",一份黄表纸点火燃烧,叫"敬纸",然后就地磕上三个头,再把那束彩线取下来,系在我上衣"扣门"的"桃疙瘩"(纽扣)上,这个行为我们叫作"接锁儿"。这"锁儿"就是那一束彩线了。祭拜完毕,我对那红脸长胡髭的"老爷"打量一番,站殿的有手握大刀豹眼环睁长着黑胡髭的周仓,那面目有点怕人,不敢细端详,很快把眼睛转到了白面孔的关平,他很和善,也很俊俏,却不能把我吸引,不由自主的,视线又移到那怕人的周仓脸上。其时,"善友"奶奶已独自爬上了钟楼,用一根短粗木棒用力地敲击了大钟,那大钟发出了三声宏大的声音,在山谷间持久地回响,不独村里人能听到,也会顺着永兴河的流水传到远方。这一年一度的钟声伴随我童年的生活。钟声过后,留部分供品给"善友"奶奶,以为酬谢,同时取一把"茶食"给我吃,一路说笑,跟着奶奶走回家,耳畔,还回荡着那经久不息的钟声。

村东有一座"照山",山的背影处,很陡峭,长满了松树,裹得严严实实,连一块石头也看不见,这松树林里没有路,人们是不能从这里爬上山顶的,要上山,得从南面的缓坡向上爬,要翻一道山梁,才能到得"照山"顶。山顶稍平旷,长着六七棵大松树,都有上百年的树龄了,两个人是不能合抱的。松下有一座小庙,是关帝庙,仅一间,里面供着"老爷关公",俗称"老爷庙",两面山墙上画的是三国的"公案",有"桃园三结义"、"三顾茅庐"、"三战吕布"、"凤仪亭"、"白门楼"、"走麦城"、"华容道"、"斩蔡阳"等等故事,不少是在戏台上看过的。这庙盖了不是很久,据说画匠是小原平的武同鳌和武全鳌俩兄弟。其中的武全鳌在我童年时还为我家画过炕围画,他给我讲他所画的一空"萧恩打鱼"的故事,那画中的人物还是很传神的。"老爷庙"的屋檐下,挂着铃铛,在山风中"叮咚"、"叮咚"响起,很是好听,我们叫它"风铃",因为只有起风的时候它才会摆动出声响来。上"照山"的时候,我已在本村上"高小",课余似懂非懂地看过《西厢记》,这"风铃"的声音,大概是书中写的"铁马儿叮东"了,那"铁马儿"当是我们所指的"风铃"吧。

伴着"风铃",还有一种瑟瑟的声音,低沉悠长,呼呼地在耳际作响,风停了,风铃也停了,它还在回荡,这声音来自左右交横的松林间,来自茂密的松针上,这便是书中所说的"如泣如诉"的松涛了,一会儿,又风大声激,只听得"呜呜"作响,还有几分悲壮和伤感。少年时,仅上过两回"照山",到晚年偶居名山古寺,听到风铃和松涛响起,便会想起在家乡"照山"上的所见所闻。

秋雨下一场,冷一场;秋风也是,刮一场,冷一场。没多久,金黄色的杨叶零落殆尽了,枝条上光溜溜的,还在冷风中瑟瑟摇曳。记得是七八岁的时候,我和母亲拐着箩头,带着空麻袋,拿着"竹挠扒",到大河边的杨树林子里,满地覆盖着落叶,在低洼和背风的地方,更会聚积成一堆一堆的,便动手把这些成堆的树叶装进麻袋,填入箩头,然后手握"掳扒",在林木间"掳掠"落叶,使其积聚,然后再填满压瓷麻袋,扎紧口儿,也会捡到一些干树枝,一并收拾起来,打包成一小背。我用绳子背起来,看上去个头大,其实是不沉(重)的,母亲挎起箩头,母子相偕回家。其时,母亲才二十六七岁,看上去,她却不年轻,梳着饼饼头,穿着有大襟的夹袄,裹着腿,和奶奶的装束没有差别。后来我上中学了,临摹丰子恺先生的漫画,看到过一幅《满山红叶女郎樵》的作品,便会想起我童年时和母亲在杨树林里"掠叶子"的情景,因为画面上所画的"竹掳扒"的样子,正是我们曾经使用过的那种。

秋雨变成了冬雪,山村进入了昼短夜长的冬天。每到这个季节,所有人家便由一日三顿饭改成了两顿饭。傍晚阳婆快落山时就吃过了夜饭。趁天未黑,便到南河结冰的地方"打滑擦"(溜冰玩),直玩到看不清人影,才相跟着同学们(其时我已上小学),绕过戏台背后,各奔各家。

家中已点起了青荧闪亮的小油灯。这油灯的灯盏放在一个一尺多高的"铜灯树"上,很是好看。"铜灯树"有喇叭形的底座,上面焊接着"灯盘"。灯盘上有圆滚滚的立柱,是中空的。立柱上有承托。承托上活放(不焊接固定)着灯盏。灯盏中盛胡麻油,油中浸泡着新棉花搓成的"灯捻儿",一头露出灯盏,这就是我家的"铜灯树",奶奶总是把它用湿过的白棉布醮着炉灰擦得亮晶晶的,闪耀着红铜的光彩。要点灯时,便从灯盘中取出红头"取灯儿"（火柴），在其装火柴的盒子侧面一划，火柴瞬间红头变成了火光，再将露出灯盏的棉花头点上，豆子大小的灯火会使整个室内亮起来。

每当我"打滑擦"归来，只要看到灯光照亮了窗纸，奶奶就会嗔怪："总是贪玩，回来这么迟，小心你娘又骂你。"我进家，母亲坐在灯下做针线，头也不抬，不理睬我。我知道她在生气，便赶紧取出带薄木框的"石板"用"石笔"默写当天学过的"国语"课文，课文不长，反复地写，写满了"石板"的两面，小心地放起来，准备明早上学时交作业。然后打开书本，诵读前几天学过的篇章，算是温习了。当我默写课文时，奶奶便取一包黑色的膏药或桃树上流出的"明油"结晶体，在灯上烤，膏药或"明油"加热稀释后，她很快用它涂抹指头上的裂缝，叫作"糊裂子"。奶奶皮肤不好，加之自己从未在意保护，在冰冷的河水中洗菜、洗衣，抱柴打炭，粗活重活挑着做，以致一到冬天，两只手的大拇指、食指指头便开裂大口子，有时会流血，血口的皮肉硬硬的，合不拢，便只好用膏药等填糊。"糊裂子"时，会很疼，奶奶常是皱皱眉头，吸口气，口中发出"丝丝"的声音，甚至低低地叫一声。不过"裂子"糊好后，她便若无其事，该干甚又去干甚。我便忘却了她疼痛的样子。

课文默写完了，旧课文也温习了几遍，奶奶就会从"火炉口"取出烤好的山药让我吃。我家有一只红泥小火炉，安置在火炉架中，放在紧靠窗台的炕沿边。每到寒冬，便会将火炉生着,以蓝炭(焦炭)为燃料,炉火红红的,暖暖的,加炭口闪烁出蓝蓝的火焰,旁边放一把大肚的铜茶壶,细壶嘴冒着白白的热气,壶内发出"刺儿刺儿"的热水声。炉炕内烤着几颗山药,不时散发着阵阵的香气。墙壁上映现出人们晃动的不同身影,我们称它作"依样儿"。我有时也会将双手相交,变幻姿态,在灯火的映衬下,把狼狗和小兔演示在墙面上。偶尔那青荧的灯光中突然爆出"灯花"来,红红的,亮亮的,奶奶又会说:"灯花报喜,明天会有喜事。快睡觉吧,明天一清早你还得上学去背书。"

我睡在热乎乎的被子里,奶奶又给我"塔"上了一层盖物,虽感觉有点沉,但半夜火炉熄灭,终不会被冻醒的。

冬天夜长,天不明,我就醒来,看着渐渐发亮的窗户纸,躺在被窝里再反复背诵那一早要完成的课文。几声清脆的铃铛有节奏地响起,是梁顶上去驮炭的牲灵(驴、骡)出发了。他们要走一整天或者两天的路程才能回来,是到"一嘴三坡五道沟"中产炭的地方去驮炭。偶尔也能有一两声驴叫声,拖着长长的声腔,在山村的夜空中是那么的响亮。四十多年前著名版画家力群先生赠我一幅套色木刻《秋夜》,每看到这幅画上嚎叫的毛驴,便会想起家乡的驮炭道和驮炭人,以及他们起早搭黑的卖炭生活。

天已放亮,我穿好衣服,戴上棉帽,背着书包,抱着石板(因为上面写满了石笔字,一不小心,便会擦掉,因此,只能抱在手里),不紧不慢地往村里西文殊寺东侧的屯瓦小学走去。因为昨晚天又下了雪,寺门道上一片白茫茫的景象,在我的身后是一个个的脚印。

童年的记忆很多,也很清晰,似乎是几天前发生的故事和见闻,拉杂写来,已经不少,先此打住。时二〇一七年四月二日于海南五指山中。

力群先生所赠版画《秋夜》,在收藏中为鼠所啮,残破如此,深为痛惜

故乡的草木鱼虫

我的故乡崞县(今原平市)屯瓦村,在村中我度过了十数年的童年生活,不独人和事,留下了难忘的记忆,即草木鱼虫似乎也是不能忘怀的。家居县城西南60里的永兴河中上游,四山环绕,一水中流,当年是一个有近两千口人的山村呢。这村子虽不能说是深山老林中的山庄,但居住在"十八村水地儿"的平川人视我们为山里人,或称之为"山汉",这称呼是多少带有点轻蔑的意思的。诚然,山中没有什么珍禽异兽,也没有什么奇花佳木,不过当时老虎、豹子还是会偶然出现的;其山花野草却也能喜靥迎人,让你驻足赏对的。

珍珠花

鸡鸡花

山中的节令,比平川总会晚上十天半月。春寒料峭之时,草木尚在沉睡之中,棉衣在身,四野全无点滴绿意。清明过后,偶然在"地圪塄"向阳面的土窝或石窝中,会发现一种野花,已经悄无声息地开放了,高不过四五寸,其形状,有点像家养的"海纳花"(凤仙花),不过它是浅紫色的,看上去清淡素雅,虽不艳丽,却很动人,我们叫它"鸡鸡花"。后来看到陕西康师尧先生的作品,画家认真对它作了写生,并题为"积极花",或许是因为它开得早,便有了这个时新的名字,也足见在秦地也有此种花草,且引发了画家的青睐。

炮掌掌花

端午前后,山坡上,野地里,会有一种花开放,叶子毛茸茸的,绿里透红,花蕊是管状的,顶生花蕾,三五只不等,像小炮仗;花开时,呈筒状,有点像泡桐花,红中透紫,却不鲜亮,其根为黄色,多汁。这花我们叫"炮掌掌花"。山里人在端午节有为孩子们在手腕和脚腕上系五色线的乡俗,用以辟邪和祈福。奈何家中配不全五色线,祖母便会让我到野外寻找"炮掌掌花",用它的根汁把白线染成金灿灿的黄线,然后配以红、蓝、绿等五色,而后搓制成"辟索",以供所需。因此,我从小就对这"炮掌掌花"留下了深刻的印象。

水蕻花

村之南,有小河,由暖泉水,聚成溪流,流不过百米,汇入"大河"。这"大河"便是前面提到的永兴河,地图上有时也标做"屯瓦河"。这小河的岸边,长一种野花,叫"水蕻花",高者可达四五尺,花干一节一节的,其叶阔大,形如玉簪叶,翠莹莹的,很是光亮,花作小穗儿,二三寸长,桃红色,艳艳动人。我有时跟祖母到南河中洗菜、洗衣裳,这水蕻花倒映在南河中,纭纭漾漾,很是好看,也会采摘一两枝带回家,插入胆瓶清水中,也能"支楞"六七天而不蔫。后来在县城上中学,于一种杂志的彩色插页中,我看到了一幅画,是台北故宫博物院所藏赵佶的《红蓼白鹅图》,才知道这"水蕻花"就是"红蓼",宋代的徽宗皇帝,已经把它搬上了画面。

珍珠花

屯瓦北村,村西有文殊寺。寺门前之道路,称作"寺门道"。寺门道上,道左高高的地堰边,有几处灌木丛,盛夏的枝头,会努出簇簇的花蕾来,色作雪白,状若珍珠,衬以碧叶,迎风摇曳,也颇引人驻足观赏。等花开,密密集集,团廻一处,在轻风中,又如同朵朵浮动的棉絮,装点着寺门道,也会引来无数的蜂蝶,给静寂的旷野带来阵阵的喧闹。

刺玫花

在文殊寺大雄宝殿月台下台阶的两旁,各有一丛玫瑰,我们叫它做刺梅,高可五六尺,因为枝干上长满着尖硬的刺,便有了这个名号。花开时,满院飘香,有人采集其花瓣晾得半干,捣碎加红糖,贮以瓶罐,等年节之前,拌馅,制作"澄沙"(豆沙包)、月饼,自具风味,食之不厌。

紫荆花

文殊寺东侧,便是北屯瓦小学。小学的前院有一株紫荆树,百年老物,树出土便分岔生长,给人以多株并生的感觉。树干盘曲,颇见姿态。我上小学,课间活动,便会有三五个胆大的同学互相比赛,爬上树枝,一个个像偷桃的小猴子,偶尔让老师(当时我们称"先生")遇见,便会遭一顿训诫,一个个从树上匆匆地出溜下来。那紫荆就是我们今天所见丁香的一种,花开时节,丛丛簇簇缀满枝头,紫霞青雪,灼灼照人。只是它的香气太重了,有点熏人。当年祖母在家中"做醋"(自酿自淋)时,是不让我把紫荆花带回家中的,她说,这花浓烈的味气是会把正在酿制中的醋呛坏的。若家中不做醋,我会把几枝紫荆花插入花瓶,浸入清水,置于柜头,倒是很惹人喜爱的。至于它的香气,随着日子的推移,也会由浓变淡,渐行渐远,而香消玉殒了。不过这花很入画,我上大学时,看过一位先生的水彩画,他画的丁香花,笔墨淋漓,鲜活袭人,似乎有清气在画面周围浮荡着,它给我以美的享受,也使那开放的丁香花青春永驻,不知枯萎,这便是艺术的生命了。

山丹丹花

山丹丹花,色泽红得艳丽,哪怕一个高高的山坡上,仅有一两朵,在大片的绿色丛中,它依然会跳出,惹人眼目。因了这耀眼,便遭到了人们的采摘。上山砍柴的人,总会在深山老林里,顺手采回一束。山丹花属百合科,地下茎可入药,也可食用,花瓣晾干,吃汤面时,将花瓣以热水浸泡,色泽如新,置之面片之上,亮丽夺目,是很能引食欲的。山丹丹花,属多年生草本植物,每年开放一朵,有时在山中可碰到开八九枚花朵的山丹,它便是八九岁的年龄了,这是可遇不可求的幸事。某年在烟台参加中国书法家协会理事会,恰逢关中画派方济众先生举办画展,他画的《山丹丹花开红艳艳》小幅,给我的印象极为深刻。其时,我与先生住芝罘宾馆的隔壁。一日闲暇,先生正为几位书友作画留念,画的多是四尺宣三裁立幅的岩羊，我携小册页，想请先生画幅山丹丹花，先生没带颜料，便为我画了一开海鸥图，偶尔展玩，便会想起先生笔下那幅红艳艳的山丹花。

林檎檎花

"林檎檎，面果果"是山野中灌木枝头结出的果实，可采摘咀嚼，果实很小，红红的，很好看，只是没有多少肉质，水分也少，有点酸，也有点甜，还有点涩，上山背柴的人，吃上几颗，倒能解渴。看到它，也会齿酸。北地无梅，"望梅止渴"没有体会，大概就是面对林檎果的这种感觉吧。这林檎木，有带刺的枝条，暗红的色泽，有细碎且密密匝匝的叶子，花开时节，散放出浓郁的香气，玫瑰味，以故，我们叫它"野玫瑰"，花浅黄色，单瓣，有茶瓯大小，风韵绰约，婀娜多姿。某年我适阳泉，在狮垴山的后山里，看到雨雾中大片的"野玫瑰"。令我久久不能离去，还为它写了大段的文字，以记其幸遇呢。

环环菜

蒲公英我们称之为"环环菜"，早春便能见到的野花，其叶周边有花齿状，如卷云纹和如意头，由小到大，匍匐在地一圈儿，成一环形，不久，即从中心拔出一根管状的花茎来，茎头生蕾开花,花嫩黄色,细碎密集的花瓣儿,堆起一个小丘来,有"铜子儿"大小。待花谢后,那花头就会变成一个"毛蛋蛋",白白的,轻轻的,有乒乓球大小,用嘴一吹,便会散落开来,飞向蓝天,飞向山野。据说每根毛羽带着一粒种子,传播天下。后来每看到吴凡先生的水印木刻《蒲公英》,便会想起少年时所见的"环环菜"。它的嫩叶,我当年每采摘回来喂蚕儿吃,如今也是人们席面上一道佐酒的时髦菜。这"环环菜"一受到人们的青睐,其命运便堪忧了。

在我家的庭院中,祖母也种着几种花,有"海纳花"、"鹅梅梅"、"臭金莲"、"西番莲"(我们称作"洋牡丹"或"萝卜花"),还有"步步登高"和"波斯菊"(有人称作"芫荽花")等等。不过年年种的就是这几种,我也许从小司空见惯了,就不曾对它们留意,印象深刻的却是每日早晨祖母提水灌园,精心护弄群花的身影。

松树

北屯瓦是一个山村,站在二梁上向梁下看,谁家院里有棵老树,便可一目了然。

村中最古老的树木当属松树了。北屯瓦小学的校门前有两棵松树,高可参天,两个同学也不能合抱,鳞片如甲,虬枝横空。站在松树下,即使是无风的日子,也会听到瑟瑟的声音。偶遇外地人过此问话,我便会想起贾岛的诗作:"松下问童子,言师采药去。只在此山中,云深不知处。"在文殊寺南楼外之东拐的西坡上,也有几棵松树,虽不十分高大,却疏密有致,配以山石楼观,通以曲径山门,也复故乡山寺小景。屯瓦北村之东,隔河有"照山"一峰,上建"老爷庙"(关帝庙),庙之四周也有老松十数棵,常见风云际会,鹰隼盘旋。而山之背阴,则小松茂密,略无阙处,冬夏常长,夏生清凉,松风徐来,冬现高洁,与雪辉映。然此景致,村民虽出门相见,却很少有人登临,一则司空见惯,二则终日为生活劳作忙碌,疲累有加,哪能有闲暇顾及游山玩水;看山看水,远不如在家睡上一大觉,来得舒坦。

　　南屯瓦有古堡一区,地处大梁之上,堡中有大庙一座,庙前有老松一棵,亦当为数百年之古木了。庙中有塑像,我不记得是哪位神仙,像前有供桌,桌上有签筒,我小学时曾偕同学登堡玩耍,也曾磕头抽签,竟抽出我自己的"寿数"来,天机不可泄露,从小小年纪起,我从未与人透露过此次抽签的事,现在已经活过了那个年龄,却留下了少年时代的一段故事。南屯瓦的"照山"上也有一棵大松树,其余就是橡树了,这橡树到秋天,会结果,冬熟自落,就是"橡栗",我们叫它作"橡骨骨"。《列子》中说"冬日则食橡栗"。据说遇有年馑,人们会捡拾橡栗磨面充饥,以代粮食。《晋书·庾衮传》中,也有"又与邑人入山拾橡"的记载。不过,我们到"照山"上橡树林中检"橡栗",是闹着玩的,不记得有谁家用橡栗面代食品。到20世纪50年代,村中盖戏台用木料,"照山"上的老松树,古堡中的老松树,学堂前的古松树,无一幸免,遭到了砍伐,古村落的景致被破坏了,人们说:"村中没了风水,'虫蚁'(指鸟鹊)也不会再来。"

杏树

北屯瓦村西有"五道庙"和"张家院"。"张家院"的门额有砖雕四字"和气致祥",灰白砖色底,宝蓝色题字,是本村孙鹏云先生的手笔。"张家院"和"五道庙"之间有一块庄禾地,地之西北角有一棵大杏树,树北是我的小学同学张喜生的家。某年春天,我到张家找同学,见那老杏树的高枝探过墙头,杏花正盛,蜂蝶萦绕,款款来去,嗡嗡有声,现在想起来,正是"满园春色关不住,一枝红杏出墙来"的意境呢。时过未几,花谢叶稠,青杏尚小,张喜生独自爬上枝头摘杏吃,谁知摔了下来,竟辍学十来天,在家卧炕息养,以故,张家的老杏树也给我有些许的记忆。

枣树

我家房后西北角也住着张家的"小肉爷"。他家院落的地势很高，几乎可以走到我家的房顶上。院内有一棵大枣树，枣荫半院，那枝干自然也伸展到我家的院落，每到枣花时节，蜂蝶成阵，也会溅落下无数细碎的花朵来，聚集墙角，一堆堆，嫩绿可人。这也会让人浮想起东坡先生的词句来："簌簌衣巾落枣花，村南村北响缫车，牛衣古柳卖黄瓜。"不过那时晋北很少有人家养蚕，自然也没有"响缫车"景况了。枣熟季节，已是中秋节前后了，满树的珠玉玛瑙，晶莹欲滴。某日，张家人以长竿打枣，扑啦啦，满院铺红，也会有不少枣子从我家房顶的瓦垄中滚落到我家的院落里，这些洒落院中的红枣，主人是不来收取的，隔墙对话，说是送给我们尝尝鲜，我自然会勤于捡拾，装满衣兜，也算是不小的收获呢。老杜笔下"堂前扑枣任西邻"的故事，似乎不曾有过。

枣树长成如"小肉爷"院内的大树是很少见到的，其木质很坚硬，以此木料镟成的"枣木槌敲"，色泽红亮，光滑瓷实，用以捣衣，是上好的工具了。儿时的秋初，祖母便浆洗衣服，晒至半干，叠放整齐，置于"槌拍石"上，便坐在院中，槌打起来，"枣木槌敲"一起一落，捣衣之声回响深巷之中。于此，我也会背出李白"长安一片月，万户捣衣声"的诗句。

榆树

我家西隔壁的"楼门院"，是我七爷（我祖父的堂弟）家的院落,他家西南角穿过砖碹角门有个小院,是柴草房、羊圈和茅茨。羊圈后墙外,有棵老榆树和一棵小柳树,枝叶婆娑,那确实会生发陶渊明"榆柳荫后檐,桃李罗堂前"的通感,不过那院的堂前,却是没有桃李的,因为是方砖墁的院,石砌檐台,除了摆放几盆时令鲜花,院中打扫得一尘不染,更不会掘土种草木。

"榆钱"时节,我和同年仿纪的姑叔们搬一只梯子,靠在七爷家小院的后墙上,爬上羊圈的房顶,伸出双手,便可将掠那串串的榆钱了。榆钱可生吃,更多的则是拌面蒸着吃"拨烂子",我们叫作"榆钱砣碌"。不过这榆钱中会生一种小青虫,"拌砣碌"前的榆钱,母亲是一定要亲手仔细捡摘,否则她是不敢去吃的,生怕混入青虫。几年前到原平看梨花,在天涯山下的一家饭庄进晚餐,主人特意为我准备了"榆钱砣碌",又尝到了童年的味道,也让我想起了刘禹锡"根深叶茂知寒暑,散尽榆钱买自然"的诗句。榆钱可食用,嫩榆叶也可食用,而"榆皮面"更是我山村不可或缺的东西。人们将老去的榆树,剥去粗皮后,将榆皮切碎晒干,而后磨成面粉,以少许拌入杂面中,压出的"饸饹"和擀成的面条,会很精道光滑,也耐浸泡,用今天的话来说,农家饮食中"榆皮面"是常备的添加剂,它却是环保的。

鱼针

前面已经提到过,北屯瓦村南有条河,水不大,流淌平缓,悠悠晃晃,人称"南河儿",它的源头是近边几个泉眼冒出的细流。泉是暖泉,夏水清冽,冬不封冻。一到冬天,小河之上,白雾蒸腾,河边枯折的草梗间,会挂上晶莹透亮的冰凌,我们称之为"溜鸡",放入口中,凉凉的,片刻化去。而水中的荇菜嫩绿嫩绿的,随波荡漾,在冬天,这绿色既感鲜活,也很让人喜见。一年四季,人们到南河洗菜洗衣,我也会在河边蹲上半天,那河中的小鱼,仅寸许长,通体透明,游移不定,有时三五成群,追逐嬉戏,有时独个往来,而或住空不动,际此,我便小心地,悄无声息地将手伸入水中去捕捞,它却倏忽逸去,不知所踪。如是往复,终无收获,虽无收获,却也尽兴。这小鱼,我们称之为"鱼针"。冬去春来,每到河边,"鱼针"还是"鱼针",似乎这"鱼针"是不会长大的,叫它"鱼针"很得当。

蛇鱼

屯瓦村有四盘水磨,深深的磨渠中,生活着很多泥鳅,我们称它为"蛇鱼"。谈蛇色变,蛇是很让人害怕的,然而这蛇鱼,三四寸长,指许粗细,色泽赭黑,虽不受人待见,也不受人糟害,以故,那磨渠中的鱼群成百上千,却从来无人理睬。上世纪四十年代末,村中过兵小驻,有不少南方人,发现这磨渠的"宝物",并用荆条筐去捞鱼,一筐下去,便有半筐的收获,几次投筐,竟得几桶蛇鱼。几个小兵的捕捞活动,竟引得村人围观。兵说:"把这鱼油炸或水煮,将是一顿美餐。"他诧异村里人对这么多的好东西视而不见,岂知我们山里人那时候根本是不沾鱼腥的。

虫名趣谈

我没有读过法布尔的《昆虫记》,自然对昆虫的认识,几乎是仅能打零分的学生。然而在童年的记忆中,还是有很多的昆虫吸引着我。

北京人叫"蝈蝈"的,我们称它为"蚂蚱",从野地逮来养在小笼子里,挂在窗棂或门框上,听秋声。对它,我在以前的文章中曾有大段的叙述,在此就不作啰嗦了。形象像"蚂蚱"的,长翅,赭黑色的,我们称"荞麦翅儿",长翅,绿色的,不会发声的,我们叫"秋蛉"。它们大概都是蝗虫家族的成员吧。我们称"蜻蜓"为"河观观"或"荷观观"。它蓝色或绿色的身躯,薄而透明的翅膀,头顶上鼓起两只大眼睛,在南河旁飞来飞去,有时伫立在草梗上,俨然一只小飞机。它的形象,我上中学时,就在齐白石的草虫画面上看到过,实在让人喜爱。白石老人有女弟子,叫杨秀珍,山东青州人。我上大学时,她执教于山西大学,我请杨先生为我画了一幅蜻蜓,虽仅一只,却能传白石老人的遗绪,至今藏在隐堂中。故乡不种荷花,我便把蜻蜓写成"河观观",后来读宋诗,有"小荷才露尖尖角,早有蜻蜓立上头"的诗句,我便把蜻蜓改作"荷观观","观荷"或"观河"之意,这只是想当然的解释了。

我们把"蜗牛"叫"抱螺牛牛",这倒是形象的称呼。它居住在小螺形的房屋中,有时会伸出软体,在地上慢行,头竖得高高的,头上有两只角,会自动伸缩,你用手指头碰它,那只角便会缩回去,再碰另一只,也复如是,便有了"抱螺抱螺牛牛,一个角角长长,一个角角短短"的童谣。

"蓝牛",我不知道它的学名,当是瓢虫的一种吧,黄豆大小,椭圆形,通体蓝色或绿色,大有光泽,亮晶晶的,也很受孩子喜爱。它飞落在一种叫"萝萝蔓"的蔓草上,吸食其奶汁。这"萝萝蔓",叶、蔓皆作粉绿色,饱含奶汁,白白的,稠稠的,花开不大,不显眼,花后会结出细长如线绳的果实来,我们叫它"牛角角",剥去外皮,放入口中,很细嫩,也有淡淡的清香。小时候,借捉"蓝牛"玩耍之际,也吃过不少这"牛角角"。"蓝牛"会飞,却很迟钝,每当它忘我进食之时,便不曾警觉孩子们已经把它盯上了,自然就很快成了儿童手中的俘虏,真有点螳螂捕蝉,黄雀在后的意思呢。

"弊牛牛",一种甲虫,黑色,长不足两厘米,细瘦的躯体,双翅坚硬,将它翻身肚皮朝天放在地上,它会一动不动,然后用手拍打周边的地面,突然它就"弊"起来,有尺数高,霎时落地站立,又匆匆逃窜,孩子们会很便捷地把它捉住,再肚皮朝天让它弊,这单调的玩乐,也会用去一个睡午觉的时间。

还有一种叫"痒痒"的昆虫,小指甲盖大小,土色,扁平的身体,放在土中,几乎不能让人发现,确有极好的保护色。它有特异功能,把它放在"油油沙"上,孩子们口中反复念"痒痒痒痒臊臊,痒痒臊臊痒痒臊臊",这"痒痒"便会在油沙中退着走,用不了多少时间,沙土中便镟出了一个酒盅大小的小坑,然后在沙坑中突然逃之夭夭,不过有时也逃不过眼疾手快的孩子,仍然会从沙底把它掬出来,继续放在地上让它制造小"酒盅",几个孩子玩累了,方止罢休,给沙地上留下几个小坑,尽兴而去。

故乡还有很多的昆虫,可供我们捕捉玩耍,比如各种蝴蝶,我们统统称作"蛾儿",有白色的、黄色的、黑色的,有五色斑斓的,有一种是带有"飘带"的,个儿大,很是好看,却不常见。还有"螳螂",我们叫它"掐瘊虫";有"螽斯",我们叫它"板担婆",都是绿色的,很入画,在王雪涛先生的画幅上是能经常看到的。我小时偶尔也会捕捉来玩耍,它们后腿很长,善弹跳,一跳能几尺远。把后腿捉到手中,身子一颠一颠的,逗人笑。

故乡的草木鱼虫还有很多,不能尽说,择其要者而记之,自然是挂一漏万了。

2017 年 10 月 5 日

家乡豆腐的记忆

如今,豆腐是普通人家中的家常食品,只要你想吃,天天可以摆上餐桌。而我从小山居,吃豆腐除了上"事宴",那只有一年一次的春节前后,这豆腐也不是从市面上买到的,都是得自家家里人制作,我家做豆腐的任务,主要是靠祖母来完成的。

每年腊月,在山村,不管贫富,家家户户都要尽力准备"年货",做豆腐也算一件费时费力的活儿的。做豆腐的原料是"大豆"(也有用黑豆的),我们家乡叫它"黄豆",而称之为"大豆"的却是"蚕豆"。豆子是自家地里产的,收获时,已经拣选干净,晾晒就绪。待做豆腐前,祖母便会从南房的瓦瓮中取出四升来,每升三斤,正好做一锅豆腐,当然豆子缺乏时,做两升三升都可以。

做豆腐的第一道工序是"破豆子"。当时我年龄只五六岁，祖母做什么事情，我总是跟在她的身后，人们说，我是奶奶的"小尾巴"，想甩也甩不掉。"破豆子"，有时用碾子，在碾盘上撒一圈薄薄的豆子，我帮奶奶推着碾杆，豆子便会在碾硌碌下破成四五瓣，皮肉分离。有时祖母到叫锁红奶奶家破豆子，她家有一盘石制的小磨，磨盘圆圆的，尺数来长的直径，磨盖的边缘连体凸出拳头大的一个半圆来，上面竖着安一个四五寸长的木柄，它称之为"媳妇头"，磨盘上还有不到一寸大的小眼儿，是下料的地方，祖母一手摇木柄，一手将黄豆均匀地放入磨眼中，豆瓣不时从磨扇下流出，用上半天的时间，四升黄豆便破成了小瓣。用小磨"破豆子"，比用碾子费时多多，不过趁此当儿，祖母和锁红奶奶可拉上半天的家常，我听着她们叙述那当年的故事，也是蛮感兴趣的。

　　黄豆破好了，首先要箩去豆面，再簸去豆皮，便要"浸豆瓣"，也有人叫"泡豆瓣"，用清泉中担回的水，把豆瓣泡在分置的瓦盆中，水过豆瓣半寸许，泡上一整天，豆瓣黄澄澄、鼓囊囊的，煞是晶莹透亮，盆中的清水几被豆瓣吸尽了，挖到盆底，则尚有余汁，水汪汪的，似有乳泉涌起，且不时泛出清香的豆腥味，这也是我记忆中不曾忘却的味道。

　　豆瓣浸泡的没有一丁点硬心，便是要进入"磨豆腐"的程序了，这既是费时的活儿，也是费力的活儿，这工作一般都是安排在夜里进行的。晚饭过后，家中的一切杂务都办完了，在我家西房主屋的当炕上，放一个"五分盆"，一只口沿稍大，下部稍微收缩的红色瓦盆,口沿直径约莫二尺余,而高可五六寸,有稍稍向下的翻卷小边儿,这算是一件大器物了,似乎没有更多的用处,我家没有这物件,是从别人家借来的。

"五分盆"安置妥当,上面架起木磨架,四根腿儿柱立在"五分盆"外的席炕上,架子中央放稳了小石磨。这小石磨也如同"破豆子"用的锁红奶奶那小磨的模样。磨架上方的一旁搁置好浸泡过的豆瓣盆。其时也,天已大黑,祖母便点一盏素油灯,室内马上亮堂了起来。这油灯,挺漂亮的,是一件高高的铜灯树,高有一尺五六寸,下面是喇叭形,又有两层收缩的造型的灯座,上面承托着圆圆的口沿上卷的铜盘,盘中可放置"取灯儿"(火柴)和拨灯棍,铜盘中央是高高的灯柱,柱子顶端,焊接着又一个小承托,承托中央放灯盏。这铜灯树,祖母有时间,便会蘸着细柴灰,用抹布擦得金黄锃亮,看上去也是一件工艺品,只是司空见惯了,倒也没觉得珍贵。灯盏中倒满植物油,我们称之为素油,用新棉花搓一根细细的灯捻儿,浸泡在灯油中,渍成黄黄的色泽,一头露灯盏沿,点燃后,亮亮的红红的灯头晃动着,跳腾着,煞是好看,有时会爆出"灯花"来,说是"喜气"的征兆,因而看到"灯花",大家也会为之高兴的,"灯花披喜"嘛,似乎古诗里也有描写。写磨豆腐,竟然又扯到"铜灯树",有点跑题,这是由于对它的喜爱,便有了深刻的记忆,夹叙几笔,或许也会引起你的一些思索。

题归正传,接下来便是开始"磨豆腐",在安置好的磨架两旁外,放两只半高的矮凳儿,祖母和母亲各坐一方,面对面,各以右手,紧握磨把,磨盘盖便有节奏地逆时针方向转动起来。祖母的左手则拿着一只小匙儿,舀着豆瓣不紧不慢地倒入磨眼儿,随着小磨的转动,雪白的糊状物便从两扇磨盘间向下流动,一滴一滴地掉入"五分盆"内。吱扭吱扭轻微的小磨声,匀称地在室内传递着,有点单调,听久了直让人打瞌睡,忽然我发现墙壁上的"灯影儿",是祖母和母亲加上手推小磨"影样儿"("影"读作"依"),有点像皮影戏的动作,也颇引我注意,又诱发我加入其中,以双手相握,并变换着姿态,在墙上影现出狼、狗或小兔儿,玩着玩着,双眼便不听使唤,不知怎地就倒在枕头上入睡了。至于祖母和母亲是在什么时候磨完了豆瓣,我是全然不知的。一觉醒来,天已大亮了,只见那五分盆内堆着半盆白白的糊状物,周边低凹处,还聚着些许的汤汁儿,满盆中散发出更加浓郁的豆腥味。

　　临窗的红泥小火炉上坐着一只小砂锅,锅中的稀粥蒸腾着热气,炉坑内烤着山药和玉荾面窝窝,虎皮虎皮的,也散发出农家的风味,祖母端出一盘腌菜,放在炕头,让我快穿衣吃饭,那稀粥已盛进碗中,晾着凉,似乎催我尽快去吃完。

　　靠后墙的大铁锅中,已倒入了半锅的冷水。母亲抱入柴禾,坐在锅台前生火烧水。这半锅的水要烧滚,用去的时间也不少。待锅开后,祖母用铜瓢把这"开花滚水",舀几瓢倒入磨好的"五分盆"内,并用力地搅拌那雪白的糊状物,大半盆稀释后的白色溶液,仍然是稠稠地流荡着,在搅动中,有如一匹白色的云锦在盆内翻卷,不时地变幻着光泽,散发着香气。这过程叫"杀沫"。其时也,锅内又加了水,水滚后,接下来,便是"揉豆腐"。这也是一种很辛苦的活儿。

首先将"杀好的沫"(即豆瓣磨成糊状物加滚水稀释后的溶液)舀入"洋面布袋"(也称"机器面布袋"——即装置面粉的细白纱织造的布袋),结好口沿,然后放在锅台边架的案板上,以双手用力揉搓,使袋内的豆腐精华和豆渣分离。那溶液顺着布袋织物的经纬眼流出,注入开水锅中,直到袋中的溶液全部挤出,再把袋内剩余物——"豆渣"倒出,然后再装"沫",再揉搓。如是往复直到"大盆"中的"沫"全部"揉"完,这"揉豆腐"的活儿一直是祖母来完成,"揉"一锅豆腐下来,奶奶是满头大汗;母亲则一直坐在地上烧火拉风箱,让锅内始终滚着,这火不能小,也不能大。火小了,锅不开,火大了,锅底便会起糊结痂,叫作"傍锅",做出来的豆腐便会有"糊傍味",不好吃。

接下来是点豆腐。祖母刚揉完豆腐,匆匆擦把汗,稍松一口气,便紧接着将卤水或芒硝放入长柄铜勺内,在锅汤中来回游动,一瞬间,锅中便浮起了豆花,随着时间的推移,豆花越来越多,像翻卷的浪花,慢慢变得稠厚而涌起。祖母的铜勺有如魔棍,仅十几分钟时间,将一锅豆汤变出豆花来,煞是让人高兴,我幼小的心灵还感到几缕神奇。

最后的工序便是"压豆腐"。把那"磨豆腐"用的大盆收拾干净,铺入大大的"袱布"(粗纱布),布沿露出盆边外,将锅中的豆花连汤全部舀入大盆,然后用"袱布"包裹起来,上面加上重物,以作挤压,豆浆便从纱布的孔眼中流出。到这时,大家(其实只有祖母和母亲)才可以轻松下来,说说话,收拾收拾用具,也可以坐下来休息片刻。豆腐压上个把钟头,豆浆也已被挤压殆尽,舀尽浆水,打开"袱布",热腾腾的豆腐顿现眼前,祖母用刀把整体的豆腐切成四五寸见方的豆腐块,小心翼翼地晾在"茭箭箭苤苤"上,这白嫩新鲜的出锅豆腐还震颤着,冒着热气,散着香气,似有灵性,让人疼爱呢!

祖母切一小块素豆腐,递给我说道:"尝一尝,好吃不好吃?小心烫嘴!"然后再切一块,打成豆腐丁,拌入葱花或芫荽,放少许盐,滴几点香油,轻轻颠簸调拌,便坐下来,尝上几块,并让我母亲品尝,这也许是对儿媳劳作的犒赏了。

如今每吃豆腐,儿时做豆腐的记忆,又会一幕一幕地连成清晰的画面,祖母那辛苦劳作的身影,又会在眼前化现,让我陷入无尽的沉思和缅怀。

2016 年 12 月 23 日

烧山药

数日前，书友周向琴过隐堂，谈起郊游采蘑菇的情趣和吃烧山药的况味，滔滔不绝，欢喜无量。她那欢愉之情也感染了我，竟引发出无尽的乡思和往游一快的愿望。

马铃薯，我们老家管它叫"山药"，而把学名为"山药"的叫作"长山药"。山药这东西，既可当菜蔬，又能顶粮食，是晋北老百姓终年为伴，不可或缺的食物。它可以煮着吃，蒸着吃，烩着吃（切块烩菜），炒着吃（切丝热炒），拌着吃（切丝凉拌），烤着吃（火盆热灰中煨），烫着吃（切片在火铛上烫），而最为原始的吃法是架起柴火来烧着吃，它粗犷、豪放，吃起来也最让人解饥，解馋，解恨。

在家乡，记得少年时村西三里外有一个地方叫"寺塔坪"，其实寺塔坪是没有塔的，寺和塔不知在什么年代已经毁掉了，只留下了这个可以发思古之悠情的空名。在这寺塔坪

山药的滋味

靠北的山坡下,有我家的一块薄田,满地多小沙碎石,少土壤,十分的贫瘠,似乎种了高粱、谷子,总是收成很低,而种了山药,虽然个头不大,但山药很好吃,是沙瓤儿,尤其是新出土的蒸着吃,总会开花儿,看着也让人欢喜。

种山药,不复杂,切籽儿,养种,撒粪,培土,出苗儿。几个月后,叶绿苗壮,过不了许久,山药蔓的顶端就会冒出一蔟花骨朵,过几天就开放了,玉白的、雪青的花瓣儿,黄灿灿的花心,很是好看。俗语说"山药开花坐圪蛋",这时会有红的、橘黄的瓢虫,我们叫它做"货郎牛牛",也有人叫它"花媳妇",是啃食山药叶子的害虫,一经发现,我便会跟着大人们一手拿箩子,一手把"货郎牛牛"打入箩中,然后集中埋入深土,虽是劳作,却也得到了半日的山野游逛,甚为快意。

到深秋或初冬季节,山药的叶、蔓枯萎,我们叫它做"回蔓",趁土地未上冻,这便是收获山药的时候了。一家人出去,男子拿镢头刨山药,女人和孩子们手提箩头捡山药——抖去沙土,聊作晾晒,然后把山药捡进箩头,倒入麻袋或帆布口袋。晌午时分,人们会歇下来喝水抽烟,并就近捡拾干柴,叠架成堆,点起火来,青烟升腾,火苗跳动。是时也,将山药放入火中,先烧后烤再煨,仅两锅烟工夫,山药烧熟了,便是一顿午餐,简单而朴素,却吃得有说有笑,十分地开心。傍晚,山药"起"完了,人背、驴驮把山药运回家,还会洒下一路的欢笑,这也许就是所谓"丰收的喜悦"吧。山里人,要求不高,能吃饱穿暖,就大大知足了,然而在当年,这也却是一种奢望。

日昨,小周趁星期日,邀我和老妻石效英往游米家寨水库旁的一处小山谷,顺便采摘蘑菇,吃一顿烧山药,以满足我重温童年生活的意愿。

小周,就是周向琴,她是"山西周通生态农业开发有限公司"的总经理,我们交往多年,她小我近30岁,所以,我和老妻都称她"小周"。她的丈夫也姓周,是公司的董事长,我们则称他"老周"。大家都是原平老乡,这样称呼了多年,已经习惯了,也很感亲切,若以"周董"和"周总"去称呼,倒似乎有点生分了。

上午十点,小周和司机到世纪花苑来接我们,出忻州城取道新路、解原、六石、加和,未几,过双乳湖、暖泉山而奇村镇,复前行,经杨胡,路旁摊贩多多,皆为卖葡萄者,素闻杨胡产葡萄,真是名不虚传。于"岱岳殿"牌坊前,车离油路,拐上一条土道,斗折蛇行,渐次爬高,直抵山峦峰顶,开车窗而南眺,山谷沟岔间,平湖一区,绿水扬波,此正"米家寨水库"是也。

车复前行,转一小弯,下一缓坡,见先我们而到的老周左手提兜,右手拿棍往边坡走去,相与问候,说:"到那边杨树林中找蘑菇去。"见此,我和小周也下了车,效英继续坐车随司机下到坡底的河谷间休息。小周说:"蘑菇喜阴湿,产在小叶杨树下。昨日早上下了一点雨,太阳一照,便会从树下长出来。只是今年天干,不知今天能不能采得到。往年,我们到这里来,一采便是几袋子。"说着,我随她步入路边的小树林,她就地捡起两根小木棍,一根送我,便开始拨开丛草,翻动落叶,在土石间精心地寻找那蘑菇的踪迹。回环往复,寻寻觅觅,终未有获,小周自言自语说:"怎么连一只也找不到?"我却被这些山野之景和草木之态所吸引,紫色的山菊花,高高低低,丛丛蔟蔟,在清风中晃动,衬以不同形状的顽石和披离的绿草,野逸之趣,顿然呈现,却又是一幅绝妙的图画呢。野菊花摇曳着,当是山中清风所致,有点凉,一只飞倦了的小蜜蜂颤巍巍落在菊花上,那野菊更加晃动了,劳作了整整一个夏天的工蜂,也该好好歇一歇。

蘑菇没有采到,我捡了一束干透了的杨树枝,顺着山路走到了谷底,把柴码放在路边。其时也,效英也在捡柴禾,人们都在准备着到晌午烧山药所需的燃料。在山谷,在丛树中,"空山不见人,但闻人语响"。

效英近时不良于行,和先前到的人们在山坡旁的树阴中叙话,我独自沿着河谷小溪而下行,细水如吟,时隐时现,有聚有散,明灭照人,或为小瀑,漱草溅石;或成浅潭,落玉成璧,我偶蹲溪边,掬手而饮,凉沁心脾。岸边石下,又一丛野菊,间之星星点点的白花,色彩斑斓,也复喜人。忽有黄蝶十数只,款款而来,绕紫菊而飞翔,间有飞落花头者,花枝颤动,不能久立,那蝶旋即离去,久之,菊花复归平静。

我离开溪谷,步入路左的小叶杨树下,希望意外中觅得蘑菇一二只,也算不虚此行。突然山鸟从脚下飞起,扑楞楞一声,委实把我吓了一跳。蘑菇没有找到,我又捡了一些柴禾,循原路返回山坡下的停车处。

忽闻南坡上有几位女士走来,大声嚷着:"我们采到蘑菇了,还不少!"话声伴着溪声,在林谷中传响,充溢着兴奋和喜气,走下来的正是周尚琴她们。

女士们坐下来清理蘑菇中所夹带的杂物,细心地削切蘑菇把儿上的存垢。我趋前端详这杨蘑菇,其形状和色泽,与我少年时在家乡所采的柳蘑菇稍有不同,柳蘑菇水分大,细嫩,浅灰色,伞裙紧包粗把儿,若伞裙张成伞盖儿后,便很快"黑化",就不能食用了。而这杨蘑菇似感水分少,看上去稍粗糙,黄白色,即使伞裙张为伞盖儿,也不会"黑化",照样能吃。

蘑菇洗净,掰成小块,置入瓷碗,加麻油、花椒面、食盐,放少许葱花和姜末,上锅蒸熟,出锅,加少许凉白开,搅拌,然后放一撮芫荽,香味四溢,色泽喜人,便可以此调拌菱子面(高粱面)或莜面"鱼鱼",让你吃得不会停下筷子。不过今天午餐是烧烤,这"蘑菇调鱼鱼",便只能心想了。

时近晌午,柴禾捡了一大堆,隆得高高的,随即点燃,先是冒出浓浓的白烟,在升腾中打着圈儿,慢慢消散,散在林木中,浮荡碧云天。渐次火苗蹿起,白烟顿失,便把随车带来的新山药(昨日刚从地中刨出)架在旺烧的火堆上,只见老周用一根长竿翻动着山药,使其埋入火堆中,且不时地翻搅着。人们说笑着,有的靠近火堆摄影纪念,炙热的火焰把脸烤得生疼,停不了一分钟,便匆匆跑开。有急性子说:"山药该烧下了,取一颗尝尝。"老周从火堆中,用长竿将一颗山药拨出来,在地上滚出了三四尺,黑乎乎的,简直就是一块石炭。那女士捡了起来,左手倒右手地换着拿,以防山药烫着手掌,稍凉,便在一块粗涩的石头上磨去黑皮,迫不及待地品尝起来。她说:"山药四边都熟了,心儿还是硬的,这'夹生'山药有味道,我爱吃。"

又过了几分钟,老周把部分山药从灰烬中拨出来,滚落一地,在沙石间晾着。他又把长竿交给一位青年,自己捡了一个半大不小的山药,磨去了黑皮,那山药"虎皮虎皮"的,黄中带黑,有如虎皮上的花纹,十分好看,径自给我送过来,说:"你尝尝,肯定好吃!"其时我已从地上捡了一个山药在手里,便说:"我有了,自己磨,重温一下少年生活。"老周不再相让,自己吃起来。

在慢坡旁,我看准一块大砂石,就将自己手里的山药不时翻转地摩擦,那炭化的黑皮都慢慢地磨掉,青砂石变成了黑石头,而山药变成了"花狸猫",我没等手中的食物变成"虎皮"山药,便一掰两瓣吃起来,烫嘴烫嘴的,正是童年记忆中的味道,很是惬意。在我品尝"烧山药"的当儿,小周为我拍了照,看看视频,自己双手是黑,两脸、嘴唇上也是黑,让人忍俊不禁，足见自己山药吃得很开心、很忘我，老妻笑我伤雅，我想我正应了周作人的一句话："然则我诚犹未免为乡人也。"于我，或改易为"山里人"则更为确切的。

火堆里的山药还未全部烧熟，又有人埋入了一个小南瓜，那边厢傍山临流又架起烤炉烧烤羊肉串，我却对它全然没有一点兴趣，自然也不会引起我的注意；至于一旁摆好的梨果、葡萄、西瓜，以及月饼等中秋时令食品，似乎也无人问津，大都是两手两脸沾黑地吞食着烧山药，有人捧着大葱，有人就着腌菜，三人一堆，五人一伙，也有独自一人坐在石头上或蹲在丛草旁，享受这原始生活中上苍对火与食物的恩赐。

我从火堆旁捡起第二个山药，在原先那个砂石上认真精细地打磨，有如打磨玉器一样的用心，结果得到了一颗名实相符的"虎皮"山药，黄棱棱的表皮上，一道道浅浅的黑纹，几条交叉的纹道，似乎还显现出那老虎额头上的"王"字来，确乎神奇，我把玩着这工艺品一样的山药，实在不忍下口。老周走在我的近旁说："你吃得细致。20世纪六七十年代，生产队家家没粮食，吃不上几顿饱饭。每当起山药的日子，社员们便不吃早饭，到了山药地，有人刨山药，有人捡柴禾，不到晌午，地里就会隆起几堆火，提一箩头、一箩头的山药去烧，有的年轻人不等山药烧熟就去捡着吃，一颗颗烫手的山药，也顾不得去打磨，'连皮带圪渣'吃下去，恨不得三口两口就吞掉一颗。大家似乎在比赛，不少人一次能吃掉二三十个，那才叫吃得解恨嘞。"老周稍一停歇,又补充了一句:"那时候的山药没有今天长得好,个头都不大。"听着他的叙述,我自然想起了在"三年困难时期"饿肚子的景况,真是往事如梦、不堪回首呢!

年轻人似乎对吃烧山药兴趣不大,他们手中多是烤羊肉串,而那上幼儿园的孩子连羊肉串也很少吃,他只是提着一只荆条编成的小篮子,到处奔跑,像一只撒欢的小马驹,问他话:"你几岁了?""不知道,问我妈去吧。"一溜烟,他已经跑得很远了。

烧山药、烤肉串尚未吃完,忽然雷声大作,西边天空涌起一股黑云来,说时迟,那时快,呼哩啪啦的大雨点,沿着山谷洒落下来。大家提着怕湿的东西,匆匆奔向各自的车厢。此行十六人,分乘三辆小车。两位司机吃得似乎还没有尽兴,便打起车的后厢盖,站在那里,就着羊肉串,品尝刚从热灰中捡出的山药,想必这吃法,别有滋味。

"忽雷雨",来得快,去得也快,说下就下,说停就停。雨停了,大家走出车厢,整理那雨中没有来得及收拾的东西,有的人到小溪中去洗手洗脸,老周的母亲已是81岁的老人了,很健康,也健谈,她关心的是烧山药留下的灰烬,火堆虽已有大雨的洗礼,她还是让人用铁锹来回翻覆,仔细打量,切实没有一点火星了,然后再用生土埋垫。而周总——周向琴则提着一个黑色大塑料袋,在人们活动过的地方捡拾垃圾,直把那些遗留物收拾得干干净净,而后把垃圾带上车,还山谷以清净的本来面目。

雨后回家,带着湿漉漉的雨露,回味着烧山药的滋味,回放着山中半日行的一幕幕场景,泛起的是乡愁,收获的是愉悦。

2017 年 9 月 18 日

海南过冬至吃饺子

昨日,从雾霾笼罩的晋北小城忻州飞来海南。今日十二月二十一日,值农历丙申年冬至日,中午秋生先生邀请我等往五指山市"喜家家"吃饺子,这是一家小小的东北餐馆,专营饺子和手擀面。店面不大,室内仅能安置五六张方桌,临街的门厅,于骑楼下的西侧摆放着两张合并的桌子,我以为是最好的处所了,视野宽,不嘈杂,更可喜的是台阶下有一丛花木,三角梅,长长的支条高过了骑楼的屋檐,支条上缀满了红艳艳的花朵,沉甸甸的繁花又将长条压成了一弯一弯的弧线,在风中摇曳着,娇滴滴的,委实引人注目。三角梅下,又有滴水观音、仙人掌、虎皮令箭什么的,挨挨挤挤,争奇斗艳。我们一行七人分坐在骑楼下这张紧临花丛的长桌前,面对花木,真是秀色可餐,便从内心生发一种愉悦来。再说这里的气温,已是"数九"第一天,北国已是寒风凛冽,满天飞雪的季节,而这里高温28度,骄阳下的餐厅内,那实在是热得难耐,而我们的处所,有骑楼的遮阳,有长廊通风,实在是让那些坐在餐厅内的食客们艳羡的,这座位是小毛在上午九点专门预定的,我们由衷地感谢这位细心的青年人。

"冬至吃饺子",虽说是一种民俗,却在我的记忆里没有多少印象,因为我的老家地处穷乡僻壤,土地少且贫瘠,种小麦很少,自然是因了小麦的产量低。家中没有多少麦子,便不会磨出多少白面来,除了年节或参加红白事宴,便与白面的食品是无缘一见了。大年时节包几次扁食(饺子),蒸一锅"供献"(花馍、枣卷之类),清明前,蒸点"寒节供献"和"寒燕",七月十五,蒸点"面人"、"欢鱼吉兔",八月十五,打几斤月饼,放白面的瓦瓮便告罄了,仅此而已。碰上有"门应差事"多即"红白事宴"的应酬,除了过大年,其他用白面的地方几乎都是要被挤掉的。所以在我的小时候,不曾记得"过冬至吃饺子"的习俗。

说到"冬至",我是有一星半点知识的,那便是"冬至"这一天,白天最短,黑夜最长。从冬至这一天开始,便要"数九",且记得几句民谚,说"头九二九,门缝叫狗","三九四九,冻破对臼","交五九,消井口","春打六九头"(六九的第一天,就是"立春"的日子),"七九河开,八九雁来","九九又一九,犁牛遍地走",当然也有春寒料峭的年分,便有"九九重河冻,冻破米面瓮"的说法。民谚从生活中来,是生活的总结,也给我留下了童年的记忆和永恒的怀想。

"冬至一阳生",说的是太阳光从这一天起,逐渐由南回归线向北移动,天会一天比一天长起来,然而在北国从冬至开始,却会一天比一天寒冷,到"六九"以后,春天到来,气温才逐渐会有一些暖意的流露。而身处海南,冬天的滋味,是不会有所领略的,如前所述,坐在五指山市"喜家家"餐馆的骑楼下,身着半袖衫,尚是汗流浃背,满眼的花光,一派盛夏的景象,然而这"冬至饺子"还是要吃的。

首先上桌的五盘凉菜,有雪白如玉的莲藕,有乌黑光亮的木耳,有翠绿欲滴的苦瓜,有晶莹剔透的皮冻,还有一盘焦黄流香的秋刀鱼,看上去,已是让人赏心悦目的,奈何同桌七个人,没有一个人嗜酒,实在是委屈了这几品亮丽的小菜。

饺子上席了,共五盘,五种馅子,有西葫芦馅的,韭菜馅的,香菜馅的,三鲜馅的,酸菜猪肉馅的。

这"喜家家"饺子馆,以前也有过几次品尝,好是好,却没有吃出多少滋味来,今天是冬至节,来的人分外多,餐馆内的桌子,早早坐满了食客,以至后来的人不仅没有座位,切好的馅料也将用尽,店家只能客气地婉言谢绝迟到的客人,失望而去的客人一过又一过。

今年过冬至,吃饺子,心情似乎分外的好,说着、笑着、品尝着,吃得慢,且吃出一些花样来。案头有醋、有酱油、有蒜末、有油煎辣子,根据各人的嗜好,选用着不同的醮料,却看这西葫芦馅饺子,精白的面皮,包裹着细嫩的西葫芦拌着炒鸡蛋馅儿,嫩绿中泛着鹅黄,一派春天的色彩,这饺子竟然报道着春天的气息,似乎赵女士情有独钟,竟吃下了五只。第二种是韭菜馅,也和着几星蛋花,一汪翠绿的色泽,浓得化不开,我说它是夏天的象征;香菜馅的饺子,也复如是,绿茵茵的馅料,透着小芫荽的清香,是家乡的味道,在我童年,从不曾有过芫荽作"扁食"馅的记忆,然而小芫荽在夏天调凉菜,在冬天,于热乎乎的"羊杂碎汤"中洒上几许芫荽不独醒目悦人,也是十分提味的,不过有人不喜欢它那特殊的味道,这口味自然是各有所好的。第四种是三鲜馅的饺子,面皮中填满了虾蟹等肉馅,五色杂陈,香气四溢,品尝一只,香留舌本,赵女士又说,这饺子该是秋天的色相了,众人应之,细作咀嚼,以求真味。最后一道是酸菜猪肉馅,地道的东北风味,肥而不腻,清香可口;观其馅料,不加酱油,洁白如雪,我脱口而说,这是冬天的色相,不过不是海南的冬至时节的色相,是北国,尤其是东北的色相。若此日在东北冰天雪地的暖屋中,就着烧酒,大口吞食着酸菜猪肉馅饺子,我也许会尝试一把一醉方休的感觉。然而,时下却在海南,花间的两只蜻蜓;几只蝴蝶,一只黄色的,一只黑色的,还有一只是白色的;又有一只嗡嗡蜜蜂,也许是闻到了我们餐桌上的菜香或馅香,竟然也飞到我们的面前,悠然而来,倏然而去,给我们留下了它们的倩影。

海南的冬至节,难忘的饺子宴。

2016 年 12 月 21 日

初访董寿平先生

时在1973年7月上旬,我适北京,住在前门外粮食店街31号的"文革旅馆"。于6日上午八点搭四路无轨电车到和平路11区22楼1单元1号,初次拜访了著名山西籍画家董寿平先生。我与先生有一面之缘,那还是1962年七八月间董先生到太原期间,应邀到山西艺术学院美术系观摩学生的毕业创作。先生温文尔雅,穿着白府绸中式短袖衫,手拄文明杖,看到好的作品,脸上漾出微笑,予以肯定和鼓励,同时对某些作品提出了加工修改的指导意见。其时我正在美术系读书,跟着董先生在各个教室观摩作品,还趁机大着胆子向先生请教一些书画问题,先生都给我作了简短而又深入浅出的回答,让我大受教益,也留下了深刻的印象。

时隔十来年,没想到今日竟又见到了董先生,谈起当年在太原观摩学生美术作品的事,先生说:"已经不记得了。我

1992年12月2日，在北京中日友好医院探望董寿平先生

今年已经70岁了,耳也聋了,什么也没有进步。要说提高,就是健忘这一点比以前大有进步。"先生风趣的开场白,引出坐在一旁的董夫人的笑声,我初入董宅的紧张情绪也为之缓解。

我请董老谈谈他的学画经验。董老说:"没有经验,也不能多谈。我是洪洞人,现在还受街道革委会的管制,'文革'开始,经常挨批判。小老乡来看我,我很高兴,你能自学中国画,这很好。我学画也是自学的,大学学的是经济和哲学,23岁大学毕业后,才开始自学国画,下过三方面的工夫,一开始是研究历代画论,从中捉摸古人的画法。二是在故宫博物院观赏分析古画,研究其风格、特点和画法。三是'七七事变'后,我住在四川,对大自然进行了写生,就是古人说的'外师造化'。研究画史画论,了解古人。临摹古画,继承和掌握传统画法,为我所用。只有外师造化,才能有所发明,有所提高。"

我请董老谈谈临摹古画的经验。董老说:"临摹古画,我没有完成过整幅的作品,我都是局部的临摹,首先要仔细分析所临作品的特点,从而通过临摹掌握古人的笔墨技法。"

当问起对近百年画家的评价时,先生说:"吴昌硕的画,大气磅礴,用笔得书法的功力,用色很丰富,也很微妙,我不知道他研究过西洋画没有;他的用笔和设色是很值得学习的。任伯年的画,很巧,特别是熟得很,设色上也很讲究对比。然而因为过熟,显得浮,不耐看,没力度,这是时代造成的,他是以卖画为生,如果有一个好的创作条件,他的成就则是会更大的。虚谷的画,很有他自己的风格,他最善于用淡墨。有清一代的山水画,则是由于摹古,没生气,也很刻板。"

董老谈到自己则说:"今后的任务是创造工农兵英雄形象,我是不行了,只能画点山水和花鸟,不过也可以为毛主席的革命外交路线服务的。山水、花鸟画,将来恐怕也是一种点缀品,此次北京市美展,有三百多件作品,山水画仅有三四件,陶一清到灵丘搞了一点写生,山水画也是要反映新面貌。我近年来是为国际饭店和北京饭店画画,由于身体不好,每日只能工作半天,这几天病了,回家里休息,你来得很巧。"在谈到"虚谷最善用淡墨"的同时,还给我介绍了古墨的制作方法,以及"松烟墨"、"油烟墨"的不同特色和使用。我顺便问及哪里可以买点旧墨,董老马上用毛笔给庆云堂的李文采先生写了一封信,介绍我到他那里去购买旧墨,希望能得到他的帮助。

当问起我大学时的老师王绍尊先生篆刻《毛主席诗词三十七首印谱》时,董老说:"今年夏天,王绍尊先生以他的篆刻大作见示,那种创作热情和辛勤的劳动精神让人感动。"

我说:"王老师还想将他的作品作一修改和完善,希望董老就艺术上谈一些意见。"

"总的印象是好的。只是象形的一些印面显得华丽和浮浅,质朴就觉得不够了,也影响了整个印谱风格的统一。有些印的布白还嫌不够完美，印章的外轮廓有些是太方整了，破破边，也会收到效果的。功力的高低是个时间问题。整个章法，又是这么大分量的印谱，恐怕在山西参考资料是太少了。"

谈起洪洞董家的书画收藏，董老说："在1951年以后，我两次把家藏的古代字画都赠了山西省博物馆。"我说："在我上大学期间，到太原纯阳宫，也就是山西省博物馆二部参观书画展出，其中就有董老捐赠的部分作品，画幅的下角标有捐赠的说明，我看了很是感动。"

在董宅上午11点的时候，又有客人来访，我告别时说："今后有机会进京时，我还会打扰董老的，到时请董老作画示范，让我开开眼界。"没想到董老说："那你明天下午3点来吧！"这回答令我喜出望外，竟不知道如何表达感激之情。先生送我到门口并说："顺着电线杆过去，是13路汽车站，就可到你住的地方了。明天见！"我也只说了三个字："明天见。"声音很小，还不知道老人听见了没有。

七日下午三点，按时敲响董宅的房门，开门的是董老的夫人，她说："你来了，董老已等着呢！"董夫人是一位和善的老人，脸上时时刻刻露着笑容。

见到董老，他首先和我谈起的是曾经跟他学过画的北京插队知识青年王同辰。我说："我认得同辰，他在定襄官庄插队。他画得很好，我把他的近作人物画发表在我们办的刊物《春潮》杂志上，得到了好评。"

董老说:"谢谢你。他前段时间回京来,结果考大学的时间错过了,已返定襄,现在正在考虑如何补考。大家想想办法,请你多帮助。"正说着话,同辰的父亲和同学也来了,看来董老对他的学生王同辰的事是很上心的,便把我今天要到董宅的讯息,提前告知了同辰的家属。大家见了面,又将同辰的前途和补考事宜商量了一阵,都希望我在忻县地区大力帮助。我自然在自己力所能及的情况下尽力而为,因为这是董老用心的嘱托呢。下午四点许,同辰的父亲和同学离去。董老说:"今天时间不多,给你画张墨竹吧!"说话的同时,从床头边取出两张不足三尺长的皮纸来,又说:"我习惯用四川夹江宣纸,更喜欢用贵州这种皮纸。"接着就开始作画。董老的画桌很小,连一张三尺长的条幅都放不下,画竹竿时,还将纸专门拉斜了,用桌子的对角线,以增加其长度,使竹竿画起来,能顺势而发,一气到底,而表现出竹子凌云向上的挺拔气势。到这时我才发现了董老的居屋是如此的迫窄,就连纸张、书籍都堆放在单人床的床头,当老人休息时,自然还得移动,而砚台、笔筒则是放置在临近的窗台上。不过董老看起来已经很习惯和很顺手了,他全然不在乎,这种随遇而安的心态,自然是一种修养了。

董老一边画一边说:"画竹之法,笔要圆,先蘸水,再蘸墨,落纸时,水向下渗化,墨色就活,所画竹竿和竹叶就会有微妙的变化,灵动活泼,富有生气。"说着话,挥动着笔,墨竹已臻完美,题了上下款,一幅气韵生动、笔精墨妙的作品顿现眼前,这真是神来之笔。接着董老又画了一幅不同构图的作品也送给了我。我自是感激不尽。董老把笔洗净后,悬挂在窗台上的一个笔架中,坐下来喝了几口茶,便给我介绍画山水画的经验。先生说:"我画山水,一般是先画中景,然后远景、近景,山、树、云的安排穿插,能临见妙裁,特别是布局要讲究,要统一中求变化。画云烟,先用水将纸打湿,待其干湿适度时,再去画,用笔要圆转、灵活,不能僵硬,不能有死角。一幅画,用笔要格调统一。关于设色,墨色够了,就不再用色。作画要大胆落笔,细心收拾。这最后的收拾是很重要的,特别费经营。"

谈到李可染先生的山水画,董老说:"李可染的画以拙取胜。"

最后先生问起了五台山寺院和僧人的情况,我将僧人能海和慈海的情况,以及五台山在"文革"初期多数僧人还俗的情况,向老人作了介绍。董老又谈到有关密宗、禅宗等宗教知识,谈到交城玄中寺和中日关系等有关问题。老人知识渊博,思路敏捷,谈锋甚健,让我大受教益。时间已近晚上7点,我谢别董老返回旅社。晚饭后在灯下草草整理出以上的文字,不免有所挂漏和言不及义处,当是自己的浅陋了。时在1973年7月7日于北京旅馆灯下。

梦参法师参访记

一代高僧梦参老法师以世寿 103 岁的高龄，于 2017 年 11 月 27 日在五台山真容寺圆寂了。他的四众弟子以及所有受过法师开示或不曾一睹法师真容的信众，皆以各种形式表示对老和尚的哀悼和怀念。几天来，老法师充溢着大慈大悲的亲切面孔，总是浮现在我的脑海，一幕幕的场景，有如过电影，不独画面清晰，似乎还夹带画外音，是老和尚开示的声音，亦复发人深省。

大约是在 20 年前，我订着一份《佛教文化》的杂志，在某一期中，有一篇文章，约略是介绍梦参法师奉倓虚法师之托，于 1937 年往闽南迎请弘一法师到青岛湛山寺弘法的经过，书中附有一副梦参法师的书法对联，一派弘一法师书体的韵致，令我眼前一亮，这是我第一次知道了梦参法师的法号。我生也晚，弘一法师的墨迹，自然不曾得到过，求一幅梦参法师

的墨迹，也堪欣慰。知道梦老于夏天在五台山弘法，便托友人帮助，于2005年，求得法师的墨宝，也是一副对联："超脱世俗成正道，尘缘了却证菩提。"下题小字款"沙门释梦参，书于五台山普寿寺，时年九十岁。"字以淡墨写成，尺幅不大，高可二尺，宽约五寸，体参颜柳，楷则庄严，却无些许弘一法师书法遗意，想来梦老久已不复临习弘一法师字体了。

到2006年夏天，我适五台山消夏避暑，8月13日上午，于普寿寺法堂听梦参老法师讲经，讲的是《大乘大集地藏十轮经》。我是第一次见到老法师，91岁的老人了，健步走上讲台，虽有侍者在左右，却不要扶持，精神矍铄，声音洪亮，偌大的法堂里，坐着几百人的僧尼和信众，静静地听着法师的讲解。此《地藏十轮经》，已开讲多天，偶然来听，有些摸不着边际，加之我不时观察着法师讲解的神情和动作，竟没有留心讲解的内容。我实在是一个不合格的信众。是日下午3时，我到客堂拜见了梦参法师。梦老重听，我把要问的事情写在一块小板上，请法师开示，梦老一一解答，其中尤以迎请弘一法师在青岛湛山寺的情况，介绍得翔实而具体。近七十年的时间过去了，老法师侃侃而谈，绘声绘色，也见梦老记忆的惊人，九十多岁，有如此敏捷的思路，也复让人钦佩和叹服。问起法师随侍弘一大师半年，得其身教言传，大受教益，也颇得大师褒奖。临别，大师书《华严经净行品》，以赠法师留念，此墨宝能否印行传世，以供大家品鉴学习？"那件墨迹存北京妹子家,在'文革'中,已被焚毁,世间再难见到了。"法师略作沉思如是说。还说些什么,已不记得。此行,我和内子石效英同去参访,我们和梦老拍摄了合影照。临别,梦老还以其著述一册赠我,又以照片一帧相赠。在玉照上,法师身着赭色僧衣,胸前挂一串琉璃佛珠,满脸漾着微笑,实在是一位可亲可敬的慈祥老人呢!照片下方书"善用其心"四字,我请法师解析这四个字的含义。法师说:"这是《华严经·净行品》中的句子,智首菩萨问文殊师利菩萨说:'要想成佛,要想得无上智慧,要想断一切烦恼,应该如何?'文殊菩萨告诉他:'佛子!善用其心。'——'念《净行品》,发一百四十愿就可以了。'要始终保持一颗纯净心。"得老法师的开示后,便在案头置一册《净行品》时作诵读,以清其心。然正知正见,能变成正觉正行,却是要长期修行的,谈何容易。

2010年8月,我曾写过《五台山消夏十日记》,于8月7日的日记中,有一段文字:"下午3点,复往普寿寺,拜见梦参老,听其开示,大受教益,九六老人,现身说法。接待信众,日复一日,指点迷津,其言其行,令人感动。"这段文字太过简略,我清楚地记得,那次见面是在普寿寺法堂后的一个小院,名为"清凉阁",内中有二层小楼,二楼的东稍间是法师的佛堂,参访者男女信众约80余人,大家席地而坐,听老法师介绍他的学佛经历,特别是提到他的坚定的信念。法师说他坐了33年监狱,不隐瞒,不怨尤,认真改造,这是消业。"出狱后,就到中国佛学院教书,尔后,又应邀到闽南佛学院。到了美国、加拿大或是各地,我看道友都对我还很好嘛,我还不是很坏的人。什么意思呢?当你受到挫折,你不能失掉信心,不要认为三宝没加持,是你自己业障在前。或者因为某种因缘而失落,都没关系。不能因为遇到挫折,因而感觉'我很冤枉'。世间是平等的,佛法从来是平等的,一切事物都是平等的。"我在梦老著述的文章中,又看到这段文字,就抄录下来,它确是度人度世的金针呢。

此后,很久没有去参访梦老,但在视频和报纸上,常常能看到老法师的活动信息,特别是盛况空前的百岁纪念活动,我为之高兴,并遥致祝贺。2014年8月底,梦老弟子隆明师到忻造访,我适外出,未能一面,遂托王秋生先生转我致梦参老和尚百岁纪念茶饼等礼品,方外师友,不忘在远,亦复令人心生欢喜而感激无喻。

10月2日下午,偕王秋生先生等上五台山,于3点许到真容寺,在监院隆明师导引下,入方丈院小楼二层的方丈佛堂,拜见了梦参法师。待我们步入佛堂,法师起立,合掌欢迎,我们趋前问候,亦合掌礼敬。但见百岁老和尚,精神健旺,笑容可掬,热情待人。待法师坐定,我将拙书三件逐一奉上,请师赐教,先打开第一件条幅,上书"究竟清凉"四字,法师竖起大拇指,连说:"好!好!谢谢!谢谢!"第二件是一副对联的内容:"如来境界,无有边际;普贤身相,犹有虚空。"第三件是抄录宋临济宗志芝庵主的一首诗:"千峰顶上一间屋,老僧半间云半间。昨夜云随风雨去,到头不似老僧闲。"法师一一观摩,随时褒奖赞叹,脸上始终漾着微笑,和大家合影留念,解答大家提出的问题。叙谈有顷,有云南佛教协会会长等30余人求见法师,我等便退至茶室小坐,顺便问起老和尚当下生活起居状况,隆明师给我作了详尽的介绍:"老和尚每晚两点半起床,诵经三小时,至五点半吃早点,四个小菜,一碗稀饭,还吃些干食,饭量比我还大。"隆明喜悦之色,溢于言表,大概是为师傅的食量而高兴。接着又说:"饭后,每日总要看电视新闻。看完新闻,回卧室休息。然后,从卧室穿佛堂,到这茶室来散步,因为这里室内面积阔大。老和尚的精神上午不及下午好,上午散步要拄杖,下午则不需要。散步后,便与弟子共话,讲经说法。十二点午餐,餐后休息到下午三点。三点后,每星期三和星期六,在一楼客厅有半小时的时间接待信众,信众排队从老和尚面前鱼贯而行,老和尚向信众合掌致意,信众以一睹一代高僧神采为幸运。平时坚持散步,每天下午四点还准时洗直肠,老和尚患有直肠癌。二十年前在美弘法,首先有中医师在把脉中发现说:'法师直肠有问题。'后由西医诊断为直肠癌。由美回台湾后,老和尚说:'我已八十年纪,又是出家人,就不动手术了。'然在弟子信众一再恳求下,八十老人在手术台上受了七个小时手术过程,这是多大的磨难呀!"回忆到师傅在台湾手术时,隆明的脸上呈现出几许痛楚的表情,隐含着的弟子对老和尚无限的关爱。

"老和尚三十三年牢狱之灾后,这又是一劫。"我插了一句。"手术过后,二十年来,每日灌肠,由侍僧帮助灌水,清洗肠道需一小时。清洗时,老人坐着看报,很是平静。"我又插话说:"真是奇迹,不可思议,老和尚得如此病症,二十年来尽能康健弘法,行脚天下,令人钦敬。"隆明接着说:"老和尚灌肠后,稍作散步,便就晚餐。餐后,很早就上床休息。夜间有两位僧人值班,床前一人,佛堂一人,轮流照看老和尚,以防不适,或有所需。"听到弟子对师傅如此细心周到的安排,关爱之心,不独令人感动,也当是每个人感恩父母,感恩师长的榜样。

吃茶叙话后,隆明师导引我们参观了正在兴建中的真容寺,回头望望尚在接待四众弟子的方丈楼,与隆明师合掌告别。当日傍晚返回忻州,佛门半日,印象深深。

回忻数日,得诗二首。

其一为《过五台山真容寺》:

> 万佛留胜迹。
> (其地原为"万佛洞"。)
> 古洞化城开。
> 殿阁诚唐构,
> (新建大殿,为仿唐结构。)

浮屠远凡胎。

（寺有元代砖塔,颇为精美。）

松门白云度,

丈室素心回。

南山悠然见,

（于方丈院二楼茶室,可见南山寺胜景。）

疏钟自往来。

其二为《访五台山真容寺百岁老和尚梦参上人（试为藏头）》：

梦中入古寺,

参拜见真容。

法性长空月,

师尊岭上云。

一生果遂愿,

代香妙高峰。

圣教方启悟,

僧肇又传钟。

（师培育僧才,绍隆佛种,功德无量。有弟子隆明者,若僧肇依止罗什。）

一代高僧梦参老和尚归西了,我从书箧中检出梦老赠我的另一件书法墨迹横幅"心迹双清",是老和尚九十九岁的手泽,题了我的名款,钤盖了三方印章,一为朱文的"梦参",一为白文的"真容",一为手持莲花的肖形引首印。九十九岁的老和尚,随意写来,人书俱老,不拘形迹,一片清凉。赏其书,想见法师把笔挥毫时的倩影。不禁引颈五台山中,怀想在妙高峰下几次亲炙老和尚开示的恩德,"一说话,一举动,就把人的道心激励起来,这都是不可思议的事!"(倓虚句)。老妻石效英也把法师所赐之间石榴红佛珠找了出来,反复摩挲,也复沉浸在老和尚多次为之加持的怀念之中。

2017 年 12 月 4 日

缅怀张颔先生

2016年12月至2017年4月，我远居海南五指山下。2017年1月18日下午6时许，忽接薛国喜电话，说："张颔先生于今日下午17时25分在太原逝世，我现在还在医院。"听此噩耗，我一时语塞，竟泛不起一句话来，只在喉咙里发出"哦，哦"的声音，久之方回过神来，以致国喜的来电，竟没有能说出一句话。

近年来，张老的身体一直不好，我便不敢再登门叨扰，日子久了，便与先生令嗣小荣通通电话，问问老人的近况，小荣总是说："还可以，时好时坏，隔一段时间，就到医院作一次检查，调养调养。"没想到三年前的造访，竟成了与张老最后的见面。往事历历，一时间，对张老记忆一幕幕涌现脑海。

我与张老的交往不算多，几年前曾写过《张颔先生二三事》，粗略地记录了我与张老的结缘以及先生对我的厚爱与

2012年5月16日,拜访张颔先生

提携。到2009年11月23日,是张颔先生90岁华诞,我书赠一联:"寿世盟书,名山事业;绵田嘉树,古篆精神。"以为祝贺。联虽不工,却是我对先生钦仰而献上的一瓣心香。11月30日,《着墨秦汉——张颔先生九十生辰文字展暨生日庆典》在太原举行。早晨7点我便起身由朋友驾车到忻州高速路口,奈何是日大雾弥天,高速路为之封闭。在路口停留90分钟,封闭尚不能解除,遂转车南至豆罗高速路口,以求侥幸放行,亦未能如愿,前后耽搁3小时,看看天候,未有敛雾放晴的迹象。无可奈何,不得不返回家中,也只能以电话向张老致意。所幸此次展览出了作品集,喜得张老见赠一册,遂逐一拜读和学习先生的文字集锦。此册更有老人在书籍衬页上的题字和钤印:"巨锁先生正之,作庐张颔";白文"张颔之印"和朱文"颔",留下这份永恒的纪念。

2010年1月28日上午,我到太原看望张颔先生,是第一次到张老的府上去拜访。张老居住在上世纪初建筑的山西省文物局的职工宿舍,地处山西省博物馆后面的文庙街小巷里。

当我踏进张老的居室,老人仰面躺在临窗的大床上读书,见客至,赶紧放下手中的读物,竟欲坐起,欠身屈腿,用手支撑,还是坐不起来。居室不大,我几步走到老人的床前说:"是熟人,不要起来。你躺着,咱们好说话。"我握着张老的手,并按着他的身子,不要他起来。

"哪能！你是第一次来！"张老回答着，顺势拽着我的胳膊坐了起来。其时也，张老的学生薛国喜，把我从忻州带来的一盆盛开的君子兰，搬上张老居室的窗台，并说："这是陈老师送来的君子兰。"

"这是真君子？"张老指着兰花向我发问，这问话，让我有点懵懂。张老见状，便说一故事："几年前，我与李炳璜先生参加一次会议，见主席台下摆满君子兰，叶甚茂，花正红，趋前细看，乃是塑料制品，遂成一诗，并嘱李先生画一幅塑料君子兰，拟题诗其上。奈何李老所作写意花卉，未能画出塑料制品的特色，诗也不曾去题。不过这也实在难为李先生了，塑料制品水墨画怕是难于表现的。"

我请张老回忆诗作，拟为记录，张老说："我自己来。"遂索要纸笔，坐在床头，写下此诗：

题塑料君子兰
君子一何伪，华堂供雅陈。
主人有癖疾，认假不崇真。
张颔草，二〇一〇年一月二十八日

素闻先生诙谐幽默，一聆吟咏，便见端倪。其诗意蕴深远，颇具讽刺意趣，亦自发人深省。先生将诗稿赠我，亦隐堂中之宝物也（先生后以《作庐韵语》见赠，此诗在付印前略有修改)。

听先生讲塑料君子兰的故事,忽然忆起某年我参加省人代会,在听报告的礼堂遇到列席会议的省政协委员张颔老和李炳瑛先生。在会议休息间隙,我趋前问候,张老说他的家乡介休市的戏台上有一副联语,念与我听,我深领其意,亦是讽喻不切实际老生常谈的乏味报告。事隔多年,对对联的原句已不复记的,此次相见,遂再问起,张老略一思索说:

"想听就听,想看就看,听看各取两便;说好便好,说歹便歹,好歹要唱三天。"又补充一句说:"要是听报告,好歹你得听完。看戏,不好看,你可以随意离去。"张老讲得很认真,引得大家一堂哄笑,他却不乐,表情一如故常。又说:"某次到贵地,住在忻州宾馆。一日,数人正聊天,忽然闯入一女服务员说:'看见一个小偷跑到这个家中。'我说:'我们这里尽是老头,没有小头(小偷)。'一语道出,连那个惊慌失措的服务员也捧腹大笑,竟忘记了搜寻小偷的事情。"张老的风趣和幽默,无处不在,与张老叙话,不独让你很快放松,并带来快乐和欢笑,也会开启你的心智和灵感,这是先生的大智慧。

"听文景明说,张老有自况联:'深知自己没油水,不给他人添麻烦。'是真的吗?"我问。

张老即答:"有,是真的。景明很喜欢这联语,让我给他照样写一副,我改了几个字,变成:'不知自己没本事,尽给他人添麻烦。'"一语既出,又引得大家一乐。这正是郑欣淼先生为

《作庐韵语》序言中所言的,领老"用大量的俗语入联……颇有趣味。……更多是雅俗结合,往往妙趣横生,令人解颐"。

话题一转,张老说起20世纪60年代中期,他在原平张村搞四清,便问我:"你是原平人。你们叫'原平'为'原皮(音)',叫'张村'为'遮(音)村',不知何由?"

"这是乡音,习以为常,我不曾考究过。崞县(今原平)人把'平'、'坪'、'瓶'等字的发音都读作'皮'音,至于把'张'读作'遮',是'南乡'的发音,我们'北乡'人,仍是读'张'字的本音。张老见我不能说出来历,便不再深究,转说他的腿脚不好,不良于行,腰常痛,只好常常躺卧着。

我把随身携带的拙作书画册和散文集奉上,请张老赐教。老人认真翻阅,时时发出赞叹之声。我心里清楚,这些溢美之词,是前辈对我的错爱和鼓励,自然也是鞭策了。

在与张老叙谈过程中,我打量着先生逼仄的居室,一张大床紧靠西墙,半床书籍叠摞,半床供先生休息,头临南窗,手把书卷,疲累了,闭上眼睛歇歇,偶尔吸吸氧气。熟客造访,一般都是仰卧着与来人交谈。东墙下,立一旧式书橱,码放或平躺着不少线装书。一空格内,陈列着领老的铜铸头像,先生说:"几年前,冯其庸先生过寒宅见访,后命其弟子青年雕塑家纪峰为我创作的。"观其所作,形神兼备,领老的风神骨相,尽现于额头眉目之间。

床头北端,置一桌,桌后北墙下又置一书橱,桌与橱之间安放一把椅子,以供先生起坐读书,写字,进餐。

东墙书橱前与床铺之间,宽可三尺,亦仅能容得一把椅子安放。我方来,便是国喜搬了椅子放在南窗下,让我落座,和坐在床头的张老叙谈。

北墙上挂有一面"水牌",这可是现代年轻人不认的实物了,60年前却是挂在商铺墙壁上,临时用来记事的。它是一块用油漆刷过的木板,平整光滑,用毛笔在上面记事,事过后,用湿布揩擦净,再来做新的记录。没想到,竟在古文字学家的墙壁上看到了它,唤起了我少年时的记忆。而在"水牌"的近边,又是挂着一幅装裱为轴画的《梼杌图》,是张老的手笔,我对之,未解其意,待仔细观看画上的题诗,才有所领悟。诗曰:

> 城隍殿堂,隐风凄厉。
> 马面牛头,判官小鬼。
> 魑魅魍魉,各负气势。
> 钱使鬼神,权操生死。
> 图此梼杌,明鉴阳世。
> 对号入座,广招同类。
> 壬申作图,壬午题字。
> 悬诸斋壁,辟邪远祟。

赏画读诗,张老疾恶如仇,刺贪刺虐的真心溢于言表,流于画外。这不正是一位古文字学家对当下现实的关心和鞭笞?

与颔老叙谈请教,已过时许,怕影响老人的休息,便起身告别。当我离开张老逼仄的居室时,很快想起了陶渊明的两句话:"倚南窗以寄傲,审容膝之易安。"张老几十年就是在这简陋的小屋里,完成了他的一系列的文物考古和古文字研究的著述工作的。当我走出文庙街小巷时,又想到"一箪食,一瓢饮,在陋巷,人不堪其忧,回也不改其乐"的往圣前贤,自然对颔老更加肃然起敬了。

2011年3月11日,再去太原探望张颔先生。入张老居室,老人仍仰卧在床上,正吸着氧气,见客至,欲起坐,我赶忙趋前按着先生的手臂说:"老熟人,不要动。"颔老依了我,躺着与我叙话,我把新出版的《隐堂师友百札》呈上,先生认真地翻阅着,说:"很有价值,印刷精美。"当看到他致我的一通翰札时,说:"我不记得是什么时候给你写的信。"我说是为了贵家乡介休筹办"绵山碑林"征稿时请你赐题。张老说:"你为我的家乡办事,谢谢你了。"张老继续翻阅后面的简牍,我看着张老仰卧的身姿,忽然想起《世说新语》一则,便对张老说:"《世说》中有一则写道:庾公尝入佛图,见卧佛曰:'此子疲于津梁。'于时以为名言。"张老说:"卧佛是涅槃相。"我说:"先生是仰卧相,终因传承文化,忘我著述,以故疲累而卧。佛侧卧，先生仰卧，相虽不同，皆为普度众生也。"闻我戏说，先生莞尔一笑。

先生说："我唯读书，眼睛好，'有福读书'"。命儿子小荣从书橱中取《佩文韵府》，小荣踏小凳，欲开顶柜寻找，张老说："下面一层。"小荣抽出一函，果然是《佩文韵府》。颌老让我翻阅，是光绪年间石印本，书内文字，如绿豆大小，我对之，眼前一片模糊，不能辨认，而91岁老人张颌先生却视之清晰，一目了然。我不禁赞叹"先生耳聪目明，真神仙中人也"。先生又说："你看我的手，仅一层皮了，提起来，回不去。"（先生作提皮状）。"文王能反握，我的手也能后折90度，你见过吗？"（先生作反握状）。我甚奇之，问小荣张老的养生之道，小荣说："老人喜饮黄酒或竹叶青酒，早餐时每日一大玻璃杯，竹叶青酒温热，黄酒煮沸。"看张老略有睡意，我便不再与老人告别，小荣送我下楼，悄悄离去。

2012年夏天，我将赴京举办书法展览，行前出版了大型作品集《巨锁墨迹》，于5月16日上午8点半到太原张颌先生处，探望先生，并呈上拙作作品集请予赐教。先生仰卧床头，翻书观看，每有赞叹："真好！真好！""可传世！"听先生如此夸奖，我深感汗颜，遂说道："先生说笑了，实在不敢当。"

先生似乎对拙作愈看愈有兴致，遂让小荣扶坐床头，略一休息，慢慢下地，在搀扶下步至桌前坐下，便把《巨锁墨迹》，一页一页的阅读，看得十分投入和认真，还不时发出赞赏的声音。

我说:"张老看几页就行了,不必太过劳神。"先生抬起头来反问我,且态度有些严肃:"怎么?这不是学习么?"我再不敢吭声。

待先生把作品从头到尾翻阅完毕后,我等先生提意见,先生只说了四个字"真书家,好!"接着又讲了一则故实:"我某年到兰州参加全国古文字研究会理事会,见某领导出版一书法册,字写得还算可以。有一参会者说:'这是打开水龙头向王羲之直射!'有人问:'怎么讲?'他回答说:'硬冲(充)书法家。'"张老话音一落,又是一阵欢笑。我说:"我今天也是拿水龙头向张老直冲,也是硬充书法家。"张老为之一笑,接着正色道:"当今的书坛,确实有不少硬充书法家的领导干部,不是吗?"见大家不答话,话题又转至他在原平搞"四清"时的见闻,说:"你们原平张(音'遮')村,人的名字中常带'富'、'贵'、'财'、'发'等吉祥语,有一村民叫弓发财,其妻叫王花花,男人赚钱女人花,财也没得发。"又引发一笑,在张老处,总是令人快乐。

我将告别,对先生说:"请张老保重,过些时,再来看你老人家!"

张老先举一拳头,然后双手合抱说:"谢谢,谢谢!古人作谢状,当双手合抱而谢。一个朝官,一手曾被皇上握过,以故,见人作谢,则举一拳,言另一手因皇上赐握,则不能再手的。"

我们已经起身道别,张老还讲了这则笑话。小荣说:"老人今天精神很好,想多说说话。"

近中午12点方到得林鹏先生家,我说本拟到张老家小坐半小时,也免得影响93岁老人的休息,因为看到张老兴致好,我陪着先生坐着看书、谈话,便不愿,也不能离去。

"张老见你,一定很高兴,所以愿意多谈。"林鹏先生如是说。

到2013年4月21日上午9点,我和志刚再次到太原探望张颔先生。入张宅,先生方用早餐,胸前挂着一块小方巾,有恐汤饭洒落衣襟。第一感觉,先生精神大不如前。见客至,让我落座,又让女儿为我沏上清茶一杯。意想不到,先生竟没有认出我是谁,对我上下打量。此时我更深切知道张老确是衰老了。我说:"张老,你曾为我治'"巨锁书画'印章,你忘了?"先生又打量我,然后"噢"了一声说:"原平陈巨锁,你从忻州来。为你治印,'锁'字'金'字旁加'巢'字,为古体。"先生对治印用字却记得如此清楚,想见张老在治印时的精心推敲了。

因"野史亭"、"元遗山怀乡诗碑林"征稿事宜,天津91岁老人来新夏将诗稿中的"落"字写为"蕗"字,志刚便向张老递上纸条,向先生请教"落"与"蕗"二字是否可以通用?张老略一思索,随后在纸条上批出"音相同"。又让小荣从书柜中取出工具书欲作查寻,结果在翻看书中前面所夹带的函札后,竟忘了查字的事情。张老的记忆衰退如此，令人不安。

谈到张老喜得双胞胎重孙过百岁事，先生口念："重孙百日家族旺，曾祖耄年福寿昌。"便提毛笔在一信笺上书写，写到"曾"字时，却不知如何下笔，小荣在另纸上写了一个"曾"字，先生照着写。见此情景，我心中很不是滋味，真是"白发无情侵老境"。看到张老疲累的样子，我们劝他上床休息，老人顺从着，便在小荣的扶持下仰身而卧，还随手取报纸一张，阅读起来，已不知有客人在屋。我们也不敢再打扰老人，到另室小坐而去。没想到我和张老不曾告别而去，却成了永别。

到2017年10月，接张颔先生诸弟子发起为先生97岁寿辰举办展览事宜的函件，我即匆匆再撰书联语寄上以为贺寿之芹，联语中热切地盼望着再过3年为张老的百岁华诞举酒祝贺。我想到先生身体虽然欠佳，然几年来在孩子们的精心护理下，却能平稳地安度晚年。志刚有次从太原归来对我说：先生已经搬入明亮的新居，有时坐在窗前，面对窗外的风景，观察着大街上的车水马龙，观察着忙碌奔波的商贾和行人，先生说这就是"大千世界"，这就是"芸芸众生"。真没想到，仅仅3个月，先生就辞世了，若能多活10天，就能听到2017年新春佳节的钟声了。

月前小荣携《缅怀张颔先生》册页过忻，我在上面敬题：

绵田虽焚，介子寒食千载祀；

颔老岂逝,哲人遗著两不休。

岁在丙申腊月,我适海南,惊闻前辈张颔先生仙逝,不能返晋吊唁,痛哉痛哉。后学陈巨锁。"

此后几天,张老的音容言咳一直萦绕在我的脑海,便翻检日记,整理出以上的文字,也可见得先生的吉光片羽,算是一个后学对前辈的缅怀了。

2017年5月20日

冯其庸先生访问记

2017年1月22日，一代文史大家宽堂冯先生以94岁的高龄辞世了，令我沉入深深的缅怀之中。

冯先生首先是红学家，对曹雪芹家世的考证颇多著述，并主编了《红楼梦》新校注本与《红楼梦大词典》，对《红楼梦》的普及和阅读都大有助益，而其专著《论庚辰本》，凡研究《红楼梦》者，无不快读，以识高见。

我生愚钝，书架上虽不乏新老红学家的著述，却都没有读起兴趣来，无不半途而废。

1990年10月，因参加《华北五省书法展》在京展出并出席闭幕式活动，会后，在北京市书法家协会主席张旭先生陪同下，先后游览了云居寺、潭柘寺等名胜古迹，在"大观园"的陈列室中竟意外地看到了一册厚厚的《红楼梦》手抄本。说明员介绍说，这是红学家冯其庸先生在"文革"劫难中，借以遣

2014年6月3日,在北京张家湾"瓜饭楼"拜访冯其庸先生

时的日课。对此展品,我不禁驻足良久,它是一本红学家的手迹,自然是弥足珍贵了。假以时日,这将会成为一册传诸久远的文物。同时也让我想到一位红学家在"文革"中所受的种种磨难,否则他不会将大好的时光,消耗在长篇巨著的抄录中。也许,冯先生在抄录的过程里,已经融入在曹氏家族的兴衰荣辱之中,而或参与了贾府诸多的文事活动,暂时忘却了身处逆境的人生际遇。后来读到先生1968年6月12日凌晨抄毕《石头记》庚辰本全书所题一绝:"红楼抄罢雨丝丝,正是春归花落时。千古文章多血泪,伤心最此断肠辞。"便可窥见冯老当时的心情的。

对冯先生的红学论著,我没有多少涉猎。而先生所著述的文化寻踪、人物怀想、艺林品鉴、文章序跋等文字,我是十分的爱读,以故,隐堂的书橱中先后有了《朱屺瞻年谱》(与尹光华合著)、《秋风集》、《落叶集》、《潮海劫尘》、《瓜饭集》、《墨缘集》、《瓜饭楼诗词草》等不同年代出版的读物,偶有兴致,便会捧读其中的一两篇文章,或者看看先生的书画和摄影作品,每感受益匪浅而兴味无穷。在1997年3月中国社会科学出版社出版发行的《落叶集》的衬页上,我写了几句话:"冯其庸先生文章,吾多喜读,每见其著述,则购以藏之,暇时翻阅一二篇,有如晤对师友畅谈,从不知困倦。"而《瓜饭集》的扉页上,却留下的是先生90岁时签名的手迹:"巨锁先生我兄教正,冯其庸,二〇一四.六.三。"在2014年由青岛出版社出

版发行的《瓜饭楼诗词草》一书中,先生于2010年4月23日收录了《赠陈巨锁》一诗:

晋贤翰墨有余香,章草无过海上王。
岁月流金何倏忽,如今继绪到汾阳。

是诗不独充分肯定了乃师明两老人王蘧常先生于当今书坛的章草地位,于晚学也是一种鼓励和提携,我自不敢懈怠,唯有努力和勤勉,以不负先生的厚爱。先生以四尺宣对开横幅放笔挥毫,清淳自然,洒脱飘逸,充溢着典雅的书卷气,款书"题赠巨锁先生两正,冯其庸八十又八"。尾钤"冯其庸印"和"宽堂"二印。先生的手迹,一直不曾装裱,静静地躺在一只信封里,有时候我会拿出来赏读一番。此后,我拟编印上海周退密先生致我的函札,冯先生又赐以"周退密致陈巨锁翰札,冯其庸敬题"的签条,并钤以"冯其庸印"(白文)和"宽堂九十后作"(朱文)二小印,此虽书法小件,也足见冯先生为人的恭谦和办事的认真了。

我早想赴京面谢冯先生,一是想到先生年事已高,二是先生著述忙碌,终不忍前往叨扰。到2014年因忻州野史亭筹建"元好问怀乡诗碑林"征稿事宜,我与宁志刚于6月3日抵京,上午于中华书局拜访了傅璇琮先生,下午3点许,便到通州"漕运古镇张家湾"造访冯其庸先生。到"芳草园"25号门前,预先约好陪同我们的青年雕塑家,也是冯老的学生纪峰君正好到达,互致问候。但见粉墙黛瓦的冯宅,有翠竹高出围墙,修枝摇曳,浓阴婆娑。木门紧闭,包以铁皮,辅以门钉、铺首,古色生香。按响门铃,有保姆闻声来开门,跨入冯宅,是一个深广而宽绰的庭院,绿树成阴,一巨大的太湖石巧置其中,上镌冯先生自书"石破天惊"四字,甚是醒目,一瞥而见。另有张颔老的篆书"天惊"二字题刻,则古趣盎然。正赏对间,冯夫人已到楼前门首相迎,是一位健壮朴实而热情的老人,她与志刚认识,且能道出姓名来。延客至家,让座,并给我们每人泡上一杯绿茶。冯夫人很健谈,她说:"冯先生年纪大了。83岁以前,八到新疆考查;在家时,每晚一两点才睡觉。而现在,每晚八九点便没精神,要休息。上午精神也差,午饭后,也要休息到三点才起来。请稍等,先生很快会下楼来。"又说:"我孩子在国外二十几年了,让我们去,冯先生总是没时间,始终没出去,现在更不能出去了,女儿每年回来一次看我们。我小冯先生十岁,我得照顾他。"冯夫人很爽朗,看上去,根本没有八十岁的状态,脸上总是漾着笑容,她照顾着冯老的饮食起居,定是十分的周到和细微,不由得让人对她产生几分崇敬。

在等待冯先生下楼的几分钟,我打量着先生的客厅和陈设。客厅不大,坐北向南,东西长,南北窄,若长廊然。北墙东侧设一门,为通道;东墙下,是一列顶天立地的大书橱,内中皆古旧线装书,满满的,平躺着,似久不翻阅,积有微尘。南墙上开两处窗户,窗户外,花木扶疏,绿意可人,窗台上,置兰花一盆,秀叶飘逸,聊可入画,旁列小镜框几个,内装冯先生的生活照,有西域瀚海留影,颇见神采。窗户间墙壁上挂画两轴,一为冯先生写意花卉小幅,逸笔草草,正传统文人画之风范;另一幅为仕女画,款字小甚,加之我的视力不济,一时没有看清作者的名号。北墙下,置一旧沙发,可坐两人,墙上挂有山水画二幅,皆为冯先生手笔,其中一幅施以浓重的石色,作没骨山水,纵横涂抹,色彩斑斓,或受朱屺瞻先生画风的影响,惟少笔墨耳。横幅山水则以浓墨勾勒点染,虽施以重色,却能与墨笔相生发,给人以沉稳厚重的感觉。西墙之上,高悬红木嵌绿小匾额,上书"瓜饭楼"三字,为刘海粟先生手泽。额下置几案,上陈纪峰为冯先生所塑铸铜雕像,眉目传神,诚为佳制。案头尚有文玩器物等杂陈。几案前再置一旧沙发,亦只能坐二人,沙发前又设小几一只,以置茶具和书籍报纸等读物。

闻有先生下楼的声音,纪峰赶紧上前搀扶老人。见先生进门,我等立起,恭敬相迎,与先生握手,我报上姓名,先生说:"知道,知道,我曾为你题写了书签。"说着话,先生慢慢地在西墙前的沙发上坐下。冯夫人又将一块薄薄的小羊绒毯盖在冯先生的腿上,并说:"他的腿不好,怕凉。"我与志刚坐在北墙下的沙发上,冯夫人坐在门侧的椅子上,纪峰坐在南窗下的高凳上。

我方坐定,冯先生要我移坐在他身侧的同一条沙发上,我说:"我是晚辈,和先生同座,不合适。"冯夫人说:"坐吧,没关系,要不然,你们说话,他也听不清。"恭敬不如从命,我便起身,坐在先生左手一侧。先生首先打开一幅他为元遗山碑林所书的《论诗三十首》中的一首,对宁志刚说:"这是为你们准备的作品。你的征稿函所示一诗中有三处错误,我改写了。这是一首名诗,我记得,同时又对照了有关书籍,这不能马虎,要认真。"志刚说:"工作人员从电脑中下载的,没校对,让先生费心了,对不起。"纪峰帮助冯先生把所书的作品折叠起来,装入大信封,交给志刚。冯先生转脸和我交谈,首先谈起的便是章草大家王蘧常,冯先生说:

"我的老师写了《十八帖》,打电话让我去取,我很快去上海。老师说:'还有两件没写完。'让我住上两天,我等着。先生写完了,我一同携带回京,没几天,老师去世了,真想不到。"冯先生有点伤情,一时语塞。

我说:"王蘧常先生是当代章草大家,这《十八帖》当是他的绝笔了,我有王老的书法集,其中收了这《十八帖》,冯老回忆和评介王蘧常先生的文章,我都拜读过,很受教益。"

"王老师是当代的草圣,发展了章草,当今没有人比得过他。我有很多老师的函札和对联等墨迹,可以单独出一本书。"冯老娓娓道来。又说:

"我正在编辑自己的作品集,共有十三卷。"

"什么时候能出来？"

"年内差不多。我有很多师友的函札，有谢无量的。有郭沫若给我的十几封，在"文革"中被抄走了，一封也没有留下。后来天津有人收到了五封，转来了；太原也有一封，要一万元，我当时没有多少钱，没买回。感谢朋友们为我拍回了很清晰的照片。与上海陈兼与、徐行恭等先生都有过函札往来。"

"我也收有陈兼与致施蛰存先生的函札。"我说。

"那很珍贵。姚奠中先生突然去了，走得太快。他将写好的《千字文》寄我，要我写题跋，那段时间，我身体不好，后来还是想快点写吧，写好后寄去，姚老看到了。没想到，他很快就去世了。"冯先生又陷入沉思中。久之又说：

"张颔老前两天给我来信！"

"张老搬新居了，比以前宽绰多了。"志刚说。

冯老虽热情叙谈，看上去确是有些疲倦了，我所携定襄七岩山北齐造像拓片一张，本拟请冯老题几个字，看到先生的体质和精神，便不曾开口，也不愿再给九十岁老人增加麻烦，遂将《山西壁画珍品典藏》册页赠送老人，冯老一一翻阅，并连声赞道："山西壁画多，很精致，很珍贵！谢谢你了。"我又将拙著数种送上说："请冯老评评！"冯老说："慢慢拜读。"

叙谈已久，再坐下去，会影响老人的休息，便起身告辞。说："谢谢先生的接待，请冯老多多保重！"冯先生站了起来，提起一枚手杖，执意相送。至庭院，先生的兴致似乎为之激发,精神也健旺了许多。举起手杖,指点着院中的花木和山石说:"这四五株古梅树,是我从武夷山等地移来的,这一株是两色的品种,那株稍矮的本是一株朱砂的红梅,今年突然变成了全白色,很是奇怪,我写了一篇文章,发表了。这株大梧桐,浓荫如盖,给我带来了清凉。"

花木丛中有鱼池,游鱼往来,也复可爱。院之南角,有一造像圆柱,似经幢,冯先生说:"那是唐代的。"我拍了几张照片,以作资料。在叙谈中我们已走到冯宅的大门口,我再次感谢老人的接待,并送上对老人健康长寿的祝愿。当我步出大门回望时,冯老尚拄杖招手向我们致意,凉风掠过,先生的鬓发微微扬起着,这情景定格在我的记忆里。

纪峰陪同我们离开冯宅,他说:"冯老今天很高兴,近来已经很少接待造访者,送客几乎没有送到大门口的。"

以上便是我在 2014 年 6 月 3 日访问宽堂冯先生的实录。去年春天,我居海南,无事抄录宋词以消遣,得墨迹百十余件,有朋友怂恿印行,商诸商务印书馆,愿为出版,拟请冯老赐题签条,并与纪峰先生通了电话,纪峰说冯先生近来身体欠佳,稍待时日,当可题写,希望我致冯先生一函。奈何出版社催稿甚紧,又想到冯老已是九三老人,且身体欠佳,又值盛夏,酷热难耐,就不曾再写信打扰老人,便自署签条《陈巨锁书宋词百首》,正"表里如一,亦自家本色者也"。

拙书宋词百首尚未印就发行,冯先生竟在今年春节前邃归道山,没想到拙书不能再请冯老赐教了,不禁怅然,写下上面这点文字,算是一种纪念吧。

2017年3月5日于五指山居

张熙玉先生

九月间,应朋友之邀,有怀仁之行。翌日,往游"仁义广场",蓝天白云映衬之下,黄叶灿烂飘金之时,见雕塑一组,高可两丈,豁然破目,引我驻足观摩。正晋王李克用与辽太祖耶律阿宝机会盟的石雕艺术——《怀想仁人》。观其形象,可谓"匠心独运,圣手传神"。但见两位历史人物,雄姿伟岸,谋略彰显于眉宇之间,情态杂糅,似外露而又内敛,想必先前定是唇枪舌剑,几经交锋,终于议和成功,以故,转交战之地为怀仁之区,仁心安住,溢于言表,这便是《怀想仁人》雕塑作品给我的艺术享受和深刻印象。看到作品,自然我想起到作者——雕塑艺术家张熙玉先生。

说来话长,1960年8月,我考入山西艺术学院美术系上学,同年张熙玉先生由沈阳鲁迅美术学院毕业,分配到山西艺术学院美术系任教。不过张老师不曾给我们班带过课,所

2014年4月19日,在太原《祝焘八十画展》上邂逅张熙玉先生。

左起:陈巨锁、祝焘、张熙玉、亢佐田

以在那时偶有见面,却印象不深。到1962年,山西艺术学院下马停办,为了发展山西文化艺术事业,培养美术、音乐人才,山西大学同年设立了艺术系,转来山西艺术学院美术系和音乐系的部分同学,设立了美术专业和音乐专业。同时也保留了在艺术学院成立之初,从全国各地调来和分配的教师,节制了艺术人才外流的现象。

到山西大学美术专业继续学习的仅有两个班,共22人,即59级9人,60级13人。而原艺术学院美术系的教师则大部分转了过来。我是60级美术专业的学生,张熙玉先生是美术系的教师,同住一层楼上,低头不见抬头见,便也慢慢熟悉起来,特别是艺术系因为人少,师生同灶,每到开饭的时间,大家排队买饭,谁先到谁排在前边,学生从不知礼让老师,老师也不嗔怪。特别是新从院校分配来的老师,也大不了同学几岁,上课是老师,下课还在一起玩。记得我们到汾阳下乡艺术实践期间,老师和同学还同坐在一条炕上打扑克,师生之间和朋友毫无二致。

当时艺术系美术专业60级全班只有13人,却分了6个专业,除国画专业6人外,油画专业2人,版画专业1人,雕塑专业2人,工艺美术专业2人,而老师的总数比学生还要多,如学版画的只有一位同学,版画老师却先后有董其中、张顺清等先生;雕塑老师有张熙玉和王怀基等先生,而同学中只有杨建国和张玉安学雕塑。试想当时一个教室中坐一两个同学,老师是怎样上课的,据说有时跑题,竟谈起一些不着课目的故事来,颇为有趣。

有一次张熙玉老师对他的一位学生说:他初来时,在工作室和泥巴做雕塑创作的小稿,系党委书记来看他,什么话也没有说,一脸的不高兴,稍停片刻就离去了,让他很是纳闷,以为自己做错了什么,以至把手头捏弄的泥巴放下来。后来听系主任娄霜老师说,王书记曾找过他,很严肃地批评说:"你们的老师,年纪也不小了,怎么还捏泥人玩?两手泥巴,脏兮兮的,成什么体统,要严格批评嘞!"令娄主任啼笑皆非,只好认真给王书记解释什么是雕塑艺术,雕塑专业的课目的设施与雕塑老师的职责。这件事此后有些小传播,成为笑谈。不过,王书记是一位老干部,他不懂雕塑艺术,也算不得什么;只是张熙玉老师心中的不安,到事情明了后,才得以释怀。

从艺术学院美术系到山西大学艺术系,前后5年,也很快结束了。1965年8月我毕业离校前,张熙玉老师送了我一尊仕女石膏像,是他在晋祠水母楼临摹宋塑而后翻制的。高2尺许,身材修长,衣着简洁,眉目清秀,传神而不失庄重典雅,亭亭玉立,更见风华高洁。石膏像易碎,坐火车离并到忻时,我把这尊仕女像随身携带,抱在手中,生怕碰坏。待带到单位后,把它摆放在忻县地区戏曲研究组办公室的桌子上,桌旁安放一张单人床,这办公室也是我的起居室。因为我回忻后,首先安排在戏研组工作。那尊石膏像颇受同事们的喜爱,得到了不少人的赞叹。每看见它,我便会想起送我这尊仕女像的张熙玉老师,也会想象他为学习传统,承接文脉在水母楼上聚精会神临摹古代雕塑艺术的身影,以及通过反复拿捏。而从其手中所塑造的传情达意、摄人心魂的艺术作品,虽为临摹,却又注入重塑者心灵的感知和匠心的再造,便不再是原作的翻版,或可称之为升华版。

1966年10月,我在河曲曲峪大队举办的为期半年的忻县地区文学戏剧培训班结束后,返回单位,时值10年"文革"开始不久,疾风暴雨的批斗场面,摆在办公室的那尊仕女像,已不知去向。我后来悄悄询问了戏研组组长刘尚鹏同志,他说:"有人认为那是'四旧',被打碎了。你以后也不要再去追问。"我没有再说什么,自然不敢追问,只是想着送我作品的张老师,他不会有制造"四旧"的罪名吧,会不会在这次运动中,被上纲上线而横遭批判呢?我暗想,好人一定平安。

时间久了,工作单位也有所变动,那尊仕女像也早已被忘得无影无踪,只是在参加省城美术工作会或美术展览活动期间,偶尔也会邂逅张熙玉老师,他还是那么年轻,还是那么和善,互致问候,互道珍重。

记得有一年,他在朔州创作《鄂国公尉迟恭像》和《李林像》的青铜铸造工作完成后,给我打电话说,返太原时,经道忻州,他将来看我。我等了几天,他没有来,或因其他急事耽搁了。

到2014年7月18日,张熙玉老师突然见访,令我喜出望外。多年不见,老师仍是先前模样,年近80,精神健旺,笑眯眯地与我叙谈。他拿出两本《晋魂长歌——张熙玉三晋历史人物陶塑集》,是钱绍武先生的签题,一本签名赠我,一本托我交张玉安同学。我展对画册,百多位山西历史人物,尽现眼前,有远祖圣哲,有贤帝良臣,有将帅文人,有高僧大德,皆山西历代之精英,塑造这么多的人物,雕塑家倾注的是心血和汗水,是对生命和生活的体验,是对历史的认知和把握,给我们展现的是鲜活生动的历史人物,联想的是历史故事,传播的是历史和文化,对读者来说,不独是得到了艺术的享受,更重要的是在艺术欣赏的同时,受到潜移默化的传统精神教育。而先生的创作经验是:"一个成功的历史人物创作,不要只停留在表象和形式追求上,而是要从历史的高度,从丰富的生活体验和特定人物的感情、形态,使人物具有思想的深度和形象的可信度。"这又送给后起美术家们在以历史人物为题材,而进行创作时的何等珍贵的度世金针呢。而其老师的作品,姚奠中先生题词中写道:"积六年之功,造像百余尊,各具风貌,如见其人。如此绝艺,当与前贤往哲同其不朽。"诚哉斯言。作品集置诸隐堂案头,时时拜读,大受教益。

中午,于"瑞龙国际大酒店"招待张老师,这是离开山西大学艺术系50年后,我与张老师难得的一次同桌吃饭,我们都不能饮酒,点了几道香色可口的菜肴,老师说:"够了够了。

点多了,吃不完的,不要浪费。"我说:"老师难得来一次。"我们慢慢用餐,容与共话,实在是一次难忘的聚会呢。席间,老师说:"还有一事相求,我准备在太原美术馆搞一次从艺六十周年雕塑创作的回顾展,想请你题词一件。"我说:"老师太客气了,只是学生给老师题词,实在不够格。""那你不用多考虑,你是书法名家。"张老师补充道。我说:"不敢当,不敢当。但老师之命,我不能不从,试着写一件,还请老师酌定。"饭后,在"瑞龙"开一间客房,请老师休息,并挽留老师住一天。老师说他很忙,今天下午4点,将坐汽车返回太原。

下午4点,我安排车送老师到长途汽车站,然后送老师上车。临行,我说:"希望老师在展览期开幕之前,印一本画册,配合展出,我可以与出版社联系。"老师说他已在编选中,拟交北京"人民美术出版社"出版。说着他上车离开了忻州,我盼望老师的个展尽快开幕。

老师走后,我编了几则内容,写了多幅,从其中择出两件,拟请老师先选用。拙作尚未挂号寄出,于7月24日上午,老师又亲自到忻州来,手中抱着一件沉甸甸的东西,包裹得严严实实,让人难以捉摸。

老师坐文隐书屋案旁,稍作休憩,还不曾呷一口清茶,便站起身来,小心翼翼地去解拆那件沉重物体上的包裹,层层缕缕的泡沫塑料纸,扯下一条,又是一条,剥去最后一层,露出来的是一尊青铜造像,让我眼前一亮。老师说:"元遗山是你们忻州历史上最为著名的诗人，公认的'金元文宗'，我2005年创作了这件作品，送给你，作为留念，也是它最好的归宿。""这么贵重的艺术品，我哪里敢接受，还是老师自己收藏的好。""既然给你送来了，就归你。"老师不容分说，把元好问像摆到我的案头。我是既高兴，又有些忐忑不安，不知如何表达对老师的感谢。我竟忘了给老师题写的贺件。老师说："我下午还有事，现在就得回去，你给我的题词写好了没有？"

"老师的嘱件写好了，不知能不能过关，请多多指教。老师忙，吃过午饭再回去。""不，不能吃饭了，下边还有人等着。"老师说着话，把我写的贺件打开看了看，只说了7个字："过奖了。谢谢，谢谢。"将拙件收入他随身所带的提包中后，便站了起来。见挽留不住，便送老师下楼返并。

回到隐堂中，我久久赏对案头的遗山先生青铜造像，高可50厘米，一老人，发结高束，长须飘洒，虽面目清雅，而风霜满脸；眉尖翘动，似有所思；口角开合，或有欲言。更见右手策杖，踽踽独往的情状，使我想起了遗山先生，金亡不仕，行脚乡野，采摭旧闻，凡有所得，则为记录，终成《中州集》《壬辰杂编》若干卷，兼之咏啸歌哭。用手抚摸造像上雕塑家在创作时，所保留下来的肌理和塑痕，我不独触摸到了遗山先生跳动的脉搏，也体察到了张熙玉老师创作时在塑痕中留下的余温，而或是二者的结合，作者借助历史人物的描写，而作自我情感的抒发。

据说于2014年8月底，在太原美术馆举办了《晋魂长歌——张熙玉从艺六十周年雕塑展》，我没有得展讯，失去了一次参观学习的机会，深以为憾事，好在我手头有一册老师相赠的《晋魂长歌》签名本，得以常常展对。万万没有想到的是，老师在举办个展后不到一年，便溘然长逝了。噩耗传来，实在难以令人置信，记得自2014年7月与老师在忻州两次见面后，还有一次在《祝焘八十画展》的开幕式上邂逅，我和老师曾在一起照相，坐下来叙话，没想到那次见面，竟成了永诀，当时老师的身体看上去很结实，也没听说有什么病痛，怎么说走就走了呢？此后，在我的脑海中涌出两句话："望断云山，先生归去；伫听天籁，晋魂长歌。"以此哀悼张熙玉老师。奈何我对老师知之甚少，谨摘录先生小传以见其梗概。

张熙玉，汉族，1936年5月8日生，辽宁省大连市人。2015年8月19日病逝，享年80岁。生前系中国民盟盟员，山西省民盟文教委员会委员，山西大学美术学院教授，曾担任山西省雕塑家协会主席、名誉主席、山西省陶艺家协会名誉会长、山西大学艺达美术研究院院长、山西大学城市雕塑创作研究室主任等职务。

先生于1953年考入东北美专附中学习，1960年毕业于鲁迅美术学院雕塑系，同年8月分配到山西艺术学院美术系任教，1962年调入山西大学艺术系教授雕塑，为发展山西美术教育事业，培养雕塑艺术人才，竭尽精力，奉献平生。而个人创作，于1959年与金克俭合作，创作了《毛主席和农民》，至今陈列于全国农业展览馆正厅。其作品多以领袖、英雄、劳模和历史人物为题材，并多次参加国内外大型雕塑展览活动。城市雕塑作品分别建于山西各地广场和园林之中，诸如《龙兴晋阳》《汾水情》《傅山》《李林》等。作品入选《中国雕塑名家》《影响二十世纪中国美术发展之雕塑篇》，出版有《晋魂长歌》《张熙玉从艺六十年雕塑集》等。

先生归去云深处，艺术长留天地间。

京津齐鲁行记

（1969年3月7日—3月26日）

三月七日

为迎接建国20周年大庆活动，筹办忻县地区展览，地区领导指派我和张瑞亭同志到外地参观学习，访问取经。遂于下午2点45分离忻县，于5点20分到太原，入住文庙旅馆。然后拜访省革命委员会政工组刘祖武同志。刘，静乐人，曾任原平县委书记，与瑞亭甚熟。刘说石家庄有地下地主庄园的阶级教育展览，希望先到那里看看。后来交谈忻县地区的"文化大革命"情况和原平的生产状况。谈到省里为庆祝二十大庆的展览问题，刘说，省里什么也搞不成，好多问题没有解决。只有《毛主席去安源展览》，经西山煤矿同志们的努力，不久后可以展出。

1969年3月,陈巨锁(左)与张瑞亭(右)同登泰山,于"经石峪"留影

三月八日

上午7点25分离太原,下午2点许到达石家庄,入住东兴旅馆后,外出浏览市容,石市秩序井然,货物齐全,但买东西皆要票证,外地人也只能看看而已。

来石市之时,值寒流侵犯之日,过天桥风特大,衣服单薄,寒意侵身,也感难耐。

三月九日

早餐后,往中国人民解放军华北军区(今北京军区)烈士陵园,于苍松翠柏之间,谒白求恩大夫墓、柯棣华大夫墓,读爱德华博士碑,瞻仰烈士遗容。后到尚未完工中的"毛泽东思想胜利万岁纪念馆"接待室,了解展览情况。得知此馆的大型展览尚在筹备中,照片是由北京统一定制而布置。谈到石家庄市的展览,说有的已经结束,有的展览尚未就绪,只有"工业双革展览"可以去看看。而刘祖武同志所介绍的地主庄园阶级教育展览,尚在远郊的聂家庄,是大队所办的展览,得坐长途汽车加步行方可到的,基于此种情况,便只好割爱而去火车站,买了明日往北京的车票。

三月十日

上午8点50分搭京广16次特快离石家庄,于下午2点许抵京。下车后到华北局对外经委找熟人介绍旅馆,多方联系，未得往处，无奈在风雪中到和平里郭振源老乡家借住一宿，得到郭振源、李兰英夫妇的热情接待。郭、李二人为原平市白石乡野庄村人，1965年调对外经委工作。

三月十一日

在郭家早点后，于上午九点到火车站旅馆介绍处排队找住处，用7个半小时，排到1098人后，到下午4点半才总算领到了一份入住"和平街服务楼"的介绍信。没想到又碰上了支持"珍宝岛自卫反击战"的游行队伍，民情激愤，振臂高呼口号，抗议苏联军队对我国黑龙江的入侵。一时间，交通堵塞，我们只好步行一段路程，绕过游行队伍后，再搭车一段，在晚上7点许，方到达目的地和平街服务楼，身体的疲累，自不待言。为了一个住宿，竟耗去两个白天。

三月十二日

上午9点到中国美术馆，没有什么展览，了解到美术馆尚未建立革命委员会，只有大联委，对二十大庆的展览还不曾有什么计划。

到北京市展览馆，正在筹办"日本工业展览"，也不对外开放，是内部的交易展览。至于二十大庆的展览，是等待中央的有关指示的。

于革命历史博物馆，参观了《毛泽东思想照亮了安源工人运动展览》，其中展出了刘春华同志创作的《毛主席去安源》的油画原作。还第一次看到了两只芒果，是某外国国家元首赠给毛主席的礼物，后来毛主席赠给工宣队，工宣队又转赠展览会，金灿灿的果品，陈列于衬以大红绒上所置的景泰蓝高脚杯内，煞是引人注目，自然让我大开眼界。

三月十三日

上午9点40分搭85次快车离开北京。11点17分到天津站，然后排队找旅馆，到下午两点许被介绍到南市的"益民旅馆"。

下午外出浏览天津市容，由人民剧场走到东北角。晚8点后返回住地。

三月十四日

早晨起床后，旅馆负责人召集所有旅客，必须首先集体诵读"毛主席语录"，然后方可外出办事或就早餐。

上午8点外出，搭24路汽车到北门，再徒步到红桥区"三条石历史博物馆"参观阶级教育展览，由9点30分到中午12点，跟着说明员的讲解，完完整整地参观了展览，这里以工人的血泪史控诉了旧社会的黑暗，教育大家不忘阶级苦，牢记血泪仇。是一堂内容丰富，感人至深的政治教育课，尤其讲解员带着深厚的阶级感情去解说，催人泪下，印象深刻。

下午到人民公园参观了《纪念白求恩展览》，内容也很感人，看到展品中有白求恩在五台县松岩口模范医院的照片，对我有所启示，我想忻县地区应该在松岩口复制这个展览，以资教育更多的群众。在公园还有《毛主席是我们心中的红太阳》影展，影馆中陈列着毛主席不同时期的大幅照片，不少在书刊画报上选登过。

傍晚路过人民商场，即为过去有名的"劝业场"，聊作游观，商场之大，顾客之多，也是罕见的。而天津市百货大楼为新建商场，陈设布置则和各地的大楼没有两样，而其劝业场给人以古老的感觉，和街上不同建筑风貌的洋楼，配有轨电车上的铃铛声，好像是哪本书中描写过的场景一样。

三月十五日

在漫天风雪中，到水公园来看展览，三月中旬的天津，仍是风如刀，面如割，而展览闭馆，公园寥落，无一游人，我们在泥泞的道路上行脚，我和瑞亭互相观察对方的形象，蓬乱的头发，冻得发红的脸，不禁对笑问自己，我们这样取经学习，是傻劲呢还是真傻？

下午返回铁路售票处，明日开往济南的车票已售罄，只好买到后日的，还得在天津耽搁一天。

三月十六日

　　早餐后,到地处"佟楼"附近的天津市历史博物馆,参观"工业双革展览",又值星期日公休,只好返回旅馆休息了。

三月十七日

　　上午搭北京到上海经天津站的21次快车南下,经姚官屯、沧州、德州、禹城,于下午4点30分到济南,费少半天时间,也没有找到旅馆落脚,只好在"新泉池港澡堂"留宿一晚,闷热、潮湿、吵嚷,都是暂时来过夜的旅客,似乎大家对这种旅差生活都习以为常,还有说有笑地交谈着,我是一夜几乎没有合眼。

三月十八日

　　一早起床,在细雨中再去找旅馆,都是"客满",只好回到火车站老老实实地去排队,又用少半天的时间,总算找到个落脚处——卫东十一旅社(原大明湖旅馆)。

　　利用上午不多的时间,首先就近参观了"节煤"展览,内容单纯,是一专题性展览,于此也学到了一些建砌炉灶的知识。顺路看了"趵突泉",此为济南72名泉中的天下"第一泉"。其泉突涌,水注高可2尺,确实是让人驻足留恋的胜景,难怪游人络绎不绝。

　　下午往"千佛山",今名"向阳山",继北京后再次参观了泥塑《收租院》展览。千佛山向为济南名胜，"文化大革命"前，为僧人住持，现僧侣还俗，殿堂僧舍辟为展览馆。山头崖壁之上的隋代刻石造像，多在"破四旧"被砸坏，颇为可惜。中国文化遗产，精美石雕艺术，还是应该保护的。于此山巅，俯察泉城，虽不能尽得"一城三色半城湖，四面荷花三面柳"的泉城景致，却也浮想出《老残游记》中的人物和场景来。

返回旅馆路上，经道"黑虎泉"，也复可观，旁建"解放阁"，雄宏壮丽，聊一登览。

晚饭后，外出散步，绕"大明湖"一周，用一小时，行约十里，湖光山色，岸柳烟堤，疏篱茅舍，时见村趣。

三月十九日

早餐后，到大明湖公园参观了《红太阳照亮了戏剧舞台展览》，从版面设计到剧照的质量，从绘画艺术到说明词的书写，都具较高的水平。

叫"铜元局"的地方，有"打倒刘少奇展览"。到其地，门关着，不得参观，便不知其中是什么内容了。

在济南了解到泰安专区的展览工作搞得很出色，尤其是领导重视，组织得力，阵容强大，遂决定去取经学习，顺便登登泰山，得以一饱"齐鲁青未了"的眼福吧。

午餐后，离开旅社，到火车站购得往泰安车票，待火车进站上车时，每个车厢门口都杂作一团，挤满人群，你推我抗，争先上车,看看阵势,我们是不去了。瑞亭见机行事,他已快40岁的人了,竟从车窗口爬进了车厢,我仅30岁,却有些畏难,只听老张大声喊道:"你不上车,车马上就开走了!快!"他伸了一只手,拽着我的胳膊,我总算也从窗口气喘吁吁狼狈不堪地挤进了车厢,脚未立稳,车已开动,时在下午1点23分。车内更是人满为患,几无立锥之地,一路动弹不得,好在路不算长,于下午3点许挨到了泰安,挤出车厢,才松了一口气。

在泰安好容易找到一家旅馆,叫"健康旅馆",是新建,颇简陋,墙壁上挂满水珠,地面上流着泥水,被褥也是潮湿不堪,也只能勉强一宿了。

在旅馆内,瑞亭放下行李,从提包中取出半个大"锅魁",扳了一小块,就着白开水便有滋有味地咀嚼起来,他或许是已经很饿了。说起这"锅魁"的大,我还是第一次见到。在今天早晨外出吃早饭时,门外有一家饼面铺,其中就有这大饼,看上去有寸许厚,直径足有尺余,圆圆的,瑞亭一看到,就盯上了,说:"这大饼可以做坐垫,你要上泰山,它就是咱们的干粮了。买一个吧!"店员用秤一称,重10斤2两,说:"除钱外,还得10斤粮票。"瑞亭有点皱眉,我也打退堂鼓了,我说:"咱们还要回去,可没有多少粮票了。"店员说:"可以扳着卖。要几斤?给你称几斤。"瑞亭说:"扳一半吧!"这便是他为我们携带的上泰山的干粮"大锅魁"。他吃着,也给我扳了一小块说:

"尝尝吧,是很好的,不哄你!"

到泰安的旅馆,很少有不游泰山者,这便成了旅客们的话题。同室吉林师范大学的两位学生,是专门来登泰山的,他约我们明日同行,瑞亭说:"看天气吧,这三月份,据说晴朗的日子不多。"

三月二十日

一早,还有小雨,早餐后,天放晴了,本地人说雨后晴天,这是不易的游山天气,外来人就熙熙攘攘地出行了。我们也格外地兴头,决定登泰山,而后参观展览。

登山自"岱宗坊"徒步出发,经"王母池",虎山水库,过"一天门",至"孔子登临处",于石牌坊下与瑞亭合影留念。过"红门"、"万仙楼"到"斗母宫",是一处清幽小巧的院落,有茶座,坐下来休息,喝茶吃点心,四处看看花木和室内陈列的书画,有郭沫若诗咏泰山"经石峪"的墨迹,不知道是原作还是复制品。

出"斗母宫",观"卧龙槐",至"经石峪",正郭沫若笔下之所述:"经字大于斗,北齐人所书。千年风韵在,一亩石平铺……"其时风起,但见石刻模糊,水流斜面,有的字因水浸润,字口清晰,有的字,近人以漆嵌红,反觉生硬,古朴风貌,破坏殆尽,不禁让人生厌。而其整体气势,神采风韵,仍是摄人心魄,赏对良久,拍照而去。

离经石峪,经"水帘洞"、"红沙岭"、"东西桥",穿"柏洞",浓荫蔽天,绿可鉴人。上"壶天阁",过"廻马岭"、"步天桥",到"中天门",山更高,风愈大,寒气袭人,以衣裹面速行。过"斩云剑",路转下坡而平缓,称为"快活三里"。至"云步桥",诚为泰山佳境,水流云在,河山一脉,洗心涤虑,为之神清。吉林师范大学郎同学将随身所带"心灵美"红心萝卜取出,说:"我杀萝卜,请大家都来品尝。""杀"字出口,话音未落,小刀竟割破了自己的手指,便也顾不得分食萝卜,赶紧去拭擦血流,包扎伤口。另一个同学说:"在这名山胜水中,怎能容你有生杀之念呢?"瑞亭见状,上前说:"我不怕,我来杀这萝卜,看它如何奈得。"一言道出,笑声填谷。

于"步云桥"玩赏尽兴,上"五松亭",观"望人松"、"朝阳洞"、"万丈壁"诸景观。至"对松亭",观"对松山",万壑松风,涛声如阵,铁马冰河,亦感动人心魄。

至"慢十八盘","天门"在望,石磴摩天,望之畏然,心想何时登得。适有二位朝山老人,手提竹篮,衣着有襟黑褂,瑞亭顺口发问:"老大娘,多大年纪了?""七十二了。""哪里来的?""山东枣庄"。"上山干什么?""玩!"老大娘满脸堆笑,爽朗的声音和健壮脚步,有点令我感动,脱口而出:"这么大年纪了,跑这么远的路,真让人佩服!"老人报之一笑说:"没啥,没啥!"瑞亭却对我说:"没啥?这么大年纪了,爬这么高的山,玩命嘞。"这句声音不高的对话,竟然让老大娘听见了,便大骂张瑞亭。我赶紧劝老大娘说:"这个大哥,口无遮拦,是他胡说,你老不要放在心上。"说着,我们加快了脚步,和老人拉开了距离,瑞亭还有点不服气说:"我并没有恶意,是为她的安全想着来。"我说:"她们定是上山还愿的,篮子里,准定有供品和香纸。一路上最忌讳的是听到不吉利的语言,你的话能不伤她的心? 挨骂,是你自找的。"瑞亭说:"反正我们走远了,她再骂,我也听不见。"老张是豁达人,事过后,便不放在心上,这也好,但教训总该记住的。

过"升仙坊",便开始爬"紧十八盘",石阶陡直,直逼"南天门"下,游人至此,多不谈话,走走歇歇脚,喘喘气,再向上攀登。到了"南天门"下,西眺"望府亭",当是一览"泰安府"最佳位置,奈何其时山风愈劲,遂不往观,径东至"天街",是一段宽绰而平坦的道路,沿路有商家店铺、摊贩、担夫,时值中午,我们于小吃部就便餐,小憩片刻后,望岱顶而来,指点"凤凰岭"的岩石,等待"白云洞"的烟云,未几到"灵佑宫",俗称"碧霞祠",是一处规模宏大的建筑群,游人到此,皆入宫门逗留参观。

泰山多摩崖刻石,尤以"碧霞祠"到"极顶"的一段崖壁上,"置身霄汉"等大字满眼,就中唐玄宗隶书"泰山铭"引我赏对良久,诵读一过,瑞亭为我拍照留念。至"秦王无字碑"下,又作驻足观赏,丰碑朴茂,于无字处,发人浮想,海阔天空,信马由缰。大碑左下置小碑一通,上书七绝,一首云:"茫荡天风万里吹,玉笈金检至今疑。袖携五色如椽笔,来补秦王无字碑。"诗虽颇具气势,而字却笔姿孱弱不耐看。

至"极顶"时,暮色苍茫,突然瞥见在"慢十八盘"所遇到的二位山东枣庄老大娘,于无人处专心致志地焚香敬纸,跪拜祭天,这正印证了我想到她们是来泰山烧香还愿的。我赶紧拉瑞亭离去,以免让老大娘遇见,又心生不快。

东去"日观峰",匆匆寻"望海石"、"供柏石"、"舍身崖"、"仙人桥"诸景点一观,又指点哪里是"望人峰",哪是"桃花峰",哪是"莲花峰",群峰一色,天地昏黑,便循原道返回"岱顶"。

因张瑞亭同志有"记者证",我们二人得以入住"岱顶宾馆",其住宿条件远胜其他旅馆店社,自然住宿费比其他家是高了不少。

晚餐后,访问了宾馆老程同志,请他为我们介绍了泰山的概况。他说泰山地处泰安、历城、长清三县,面积约24万亩,海拔1545厘米,从岱宗坊至极顶18里,计有7800多台阶。除沿路景点外,山顶望日出、日落、云海等,时有壮观,当然这景观是可遇而不可求,天时、地利、气候都是必要的自然条件。

夜宿岱顶宾馆,天风浩荡,门窗震动,思绪纷纭,久不成寐,振衣外出,星斗满天,历历在目,泰安一城,灯火灿烂,天上地下,交相辉映,间见流星划空而逝,电光石火,亦为奇观,奈何山风侵身，奇寒袭体，又不得不回到室内毛毯裹身，倚枕听风。

三月二十一日

晨起，5点起床，裹衣外出，登"极顶"，待日升，以观泰山日出，惜无眼福，眺望东方，层云密布，虽有颠风作力，奈何阴霾难尽，东日高升，光色暗淡，终未能得见其壮观也。

早餐后，再到"日观峰"，瑞亭蹑手蹑脚走上"仙人桥"，让我为之拍照，我心跳咚咚，窃恐其稍有不慎，坠入岩谷。于他阻之无效，任其历险，我则快门按下，心犹颤动。

由日观峰返回岱顶，循原路下山，到"中天门"后，转西南向而行，经竹林寺、长寿桥、阴阳泉，下至"黑龙泉"，于"观瀑亭"上，观仰"龙潭飞瀑"，白练千尺，俯察沉潭浪起，腾蛟搅海，此处，当为泰山之游不可或缺之地。玩之尽兴，过建岱桥，经龙潭水库，不远谒冯玉祥先生墓。复东行，至"普照寺"，有"筛月亭"，寺前"六朝松"尤为可观。老干盘曲，鳞甲如铁，针叶茂密，浓荫覆地，千年历劫，岿然不动，望之伟岸，前所见"五大夫松"，岂可比肩这"普照寺"中六朝时的真宝呢！

过范铭枢烈士墓，读谢觉哉、林伯渠题刻，发人深省，深感革命事业的艰辛，继承烈士精神的重要。

由泰山返回泰安，已是下午3点许，入住泰安地区第三招待所（原"泰安迎宾堂"）。稍事休息，与泰安展览馆的负责同志接了头，到下午5点，有展览馆的三位同志到我们的住处来介绍情况，首先谈到他们是专门为宣传毛泽东思想而搞展览的，以搞大型展览即《毛泽东思想胜利万岁》影展为主，抽暇还搞了《毛主席是我们心中的红太阳摄影展览》、《纪念白求恩展览》、《毛泽东思想照亮了安源工人运动展览》、《李文忠事迹展览》、《门合事迹展览》等，现在又在积极筹办《在战黄过程中英勇牺牲的九烈士事迹展览》。

又谈到，他们有一百多人参加的展览工队伍，是由地区革命委员会和军分区抽调人员组成一个办公室，抓政治工作和业务工作。他们还有个设想，拟搞个常设机构，抽调美术、设计、说明员等各种人才，承办各种展览，筹办时，再临时抽调更多的人员来参加工作。说明员由中师毕业生来担任，在分配小学教师时就将户口开来，在展览馆吃粮领工资。他们还注意了向外地学习，先后到北京、天津、四川、江西、青岛、长春等地参观取经。

以外还介绍了对泰山的改革方案，对我们地区所属五台山的改革和建设也是颇有启示作用的。

三月二十二日

上午，先走访了泰安地区展览馆，参观了地区举办的《安展》。这里的展览，总是比省城先走一步，这里已开馆，省里才复制展出。

下午观看了《泰山改革模型》,听取了说明员对泰山各景点远景规划的介绍。

三月二十三日

今天是星期日,各展览馆公休,我们先往泰安城内作一浏览,参观了泰安地区烈士陵园。然后返回"迎宾堂"所在地"岱庙"内,汉柏、岱庙、扶桑石、岱庙大殿,处处让人驻足留恋,有两棵银杏树,粗可四人合围,枝柯参天,亦极宏壮。

下午观摩了"张迁碑"、"峄山碑"等刻石,都给我留下了不可磨灭的印象。

三月二十四日

早餐后,参观了《抓革命促生产工业展览》,然后到火车站购得车票,匆匆返回"迎宾堂"结账后,提着行李赶紧上车站,搭11点50分的22次快车离泰安,于下午3点许抵德州,入住"星火旅社"。

德州市容整洁,为迎接"九大"的胜利召开,已披上了节日的盛装。所憾街头讨吃要饭的甚多,我们在食堂里吃饭,讨要者是应接不暇,买到的饭菜,几乎连一半也没有吃到自己嘴里,我想不彻底根治黄河的水患,此地的灾情是不能从根本上得到解决的。

三月二十五日

晨 7 点 7 分搭火车离德州，晚 9 点许到太原，到 11 点方找到落脚处。

三月二十六日

上午乘火车返回忻城，方了结 20 天访问参观、取经学习，一路风尘，有苦楚，也有乐趣，认真总结，收获也是颇多的。

秦豫冀行记

（1970年11月6日—15日）

十一月六日

因忻县地区筹办《农业科学实验展览》，受有关领导安排，与张联友同志到陕西、河南等地参观学习。下午2点30分离忻，5点许到太原，就便餐。6点28分搭太原至西安直快西去。

十一月七日

晨7点许到临潼，顺路下车一游。

早餐后，寻华清池而来。有"飞霞殿"，今更名为"东风楼"，建筑宏伟，彩绘瑰丽，而其庭院之中，龙舟曲径，高榭池塘，台阁高起，浓阴下垂，缀以巧石盆花，得为一处游览胜地。

至"五间房"，标为1936年"西安事变"中，蒋介石在此居住，晨闻枪声，裸身出走，绕过石亭，藏身石罅之中。石亭今名

1970年11月,陈巨锁(左)与张联友(右)在西安大雁塔留影

之为"捉蒋亭",适有西安铁路局机务段曙光小学的学生们,在此接受阶级教育,听说明员讲解历史事件后,振臂高呼革命口号,声振骊山崖谷。

离"捉蒋亭",寻山中石道而登山,至西峰,即"老君界",上建"乾元阁",逗留片刻,往东峰而来。披荆掠草上得峰顶,稍见平旷,俯察中山景致,古木掩映中,高甍飞檐,亦复可观,山巅传为周幽王烽火戏诸侯之烽台,虽为故事传说,有比没有好,总能引发人们对历史的一些浮想。

循原路下山,至西峰乾元阁小坐吃茶,而后返回华清池,一洗尘劳,水温42度,有点烫,加少些冷水则可。池下有水之出入孔,时出时入,正源头活水也,水中又富矿物质,可医关节炎和皮肤病,不独"温泉水滑洗凝脂"也。

入浴约40分钟,体舒神清,饮茶而去。于下午2点20分搭火车西去,经灞桥站后,于3点到西安,入住"人民旅社"的一个能容62人的大屋子,周边连床通铺,中间仅容1人通过的窄道,你来我往,不免碰撞。入夜,则鼾声、梦话声、说笑声,相互交融,诚一大合唱,所幸白天过甚疲累,到后半夜总算合上双眼也小睡了一阵。

十一月八日

早餐后,往环城西路,联系《西安中草药展览》,值星期日公休,未能参观。随后入莲湖公园,今更名为"红卫公园",园不大,且感荒凉,也少游人,我们亦仅浏览片刻而离去。便往西安碑林而来,拟一观摩,到陕西省文管会,也无人办公。又往"慈恩寺"而来,喜见大雁塔四面七层,纯砖建,高可十九丈二尺,塔中设木梯,可至顶层,为国务院文物保护单位。遂入塔畅然登临,至顶层,占一首,未能工致也。

老杜曾穿龙蛇窟,我今亦出枝撑幽。
置身恍惚在霄汉,举手不意触斗牛。
秦川麦青千重浪,黄河盘涡一望收。
漫道小杜阿房赋,长安遍地起高楼。

塔顶尽兴,下观褚遂良所书《大唐三藏圣教序》与《大唐三藏圣教序记》二碑,唐人风韵,尽现眼前。

下午至"荐福寺",读石碑数通,粗略知道了小雁塔之梗概,亦为唐僧译经之所。寺中古木刻石多多,也颇引人注意,奈何不能于此过多耽延,周流一圈,便往"东风公园"(原"革命公园"),参观了《西安人民防空展览》。该展览,图片不多,布置新颖,颇具匠心。模型中泥塑小人,活灵活现,甚是传神,刻画了在防空演习中生动的人物场景,给人以逼真的印象。展览中的几幅粉画插图,也见作者对生活体察之细微,对人物刻画之深刻。这种对展览创作的严谨认真的态度和精益求精的精神,都是我们应该去努力实践的。

十一月九日

上午,再往环城西路,参观了《陕西省中草药新医疗法展览》。展品中中草药标本制作精细,版面中突出了商标标式,给人宣传商家的感觉。而短小精悍的设计理念,却给人以深刻的印象。

往土门,参观了《陕西省农业会议展览》,该展览由专市各自筹办分馆陈列,即分延安、渭南、商洛、汉中、榆林、咸阳、宝鸡、安康八地区和西安、宝鸡二市共十馆陈列布置。各馆皆有所长,延安馆则办得较为出色,整体设计朴素大方,主题突出,眉目清晰,甚感方便参观者领会学习。其中农业科研部分及实物标本的陈列,对我们地区筹办农业科学实验展览,颇有启示和借鉴作用。

在农展馆参观用去了两小时,随后就午餐。

下午2点,到陕西文管会,与之联系,得以参观了最近出土的唐开元至天宝间历史文物。主要有金银货币、金银首饰、金碗、匜、盉器等共计600多件。为唐明皇之兄宾王在安史之乱时埋入地下的东西。观其文物,件件制作精美绝伦,足征我国古代劳动人民的聪明智慧和高超的艺术创造能力,同时也揭示了封建统治者的奢华生活和对劳动人民的残酷剥削。看出土文物展览,不啻是上了一堂阶级教育课。

在"西安碑林"参观,法书名碑,顿现眼前,多年夙愿,得以实现,因之兴奋不已。

碑林分列四室，一室为"开平石经"，所刊"十三经"连成一堵一堵的墙，自然形成了一本展开的大书，人行其间，却不曾见有诵读者。二室为书法珍品唐碑的陈列，一通通丰碑大碣，气象堂堂，顶天立地，有颜真卿早期的《多宝塔碑》，晚期的《家庙碑》和行书《争座位帖》，有柳公权的《玄秘塔碑》，都是我曾经临习过的碑帖，对之倍感亲切。此外还有徐浩等唐人所书的刻石。三室有《熹平石经》《曹娥碑》等汉碑典范，还有怀素《草书千字文》和清代翻刻的宋人《淳化阁法帖》等等。四室陈列着新近从各地收集的有关反映阶级斗争的一些刻石，以供宣传教育，更好地发挥古为今用的作用。此室中陈列有一些石刻图画，有《太白山图》《华山图》，还有传为吴道子所画的孔子像，王维的双钩竹，还有达摩像等。

又参观了石雕石刻艺术馆，有唐陵的石兽、石狮、犀牛，有昭陵六骏（其中四件为真品，皆碎为数块，拼复而成，二件为复制品，原作为美帝盗去，现陈列于费城博物馆），有霍去病墓前石马，为复制品，亦大气浑朴，造型生动。此外，还有汉画石像、石棺、魏造像碑，唐玉雕佛、菩萨、力士像，无不各具神采，令人叹为观止。

在碑林博物馆，参观两小时，亦只匆匆一过，他年再到西安，当作仔细观摩，用以补课。

下午4点30分到"人民公园"（原名兴庆公园），寻兴庆宫遗迹，"龙池"尚存，其他殿宇，皆为新建，"沉香亭"更名"东风亭"。林木之中,石桥之上,多有游人,不复当年帝王之家,而今早已成了人民的乐园。

下午6点到火车站,购得明日往洛阳车票。

十一月十日

早餐后上火车站,9点经西安36次列车晚点57分。至上午10点,火车方离开西安站,经渭南、孟源、潼关、灵宝、三门峡、渑池等地,于下午5点30分到达洛阳,入住"金谷园旅社"。对这"金谷园"三字,让我想起了西晋时巨富石崇,在此名园藏绿珠的故事,而今的旅社却是十分的简朴了。

十一月十一日

早餐后,从"红旗站"(西关站)搭汽车到城南25里处的龙门。先上龙门东山半山谒香山墓。翠柏掩映中,墓丘高起,碑书"唐太子少傅白文公墓",伊水有声,吟流脚下。墓园不大,除我和联友二人外,更无来此凭吊者,乐天老人,得此清静,不知可否寂寞?香山寺在墓之右侧,寺院早毁,其地有新式屋宇,为疗养院之处所,诚休养之胜地。

离香山墓,往龙门西山,参观诸石窟。先至潜溪寺,石佛艺术,初见端倪,保护尚感完整,造型已具不俗,唯规模尚乏宏伟,除石雕外,仅明清题咏碑刻数通。

于宾阳洞,驻足良久,不忍离去。宾阳洞为龙门石窟保护最好者，分"北洞""中洞"和"南洞"，其中以"中洞"艺术水平最高，诸佛菩萨面部表情肃穆庄严，略带羸弱之相。衣纹作羊肠状，而其布局，疏密有致。唯洞门内两侧，竟见剖痕，那享誉世界的石刻艺术品《帝后礼佛图》，早在1937年就被美帝文化盗犯普爱伦，勾结奸商盗卖美国，对此景况，令人恨之切齿。

宾阳洞外有褚书《伊阙佛龛之碑》，时过千年，风剥雨蚀，碑身残缺，字迹亦多模糊，已不能成诵。

离宾阳洞南去，经数百大小石窟，到得奉先寺。此处规模宏大，其艺术水平亦为龙门之最，中为卢舍那大佛，左右为阿难、迦叶二弟子、二菩萨、四力士，其中一弟子、二力士残毁。此奉先寺石雕完成于公元672年至675年间，读"题记"，知武则天为此施"脂粉钱二万贯"以助缘。

于卢舍那大佛下，我想起了杜甫的《游龙门奉先寺》，自己虽没有"更宿招提境"，却也"已从招提游"了，虽不曾听到钟声，却也引发起些许的深省。

步下奉先寺的高台阶，遂复沿山南去，又经百十孔洞窟，寻到了北魏名碑"龙门二十品"的"古阳洞"，奈何碑刻多在石窟四壁之高处，不独摩挲，决眦相望，亦难得穷尽，所幸家藏旧拓数种，聊补今日游观之缺憾。

龙门半日之游，择其要者而参观，国之瑰宝，继云冈石窟游历后，又得以到龙门石窟来访胜迹，何日再能参访敦煌石窟和麦积山石窟，亦平生大愿之一也。

下午由龙门到"白马寺",时为部队占用,经再三交涉参观事宜,未能如愿,悻悻到"齐云塔"下,读金大定碑。浏览半小时,返回市区,于人民公园再次参观泥塑《收租院阶级教育展览》,此继太原、北京、济南参观后的又一次参观了,"不忘阶级苦,牢记血泪仇",时时讲,处处讲,我们是时时看,处处听,不敢也不会有忘的。

十一月十二日

上午7点30分搭乌鲁木齐到北京经道洛阳的70次直快列车东去。于9点30分到郑州,入住二七路旅馆。

下午徒步经二七广场、"二七纪念堂"等地,在人民公园内参观了《郑州市三防知识展览》,在"毛泽东思想胜利万岁展览馆"参观了《一不怕苦,二不怕死的共产主义战士杨水才先进事迹展览》《林县红旗渠展览》《打倒新沙皇展览》与《阶级教育展览》,四个展览,各具特色,主题突出,事迹感人,都给以深刻的教育作用。展览版面设计新颖别致,说明员感情充沛,都是我们要认真学习的地方。此外这里还有《焦裕禄事迹展览》《中草药新医法展览》,因天晚,已闭馆,便不能参观了。

十一月十三日

早点毕,到河南省工人文化宫,参观了《纪念白求恩展览》,又到"劳动公园"(原碧沙岗公园)参观了《毛主席光辉形象摄影展》。于郑州历史博物馆象化石陈列厅内,参观了四五十万年前的非洲象化石,有白臼齿、脊椎和大腿骨等。最惹眼的则是有牙二枚,长约三米,当年那是一个何等的庞然大物呢?于此又观摩新近出土的东汉画像石数十通,图画记录了狩猎、骑射、车马、刺杀等生动多姿的形象,极具文物价值,为解读东汉的军民生活提供了丰富资料。

下午再到"毛泽东思想胜利万岁展览馆",参观了昨日已经闭馆的《焦裕禄事迹展览》,事迹生动感人,给我以深刻的印象。

晚搭西宁到北京经道郑州 36 次直快列车北上,本是 7 点 35 分经过,结果列车晚点 40 分才到站,匆匆上车,勉强觅得座位,也算可以休息了。

十一月十五日

午夜两点许到石家庄,因火车晚点,到站时,北京开往太原的 87 次快车已经离去,返家的日程安排被打乱了,只好在此停留一日,夜宿"革命旅馆"。

联友初到石家庄,陪他再到北京军区烈士陵园谒拜白求恩、柯棣华大夫墓,在此还参观了《关成富同志事迹展览》,该展览照片资料不足,以粉画和素描等绘画形式予以补充,介绍了人物的事迹,内容感人,颇受教育。

下午参观了石家庄复制的《天津三条石阶级教育展览》,展览以具体事例,深刻地揭露资本家对工人阶级残酷剥削的罪行,有力地批判了"工贼"刘少奇的"剥削有功论"。

参观展览后,浏览市容,石家庄政治空气十分浓厚,革命大批判专栏随处可见,语录、标语悬挂街头,各行各业先进人物宣传栏、阶级教育、学哲学、科学知识等宣传资料也有散发。在西安、洛阳、郑州所见似乎没有这里搞得热闹的。

十一月十五日

午夜1点11分搭87次往太原而来。早7点13分转搭太原至蒋村慢车,于上午10时许返回忻县。

湘赣鄂行记

(1971年3月30日—4月22日)

为了搞好忻县地区六处毛主席路居纪念馆的陈列布置,地区革命委员会政工组抽调我和张启明、李志强三人到湖南、江西等革命圣地参观学习,遂成湘赣鄂之行。

三月三十日

上午11点离忻,下午两点许到太原。往省革命委员会换得外出参观学习介绍信。下午3点50分离并,晚10点到石家庄,中转经石家庄站的第5次北京开往越南河内的特快列车而南下。

三月三十一日

下午6点许到达岳阳,入住岳阳饭店。此地向往久矣,顺路一游,诚快事也。沿途口占拙句云:

1971年3月,陈巨锁在庐山

湘赣鄂纪行

车过河南

庆幸我乘京桂车,中州风景放眼赊。

新麦连天无穷碧,油菜花黄泛金波。

眼观世界乾坤大,身居茅屋意兴多。

一夜东风兼绿雨,遍地荡漾红旗歌。

豫行速写

飞红滴翠三月天,杏花春雨到江南。

修竹婆娑闻鸡啼,茅屋横斜起炊烟。

……

淡扫浓抹放笔处,画出最爱老牛耘田着先鞭。

四月一日

早餐毕,径直往岳阳楼而来,一路思绪纷纭,范公名记,涌上心头。登楼凭栏,正:"巴陵胜状,在洞庭一湖,衔远山,吞长江,浩浩荡荡,横无际涯,朝晖夕阴,气象万千,此则岳阳楼之大观也。"有此名句在前,对之眼中景物,心潮涌起,襟怀顿开,水天浩荡,锦帆而来,"登斯楼也,则有心旷神怡,宠辱皆忘,把酒临风,其喜洋洋者矣。"其时也,虽无酒助兴,却能放浪形骸,面湖长啸,心逸神飞,而后诵读名篇,亦极一时之快也。

巴陵胜状在洞庭一湖,名楼(岳阳楼)永存,全赖范公一记,若无此记,岳阳楼岂能千古长存。虽代有兴废,而终复再现。今之所见,为清光绪六年遗物,历史虽不算久远,而在江南三大名楼中(岳阳楼、黄鹤楼、滕王阁),可谓硕果仅存的古建筑了。楼建城西城台之上,高阁凌空,古色斑斓,又有"仙梅亭"、"三醉亭"等为之呼应,碑碣比列,钟鼎杂陈,摩挲铭记,诵读诗文,不禁神思恍惚,上接李杜,下晤滕范,忆屈子之离骚,偕湘妃而同游。风拂神回,徜徉楼下,遇一老翁,询诸岳阳名胜,老者言,有鲁肃墓在市橡胶厂,仅一土丘;有小乔墓在市内,有湘妃墓在君山。于此望君山,湖光缥缈,远山一螺,无船可渡,徒唤奈何。

于城台拾阶而下,步河滩,至洞庭湖边,见渔人驾小舟捕鱼,鱼鹰上下,水花飞溅。移时,渔人大获丰收。那鱼鹰为我等第一次亲眼相见,尤感新奇可爱,遂与之合影留念,那渔人似乎有点诧异,自言自语道:鱼鹰有什么好看的?还和它照相,没见过。

中午返旅社吃饭、休息。下午、晚上又两次往城西观看岳阳楼和洞庭湖,在不同时间段的不同景色。下午所见,正"气蒸云梦泽,波撼岳阳城",望君山,则是"遥望洞庭山水翠,白银盘里一青螺",而晚上,却有点杜甫《春夜喜雨》中"野径云俱黑,江船火独明"的景致了。

夜来不寐,漫成《登岳阳楼二首》,未及推敲,抄以记之:

一

名记高楼念未休,洞庭如诉水悠悠。

斑竹欲尽湘妃泪,扁舟难载老杜愁。

柳毅龙女传佳话,小乔周郎成土丘。

借问君山千古事,艨艟斗舰付东流。

二

倏忽飞上岳阳楼,眼中千帆壮兹游。

胸因洞庭浩荡开,情为大江澎湃流。

红旗面面映楚天,战歌声声壮神州。

长记范公警世训,一任忧乐注心头。

四月二日

早点后,搭505次普客于7点44分离岳阳而南来。车至汨罗,春雨又降,时小时大,至大雨淋漓,不辨东西,四野苍茫,一片混沌;小雨霏微,烟村隐现,淡妆人家,桃红柳疏,绿蓑青笠,板桥耕牛。正复早春二月,杏花江南景色也。

中午12点许,车抵长沙,入住湘江宾馆149号房间。其处条件一流,宾客盈门,适有港澳同胞和海外华侨登记住宿,不独面目可鉴,衣着也大异如我等内地民众。

下午,到湖南省革命委员会政工组换介绍信,一位张姓同志接待了我们,热情地介绍了湖南第一师范、船山学社、清水塘等毛主席曾经学习和搞过革命工作的旧址,以及这些地方的陈列室和展览品,更希望我们去韶山参观和瞻仰毛主席的故居。

换得介绍信,告别张同志,看看时间尚早,便漫步到烈士陵园,谒湖南革命烈士纪念碑。时大雨又来,匆匆避雨于长廊之下,未几,雨又停,这当是此地此时的特点了,时降时停,倏忽不定。我等北人南来,没有一点准备,既无雨伞,又无雨衣,雨中来去,鞋袜淌水,衣服尽湿,初到南国,就领略了雨季的洗礼和烟雨的滋味了。几年前,我在山西昔阳参加大寨展览工作,尝见南方人大冬天到大寨参观学习,穿的衣服单薄,却带着雨鞋、雨伞,曾引以为笑谈。而今,我一到长沙,便成了落汤鸡,也该是南国人的笑料了。明日外出,首先该买一把雨伞的。

晚餐毕,于新华电影院观看《欢迎越南战友》大型彩色纪录片。

四月三日

早餐后,便往湖南第一师范,瞻仰毛主席青年时期革命活动的地方,详细观看了毛主席在校期间的教室、宿舍、读报室、水井、工人夜校、君子亭等场所。校舍整洁,布置简朴大方,说明简明扼要。主席青年时期的远大胸怀,对三座大山无比仇恨,对劳动人民无比热爱,生活艰苦朴素,学习刻苦钻研等等活动事迹,感人至深,教育极大。而其旧址的陈列和布置情况,对我区毛主席六处路居馆的陈列,皆有启示和可供借鉴作用的。

别一师,到一新华书店,购得《红色娘子军》精装本3册,以赠同伴。

下午往船山学社,参观"毛泽东同志创办湖南自修大学旧址",其地有何叔衡工作室、毛泽东工作室、学联会议室等,除些实物陈列外,大部分是一些有关资料翻拍成照片而装上版面,加以文字说明。版面照片以大红绒布衬底,上以玻璃板覆盖,四角用螺丝钉固定,给人以庄重、讲究、醒目的感觉,也给我们日后的工作有着示范作用。船山学社的庭院小巧典雅,芭蕉舒展,翠竹迎风,亦大可让人留恋的。

出船山学社,过公园见很多人用小平车、大车将大量大白菜倒入湖中,我以为是在喂鱼吃,询之左右,知是沤绿肥,让我可惜不已。在晋北,此时,菜种尚未落地,能吃到新鲜蔬菜的又有几家?而长沙却以菜沤肥,自然令我是不能想到的。

到省展览馆参观了"湖南省活学活用毛泽东思想先进典型展览",亦复备受教育。

过东风电影院,傍晚有一场"西哈努克亲王、宾努首相观看体育表演"的纪录片演出,遂往观看,亦见精彩。

四月四日

早餐毕,到沿江大道,搭轮渡过湘江,漫步橘子洲头,脑海中不禁浮现出毛主席青年时代与同学少年,于此"指点江山,激扬文字,到中流击水,浪遏飞舟"的动人场面。

离橘子洲,搭小船至岳麓山下,仰望翠峰,白云迢递,峰峦隐现。山之脚下,苍松翠竹,红墙黑瓦间,又有高楼挺起,大厦岿然,正是湖南大学之所在。寻岳麓书院之胜迹,已变为湖大职工宿舍,朱熹讲习之所。入住寻常百姓人家,门庭杂物堆积,庭院已不复让人游览了,墙头每见标有"游人禁止入内"的字样。

至"爱晚亭",则感焕然一新,新亭檐角翼然凌空,红柱碧瓦,衬以枫林,绕以青流,小桥隆起,白玉栏杆,煞是亮丽。小坐桥头,仰见毛主席手书"爱晚亭"三字,端庄劲健中尚见飘逸飞举之势;若值秋冬霜降,枫林尽染,又是何等的景象呢?

离爱晚亭,拾阶而上,至白鹤泉,泉上建亭,亦复可爱,旁为"麓山寺",寻李邕书碑,遍觅不得,岂非在破"四旧"中,让红卫兵所砸去?不敢询问,若有所失,悄然离去。

过一家饭店,时值中午,匆匆用餐。餐毕稍作小憩,而后登岳麓峰顶。其时也,大雾卷起,笼罩四野,数步之外,皆不可见,唯人声相闻。又值细雨飘来,遂入茶座,槛外清气流走,檐头珍珠滴沥,热茶驱去轻寒,冷香飞上诗句,亦极一时愉快。移时,雨过雾敛,岳麓山又露出本来面目,青山出浴,峰峦嫣然,煞是妩媚。我等离茶座,谈笑下山,不意得此晴雨变化之状,亦自感欣慰而怡悦。下山路上,又有不少烈士墓,诸如蔡锷墓、黄兴墓、刘道一墓,皆作参谒。山中景致,不再赘述,耳听不如目见,目见不如心赏,有志于探胜搜奇者,莫惜步履,万里之行,始于足下,正所谓:"奇伟瑰怪非常之观,常在于险远。"此行得《登岳麓山》:

今我游长沙,登高亦壮哉。

湘江浩荡去,橘洲望中来。

亭坐常爱晚,红枫霜后开。

仰观主席书,思绪费剪裁。

少年干革命,豪气展雄才。

中流作砥柱,江山能主宰。

日自韶山出,万里响春雷。

阴霾一扫尽,人民去百哀。

喜看千帆竞发处,革命歌声震天回。

四月五日

昨晚下了一夜的雨,春雷阵阵惊梦魂,卧听檐头滴雨声,晓看廊外红湿处,百花竞放长沙城。海外乒坛传喜讯,中国健儿夺冠军。

早餐毕,到清水塘参观了毛主席创建的中国共产党湘区委员会旧址陈列室和展览馆，展览介绍了毛主席从1918年到井冈山以前，一段时间内的革命实践活动。

清水塘22号为湘区委员会旧址，其中有毛主席和夫人杨开慧的卧室兼工作室，有杨开慧母亲的卧室，有客厅、会议室、饭厅等，听取了说明员的介绍，受到了一次深刻的革命教育。欲求说明词等资料，陈列馆的负责人说，展览尚在预展期间，还未经中央作最后审查，所以资料不能对外复制。

晚餐后外出散步，得小诗《湖南道上》：

访胜探幽觅小诗，江南杏花烟雨时。
衡岳百云可揽结，潇湘帝子会有期。
山中明湖飞天镜，村外歌声上翠微。
农业处处学大寨，碧野春风飘红旗。

四月六日

早餐毕，离湘江宾馆，到火车站购得8点6分由长沙开往韶山的第一次列车。然火车因故未能按时开出，到上午9点火车方得开启，而且车跑得很慢，不是跑，简直是走，到中午12点，方抵韶山，又转达汽车，行10里，终于来到了毛主席的故乡韶山冲，夙愿已偿，乐何如之。急匆匆用过午饭，便前去瞻仰毛主席的旧居及其青年时期种过稻谷的田地，晒过谷物的场院，洗过澡的池塘，又浏览了水塘南岸的私塾旧址，创办的夜校,考查农民运动的会址等。粗略地参观了陈列馆,内容丰富,时间紧促,已是下午5点光景,工作人员要下班了,我们只好带着未能满足的心情回到了住地——韶山招待所208号。

晚上观看了韶山学校红小兵毛泽东思想宣传演出的精彩节目。

四月七日

上午以充足的时间,仔细地参观展览,在九个展室,认真听取了说明员的讲解,得以深刻地重温我们伟大领袖的革命实践活动,更加系统地了解中国革命所经历的光辉历程,从而也受到了一次革命的教育和洗礼。

下午参观了湘潭特别区第三乡农民协会旧址。然后于5点由韶山冲返韶山市,入住第三招待所二楼211号。

晚餐后到区中心广场,有毛主席石雕像,巍然屹立,在灯光朗照下,神采奕奕。广场四周,有商店、车站等建筑,映以苍松翠竹,远处则茅屋炊烟,清溪板桥,疏篱曲径,一派江南山乡风味。而雕像下,灯光中,游人三五,清歌漫步,或学习毛主席语录,诵读毛主席诗词,或谈参观毛主席旧居感受,或说北往南来见闻,这便是我在韶山夜色中所见的一幕场景了。

四月八日

早7点20分乘长途汽车离韶山,至湘潭县城,就早餐。经株洲,到醴陵,就午餐。于下午2点抵江西萍乡,又转车行12里到安源镇,入住萍乡市招待所安源分部。

在招待所稍作安顿和休息,便参观了毛主席在安源革命活动纪念馆,随后瞻仰了毛主席9次来安源的旧居,八方井44号等处,安源第一所工人夜校(老后街五福斋巷),工人俱乐部,路矿工人消费合作社(毛泽东同志曾在此任过经理),毛主席在安源考察过的矿井——总平巷等多处。又浏览了安源镇容和工人住宅,时已下午6点余,街头餐馆食堂已下班关门,只好买数包点心返回招待所,又值停电,一夜无话。

四月九日

晨7点20分乘长途汽车离安源,车过南坑以后,渐至盘山而上,至武功山之高步岭,大雾四塞,漫天皆白,步武之外,不复可见,大有"高天滚滚寒流急","高处不胜寒"的感觉呢。忽觉山风吹过,浓雾渐开,却见疏竹披离,绿影参差,飘逸之致,曾无定格,虽东坡、与可、板桥诸辈善画竹石者,对此妙境,窃恐难有下笔处,亦只能赞叹其绝妙了。车至唐桥,风光又为之一变,回顾来时路径,道在山高云深处。眼前,则云开雾敛,村舍鳞次,水田映碧,水肥草开着小粉红花,老水牛悠然觅食于草地上,公社的妇女们正在为早稻插秧,堤埂上红旗飘忽,田野中清歌起伏,间或早燕掠水,新莺争树,好一派的江南风光。11点许车至莲花,就午餐。下午2点许,车至永新,入住永新饭店3楼22号。

在饭店稍作休息,便外出浏览市容,接着先后参观了永新湘赣边区特委、红四军军委、永新县委联席会议旧址,并听取了讲解。又参观了毛主席于1928年6月在永新的旧居,又往革命烈士公园诵读了烈士塔上的文字。

四月十日

晨7点,搭汽车离永新,便入深壑,过团山,峰回路转,于崇山峻岭之间,白云缭绕,瞬息万变,大自然之神奇,似不可预测。

车至三湾,瞻仰了毛主席旧居,参观了三湾改编旧址,听取了讲解。适有阿尔巴尼亚贵宾乘5辆小车也来参观,一路红旗招展,新制毛主席语录牌和标语灿然醒目,更有敲锣打鼓的欢迎人群,热闹非常,气氛热烈。我打开速写本,草草勾画了所见之场面,当为日后创作之资料。

车到宁冈新城,参观了红军诞生地、红军桥、广场等处。随后再乘车往茅坪而来,一路茂林修竹,荫天蔽日。至茅坪又逢侨胞参观团,也颇热闹。我们与之相偕先后参观了毛主席旧居八角楼和二十八团团部旧址。

别茅坪,客车"跃上葱茏四百旋",至一峰顶,车嘎然而止,眼前纪念碑豁然一亮,正井冈山胜地黄洋界之所在。时值下午两点,跟着解说员,指点哨口,面对群峰,听当年的故事,也想起了《朱德的扁担》。一时间似乎"山下旌旗在望",耳畔犹有"鼓角相闻",雄词丽句与江山胜迹正交相辉映也。于此森严之要塞,拍得照片数张,汽车乘务员已催大家快上车。

下黄洋界,至大井,先后参观了毛主席的旧居。屋后有高大的海萝杉和凿树,院内有当年毛主席读书乘凉所在的大石头,也复让人驻足观看。

离大井,于下午4点到井冈山腹地茨坪,入住井冈山饭店222号。

数天来,车行山中,雨雾迷离,有若梦境,北人南来,不习惯这阴雨连绵三月天,今日放晴,山谷豁然开朗,心情似为山风吹拂,也为之轻舒而旷怡。

四月十一日

上午先后参观了毛主席旧居、湘赣边界防务委员会旧址、中国工农红军第四军军部旧址、第四军军官教导队旧址、军械处旧址、公卖处旧址等。随后登高至尚未完工的五星纪念塔,沿山道上建有竹亭五座,就地取材,小巧玲珑,点缀于斗折磴道之间,既装饰了环境,也方便了游人的止歇。下山至"毛主席创建井冈山革命根据地纪念馆",适有阿尔巴尼亚贵宾团参观,经纪念馆同志安排,决定我们下午两点参观。借此空隙,我们先后去参观"井冈山阶级教育展览",此展览以泥塑形式,在灯光照耀下形象逼真生动,场景故事亦甚感人,确实起到了阶级教育的作用。

下午按时间前往纪念馆参观了展览,有小册子见赠,内容翔实,资料丰富,对忻县地区毛主席路居馆的陈列布置,极有资料价值。

离纪念馆,到汽车站购得明日发往南昌的车票。

四月十二日

晨6点上车离茨坪,车至桐木岭哨口(当年井冈山五大哨口之一)而直下,至罗浮,稍转平缓,至拿山,眼前豁然开朗,此处已是井冈山边缘之地了。至边沟,有江西共产主义劳动大学,井冈山大学等。未几,车又绕入山中,山泉下注,小潭沉碧,丛竹迎风,绿树含烟,层峦滴翠,白云游走,山之麓,短篱茅舍,园田如织,苍松夹道,山花传香,鸣禽上下,早稻秀发,农夫清歌于长埂,水牛耕耘于梯田……一路风光,尽入车窗,转瞬一变,难于应接。

车至早禾,方出山口。至泰和,用便餐。从泰和至吉安,风景稍感平淡。车出吉安,过赣江大桥,其桥宏大,饰以长矛红缨枪之状为路灯,亦别具特色。车行长桥,毛主席"命令昨颁,十万工农下吉安"的词句,顿现脑海。

至新喻,稍作休息。车过漳树方10里,忽见路边发生一起交通事故,有一载重大卡车,因车速太快,有一90度的大转弯,所载的"剖皮机",撞坏护栏,飞落地面,瞬间把同车的搬运工人翻入剖皮机下,当场压死四人,受伤者,哭声叫声凄厉,碧血横流,惨不忍睹。经此惊悸,由此至南昌百六十里的路上,同车人除嘘唏叹息外,便无声息,窗外景色,便也无心观看了。人生无常,有如蝼蚁。

车从早上6点出发,经11小时,行程750里,由茨坪抵南昌,时值下午5点。入住江西省第四招待所303号,此地另挂招牌为江西宾馆中国国际旅行社南昌分部。

洗漱毕,便往餐厅就晚餐,有土豆烧牛肉等菜肴,大米、馒头,然牛肉塞牙,土豆发麻,这便是赫鲁晓夫所谓的共产主义生活,岂不谬哉!

晚餐后,洗了热水澡,便上床休息了。

四月十三日

上午外出浏览市容,在中山路、胜利路徜徉,至"八一起义南昌纪念馆",因内部装修,暂不对外开放,未能一睹革命胜迹。于"八一公园",参观了阶级教育展览。经道绳金塔,聊作观瞻。

下午先后参观了在"毛泽东思想胜利万岁展览馆"举办的《江西省工业学大庆、农业学大寨红旗单位典型展览》和《毛主席在江西革命活动展览》,又于人民公园内稍作逗留,突感天气变热,当地人已着夏天的衣服,有的人已在湖里洗澡了,我们便返回宾馆。我心中的滕王阁,尚不曾复建;那八大山人的青云谱自然也不会对外开放,或者已经根本不复存在,更不是我们此行要寻访的所在,只能在心中默诵乡贤王勃的名赋和回想记忆中八大山人"笑之"、"哭之"残荷败叶和枝头那翻白眼的怪鸟了。

四月十四日

整日不曾外出,在住地,我们一行三人共同讨论起草了"忻县地区毛主席路居馆的陈列构想和展览规划"。

四月十五日

上午8点搭汽车离南昌北上,中午12点22分至九江,入住九江旅社101号。我们三人在街头小餐馆就午餐,启明提议大家喝点酒,我不能喝,饮少许则感醉意,不欲睡,遂往浔阳江头小坐,听江涛拍岸之声,看白帆飞渡之状,而不见江州司马,更难闻掩面琵琶。久之,酒意为江风所醒,方觉我从醉中归来。

下午外出,于西园路,得观"浪井"所在,因去年其地建成自来水体系,遂将此"浪动灌婴井,浔阳江上风"的名迹而填埋,只留得井沿残破,青苔斑驳,李白有知,唯有叹息,非复咏唱了。井边有庚戌年所镌"浪井"和"庾楼故迹"残碑数段,聊慰如我寻古访胜者稍有所得，否则古之胜迹唯在诗词之中了。

晚于九江剧院观九江地区文工团演出的革命现代芭蕾舞剧《白毛女》。

四月十六日

晨起，至汽车站，欲购直上庐山车票，时已无直达车，只好坐市郊车至"莲花洞"。然后舍车而徒步登山。初时，拾阶而上，腰脚劲健，一路修竹迎风，松杉滴翠，山泉相伴，鸟鸣谷应，景趣迭出，逸兴湍飞。爬上"好汉坡"，渐感精力不济，衣服渐减，热汗浃背，只得坐下来喘息，笑语不再，引颈仰观，尚不见路之尽头，登高之艰难，非亲历者不能领会。无奈，走走歇歇，歇歇再上，路不算长，磴道 10 里，竟用去了两个小时，终于到得牯岭街，入住庐山招待所 102 号。时已过午，匆匆就餐，便回住处倚枕而歇。

下午出游，先在花径逗留，有"花开山寺，咏留诗人"石刻联，正白居易诗"人间四月芳菲尽，山寺桃花始盛开，常恨春归无觅处，不知转入此中来"之谓也。后入"仙人洞"，见"一滴泉"，过"蟾蜍石"，望"天桥"，上"御碑亭"，纵览云飞，写生作画，极登高之乐也。再去"大天池"、"照江崖"，随后取小道下山，至"乌龙潭"，飞瀑激石，浪花喷溅，"枕流"濯足，"性天同乐"，后即沿溪而上，于"三树宝"下倚石小憩，树高摩天，浓阴匝地,传为晋僧昙诜所植,名为"婆萝"。树之后上方有地旷然,新近重建黄龙寺,则一观而过。天色渐晚,遂取道交芦桥,而庐山大厦,又"中共八届八中全会会址"等地。时山雨袭来,聊一驻足,便匆匆赶回住地,正值晚餐时间,先入餐厅就餐,而后休息。

四月十七日

晨起,购得下午3点30分返九江车票。

一夜风兼雨,匡庐不胜寒。早餐毕,雨雾弥漫,不辨东西,远道而来,遇此天气,颇感扫兴,只好等待。至上午11点,天候照旧,似无好转之迹象。同行二位,怕风怕雨,便缩身于住处。我决定独自外出看看,打着雨伞,顶风冒寒,雾中行进,山回路转,雨雾尽收,景色顿变,山容水态,一目了然,方悟得庐山是小气候,此处下雨,彼处晴天,阴晴雨雾随山而变换。至交芦桥,观人工湖,风景佳胜,远山近水,游云飘忽,正"云卷千峰集,风驰万壑开"之境界。欲寻香炉峰,久未得见。取山间小径而来,约半小时,至"含鄱口",立牌坊下,凝望鄱阳湖,水天混沌,茫茫然,未能尽兴。过石坊未几,便憩"望鄱亭"中。其时也,亭中更无游人,忘却身单寂寞,心生旷怡情怀,瞬息之间,鄱阳湖上,云开处,金光万道,银帆千点,不禁口诵"大江东去,浪下三吴"之句,手起"霓裳羽衣"("泥裳雨衣"是也)之舞,临风长啸,声转幽谷,得山水之乐也。尽兴而下山,至中国社科院庐山植物园,又见茂林修竹,异卉奇花,我自浅陋,难以道之仿佛,遂搁笔以藏拙。看天候,山雨欲来,匆匆而返旅舍,同行二兄尚在酣睡之中。

下午3点离庐山,行车两小时,返回九江,到轮船售票处,未能购得当日往武汉船票,遂再入住九江旅社319号。还得在此迁延一日。

晚来无兴趣外出,遂倚枕得此长歌,以记庐山一日之游云:

我客九江滨,结伴上庐山。
取道莲花洞,拾阶而盘旋。
夹道松竹翠,绕山溪流寒。
仰窥好汉坡,好汉愁攀缘。
石亭小驻足,手挹饮甘泉。
振衣复长啸,心飞五峰巅。
奈何力不济,步武一长喘。
一级复一级,级级欲通天。
喜有清风至,两袖起翩跹。
好鸟为我唱,妙音若管弦。
笑语抒胸臆,长路忘艰难。
已至"半山亭",小憩得凭栏。
白云时飞渡,对之开心颜。

好景时时出,峰回路常转。
忽见"小天池",亭高檐翼然。
栏外花木秀,石上镌迹鲜。
登临复登临,道路转平坦。
下榻牯岭街,云泉伴我眠。
好景惜光阴,不忍空耽延。
即起访胜迹,飞步向西南。
花径觅小诗,思绪上千年。
曩谒香山墓,伊阙洛水间。
今追乐天踪,不意到匡山。
山寺寻无迹,桃花尚春眠。
登临仙人洞,奇伟亦壮观。
纵目览云飞,壶中有大千。
天公钟神秀,石窦引流连。
地灵辟清湫,甘露一滴泉。
我欲饮琼浆,身轻若飞仙。
回头见"天桥",断石挂云边。
摩崖刻石多,法书自庄严。
好句不胜记,割爱去蹒跚。
健步上碑亭,御碑记周颠。
赖此明太祖,盛事得相传。
逡巡复逡巡,流连莫留恋。

却寻"大天池",恍惚霄汉间。
双脚履白云,举手弄清浅。
目对"照江崖",心与白鸥闲。
飘然捧袂下,曲径至龙潭。
我来不忍去,濯足洗尘颜。
忽惊河汉落,壮哉造化奇。
飞流漱青石,珠玉落人衣。
白鹤饮黄龙,半空起虹霓。
上方有宝株,三棵势崔嵬。
晋僧昙诜植,葱茏婆萝体。
幸免斤斧劫,千年尚葳蕤。
黄龙遗故址,胜迹何依稀。
其地聊浏览,取道上翠微。
路过交芦桥,山雨欲来时。
同行增健步,凉风送人归。
山中值薄暮,草动流萤飞。
归来疑金阙,灯火耀眼迷。
八面罗大厦,高岭建丰碑。
长松隐红楼,广播传讯喜。
山中方一日,五洲风雷激。
高歌《东方红》,高歌毛主席。

四月十八日

晨起，总算购得由九江发往汉口的"东方红"2号轮船票，仅有四等舱卧铺，每位3元1角。离开轮船售票处，已是上午10点许，方就早餐。餐毕，漫步至甘棠湖畔，长堤柳拂，明湖如镜，见一亭翼然立于湖光烟波之中，名为"烟水亭"，又名"周瑜点将台"，传说归传说，哪能较真。游人谈笑风生，我则浮想联翩，而其中最不能忘怀的还是那"浔阳江头夜送客"的场景。绕湖一周而去，进市区，逛几家商店，货物丰足，物价较他地低廉，售货员礼貌而热情，都给人留下了美好的印象。晚7点乘轮船离九江，经武宿、黄石望汉口而来。

在船成拙句，调寄《破阵子》：

月涌大江东去，云随白鸥飞来。千古英雄浪淘尽，今朝人物展雄才。思绪费剪裁。　　却见黄冈赤壁，指点阿瞒铜台。周郎小乔成佳话，艨艟斗舰付尘埃。斗酒醉江开。

四月十九日

船行15小时40分钟，航程738里，于上午10点40分到达汉口港。下船，再搭轮渡，过江至武昌，入住"四新旅馆"，原名为"聊以安旅社"，虽住宿条件差甚，聊以苟且一二日，还是可以的。

午餐后，便外出参观，先后瞻仰了武汉"毛泽东同志旧居"，参观了毛泽东同志主办的"中央农民运动讲习所旧址"，购买了纪念册。后往"东湖公园",一睹山光水色,而后返回桥东,欲登蛇山,以寻黄鹤楼之故址,其时为武汉警备区所占用,不得通行。便步上武汉长江大桥,北望晴川阁,夕阳斜照,依稀可见,脑海中又幻化出"晴川历历汉阳树,芳草萋萋鹦鹉洲"的景致来。

晚饭后,返回"四新旅馆"。旅馆地处大桥脚下,长江南岸,所住房间,上有天窗,3分钟可见火车驶过桥头,轰隆之声,不绝于耳;下闻江船汽笛长鸣,似与火车争鸣也,稍不相让,这便苦了"聊以安"中的旅客,一夜不得安宁。

四月二十日

整夜几乎不曾入睡,晨起早餐毕,匆匆购得当日下午返晋火车票。

上午往汉口,至湖北展览馆,适值整修内部,虽有《李全洲事迹展览》,也不开放。上"中百大楼",购得少许物品后,便搭车返至汉阳文化宫,得观"古琴台"诸刻石。此处兴尽,再贾余力,独上龟山,立山顶小亭之中,凭栏四眺,武汉三镇,皆入望中,江汉争流,千帆竞发,大桥飞架,车水马龙,大厦高楼,长街通衢,行人熙攘,一派繁华。若有黄鹤楼和晴川阁点缀其中,又是何等景象。

在武昌,欲寻武昌鱼一品滋味,终不可得。入一家餐馆,见有"鱼"字菜目,也不细看,遂点一盘,上得菜来,竟是烧甲鱼，初次品尝，见其头脚，颇不适应，赠予邻座客人，道谢不已。

晚 8 点 43 分搭武昌发北京 38 次直快而北上。

四月二十一日

中午 12 点 16 分到石家庄，急匆匆转乘由德州至太原 370 次经道石家庄 12 点 20 分的普客列车，甫下车，就上车，脚跟尚未站稳，列车已经徐徐开动，直累得头晕眼花，气喘吁吁。所幸在车上还觅得了座位，便可坐下来养养精神。

晚上 7 点半车到太原，就晚餐后，便搭 9 点 54 分开往大同的列车而北上。

四月二十二日

午夜零点 11 分，车抵忻县，夜深人静，与启明、志强返回展览馆。24 天的时间，7000 余里的行程，来去匆匆，先后得以参观了湖南、江西、湖北的革命圣地，顺路游历了名山大川，也算"今春不负杏花天"了。

京津张之行

(1972年10月9日至20日)

十月九日

偕张启明、宋化江二同志往北京、天津、张家口参观美术展览。下午1点离忻,乘火车于7点到大同,换车,于晚11点30分到张家口。一下车,寒气逼人,不禁打了个寒战。启明顺路回家探亲,我和化江于12点许入住"工农兵饭店"222号。

十月十日

上午8点30分到张家口市展览馆,参观《张家口地区美术摄影作品展览》,虽数量很大,而其质量平平。艺术作品要"以一当十",质量若有所提高,才能感人。

参观毕展览,往"大境门"凭吊古迹,门不大,额题"大好河山"四字,为张维岳所书,笔力遒劲,气势端严,与塞门相匹配。出此大镜门,当为塞北草原,蓝天白云,草壮羊肥,又当是何等景况。

中午启明邀我与化江到其家做客，在他父兄的陪同下，享地道的京味炸酱面和酒菜，频频举杯，深感主人的热情。

下午，登赐儿山，山上的"元榆"也被砍伐，所幸"明柳"尚存，干粗枝密，秋影婆娑。"冰洞"、"水洞"、"风洞"，亦皆残破不堪，好像很久没有游人光顾了，唯崖壁间"紫寨灵湫"、"心旷神怡"、"西山晚翠"、"畅怀"等题刻在秋阳中夺人眼目，而苔中残诗，已是字迹模糊，不能让人成诵了。唯在山得以俯瞰张家口市区景色，楼厦村舍间，道路交横，一目了然，林木稀少，黄白的色调，过隙的秋风，聊感悲壮。

在市区，逛了几家商店，也颇冷清，想买点名声在外的"口蘑"，商家说，今年塞上天旱，五谷歉收。蘑菇是在多雨的季节才能生长，天旱，哪里会有"口蘑"卖。

晚得拙句以记赐儿山之行云：

云泉古寺僧月清，赐儿山半费经营。
"紫塞灵湫"流天籁，"西山晚翠"绝埃尘。
元榆无辜找斧劫，明柳有幸长精神。
坚冰解脱尽成水，清泉参透为军民。
下山却顾上山径，半是黄叶半白云。

十月十一日

上午7点10分搭张家口至北京普客列车，于12点50分到北京永定门车站。启明在京看望亲戚，我和化江乘20路汽车到北京站，于下午2点25分转达北京开往吉林快车东去，于下午4点10分到天津，入住"遵义旅馆"216号。

十月十二日

上午先往佟楼，意欲参观"工业展览"，因无本市介绍信未果。遂搭13路汽车到解放路"天津博物馆"参观美术展览，又值公休，无奈，便搭94路无轨电车到水上公园，旧地重游，时值风和日丽，天高气清，大异前与瑞亭在风雪交加、寒气袭人的时刻了。

下午到人民商场（劝业场）和百货大楼聊作游观。

十月十三日

上午9点到12点，于天津博物馆先后参观了《现代中国画展览》《天津市彩塑新作展览》《陶瓷展览》，国画展览虽只有29件作品，有"文革"前的藏品，诸如已故画家何香凝的大作，总体质量都是很高的，都给我以启示和借鉴的作用。彩塑新作中，有继承"泥人张"创作特色的，也有创新和尝试的作品，其艺术质量则有待不断的钻研和提高。

下午到市革委会附近的展览馆参观了《天津市工农兵速

写素描展览》，有秦征、于化鲤、杜滋龄、呼延夜泊等人的作品，过去多次在画报等刊物看到过他们的印刷品，今得见其原作，自然会更加留意，多看上几眼，每一幅作品都是可供学习的。

十月十四日

上午 8 点 24 分乘由大连至北京经天津站的 30 次快车西去，10 点 30 分到北京。然后到前门旅馆服务处排队，于下午 3 点许被安排到"打磨厂人民十七旅店"18 号房间。

在旅馆稍作休息后，便到"中国美术馆"去，却没有什么展事，转车到"民族文化宫"，时近下午 5 点，不再让人入场，只好往王府井作一浏览。

十月十五日

早餐后，于火车站排队购得 19 日返晋车票。

上午再到民族文化宫，参观了《全国工艺美术展览》。近万件展品，琳琅满目，应接不暇，奈何时间不够，加之观众云集，不少精美的艺术品亦只好匆匆一瞥。

下午往故宫博物院，适有隋、唐、五代、宋、元名作在绘画馆开放展出，我自己在书本中学到的，在记忆里留下深刻印象的作品，第一次看到了原作，精湛的图画，伟大的传统艺术品，令我大开眼界，大饱眼福，将再抽一整天的时间做仔细的欣赏和认真的学习。

到北京动物园，专门去看尼克松总统所赠送的"麝牛"，虽说名贵，其形象并不讨人喜爱。于此为旧地重游，其余动物，便不再作参观了。

十月十六日

用一天的时间，与化江到明十三陵游览，天寿山前，苍松翠柏之间，红墙黄瓦，石兽牌坊，文武仲翁，陵丘大殿皆现眼前。

先往定陵参观，这里已建成了博物馆，陵恩门和陵恩殿为李自成起义军到京后付之一炬，化为灰烬。只有明楼，尚巍然于陵园。地下宫殿于1956年后开掘，1959年后对外开放，遂随游人入地宫逐一游览，此外，还有两个陈列馆，展出定陵出土文物，金冠、凤冠、龙袍、玉带之类都给我留下了深刻的印象，尤其是金冠的制作工艺，精巧细密，令人叹为观止。

别定陵，到长陵，参观了明成祖朱棣的陵墓，殿堂之宏大，墓园之雄伟，在十三陵中可谓突出了。

下午4点许返回前门外打磨厂住地。

十月十七日

再往故宫博物院，用一整天的时间即从开馆起到闭馆止，专门在绘画馆参观自隋唐五代到宋元历代名画。中午以所携面包点心等充饥。在名画前一面观看品读，一面抄写目录，摘抄题跋，记写绘画梗概，得一厚本。据说此次国宝现身是为日本田中首相访华特意展出的。平时绘画馆，仅仅展出明清作品，得此机缘，面对古人绘画精品，享受艺术大餐，诚人生一大快事，亦人生一大幸事。

十月十八日

早餐毕，到天桥汽车站，达7点10分开往房山长途车，于8点20分到周口店龙骨山北京猿人遗址。正值非洲和英法等国的外宾百余人参观，以故让我们明后日再来观看。我们再三交涉，并出示了明日将离京的火车票后，方得随同外宾队伍参观。先后得观猿人洞、灰层、用火处等山顶洞人遗址。最后步入展览馆内，参观了"生物的发展"、"从猿人到人"的图版以及全国各地所发掘的古生物化石，其中有杨钟健先生在我区宁武二马营所发现生物化石，并标出了"二马营纪"的字样，令我驻足良久。

10点30分在周口店参观结束，到房山县城，游览了市容，并参观了《房山县工农兵美术摄影作品展览》。

下午3点返回住地，方就午餐，然后休息。5点到琉璃厂购买少许书画用品。

十月十九日

再到故宫绘画馆,重温前日所见历代名画,以加深印象,学习传统。对此名画,真是:一日不厌百日看,一看不精良可惜。下午5点恋恋不舍,奈何晚上就要离京,便步出午门,心想,不知何时还能再晤对这些历代名作呢。

晚10点44分搭87次快车由京返晋。

十月二十日

上午8点35分车到太原后,径往省文化馆走访了王奂老师,他早年曾是西安美术学院的学生,近自西安归来,便介绍了陕西画家的近况。

近午11点35分搭火车离并返忻。

两广行记

(1973年8月22日—11月10日)

1973年,河曲县曲峪大队定为参加34届广州秋交会农业学大寨典型单位,我被抽调为展览组工作人员,遂于7月14日到27日在河曲县研究展览事宜,收集并拣选所需展览资料。于7月30日到8月22日到太原整理图片资料,并完成编辑和设计典型画册小样等工作。

八月二十二日

与展览组张瑞亭、李志恒、孙勃源一行4人于晚上9点55分搭88次快车离并往京。

八月二十三日

上午7点5分车抵北京,入住白广路5号水电部展览厅楼。

1973年秋天，陈巨锁在广东从化温泉

下午,与水电部展览馆的老陈和老亢相见,并研究了曲峪的展览版面设计和画册小样,提出了部分修改意见。

八月二十四日

由于当晚水电部钱正英副部长要审查版面内容和画册小样,根据所提意见将设计进行了一些修改。

八月二十五日

上午无事,到王府井逛书店,购得《人物素描集》一册。下午根据部里新提意见,对版面、画册再次修改后,并开始放大版面为中样。晚看电视"亚非拉乒乓球邀请赛"的开幕式。

八月二十六日

继续完成版面中样的放大工作。

八月二十七日

裱贴照片,书写说明,完成版面的制作,以方便有关单位领导的审查。

八月二十八日

上午到农业展览馆布置版面样品。本年秋交会共展出16个典型,它们是工业学大庆4个,农业学大寨6个,土特产品1个,粮油食品1个,纺织1个,卫生1个,航运1个,冶金工业1个。

版面布置完毕后,由展览部领导组老路同志介绍广交会情况和此后几天的时间安排。

午餐后,我们返回水电部休息。

八月二十九日

下午再到农展馆听取有关各部领导对各展出典型的意见。各部领导并非同时来,共同审查,我们工作人员是流水待客,多次讲解,其实他们的意见不尽相同,甚有相左之处,这可让我们如何修改?

八月三十日

再到农展馆,今日外交部、外贸部、中联部、国家计委、新华社等各有关部委的副部级领导到展厅作最后的共同审查。图片社总经理摄影家陈勃同志对曲峪图版上照片作了充分的肯定,说这些照片拍得很生动,能很好地展示出人物的精神面貌,大的劳动场面照片有气势,反映出曲峪人民在战天斗地、热火朝天的劳动热情。外交部于湛副部长对曲峪这个典型也很感兴趣,问长问短。

八月三十一日

上午，根据领导的意见反馈，对展览小样作了个别文字的修改。

下午，各典型单位的工作人员到农展馆的一个会议厅，听取了有关领导所做的几天来审查展览的总结报告，以及专程由广州来的广交会展出组负责人孟同志(女)所致的赴广展出的欢迎词。最后外贸促进会副主任李永亭讲了话，主要是为大家介绍广交会的方方面面。

九月一日

上午，再到农展馆听取广交会展出组的同志对我们曲峪版面从内容到设计上的具体意见，得到的结论是：此典型主导思想明确，版面设计眉目清楚，照片拍得生动感人，最后定稿，到广州后，便可以以此放大制作大版面了。几天来，各部委的审查过程似乎有点走过场的感觉，因为我们曲峪的中样还不曾改动呢。

下午，到六机部礼堂看了一场电影，一部越南影片《勇敢的姑娘》，一部德国神话故事动画片《象牙姑娘》，各具特色，都能引人入胜。

九月二日

一天无事，第一次步入劳动人民文化宫，参观游览了曾为皇家的太庙。

九月三日

由外贸部统一组织到八达岭和十三陵游览，旧地重游，又值天阴雾大，虽然走马观花，然思绪不曾停歇，得俚句一首以记游：

> 晨兴驱车过大关，登临脚腿欠当年。
> 谷底清溪迎旧识，岭头丽句待新填。
> 一线黄河东入海，双剑居庸上摩天。
> 詹公不知何处去，青龙桥畔正炊烟。

九月四日

上午外出，逛琉璃厂书市，购得赵孟頫书《急就章》一册，胡佩衡桂林山水写生册、诗韵小册子和国画用品等。

九月五日

上午理发。

晚到工人体育馆看德意志联邦共和国与中国体操比赛。有入场式，双方领导人接见运动员、裁判员。运动员退场，比赛开始，有自由体操、鞍马、吊环、单杠、双杠、跳马等六项项目。德国运动员不少是国家冠军，然整体来看，似乎不及中国运动员水平高，而其观众的表现每有不能令人满意的地方，德运动员偶有失误，便引起哄堂大笑，甚至有个别人喝倒彩，"友好"比赛中竟有如此的举动，实在有失中国人的气度和文明。比赛结束，返回住地。在车上得诗一首题为《看德意志联邦共和国与中国运动员体操比赛》：

    灯火明月争辉时，
    中德健儿赋壮诗。
    却见白鹤冲霄汉，
    漫道赭鱼跃渊池。
（中国运动员着白色衣服，德国运动员着橘红色衣服上场。）
    满座惊呼穿骏马，
    万人鼓掌走雄狮。
    眼中赛事诚绝艺，
    人民友好无绝期。

九月六日

中午，说明员冯曼玲邀我等曲峪典型展览一行工作人员往其家南樱桃园作客。冯之父母甚是热情，以丰盛之午宴招待大家。冯曼玲与另一位说明员蒋南至，皆北京在忻插队知识青年，为此次广州秋交会曲峪典型展做讲解员。

九月七日到九日

上午到大栅栏、东四等地采购所需物品,下午休息,晚7点10分搭北京到广州15次特快列车南下,夜过石家庄、郑州,黎明经许昌,一夜小雨,有感微凉。八日,经武汉、岳阳、长沙、株洲、衡阳、韶关等地,共用36个小时,行程4648里路程,于九日7时15分到广州。入住珠江南岸海珠旅店803号。

上午稍作休息后,便外出浏览广州市容,沿珠江两岸,高楼林立,最高者为海珠广场的广州宾馆,楼高27层,其次有人民大厦,南方大厦等。到中山路、解放路,则多为老建筑,显得拥挤、仄逼,是传统的骑楼风格。街道上行人多多,就中除华人外,有不少卷发深目的外国人,有奇装异服的港澳华侨,有戴宽边大帽的少数民族以及很有地方特色打扮的老广,让我等来自晋北山村长大的人,竟感到眼花缭乱,还有点不适应。

回住地的珠江南岸路上,通过一条小街,恶臭难闻,是贩卖鱼虾的水产市场,经其处我们得捂着鼻子加快步伐冲过去,张瑞为此段路,起了个"臭街"的雅号。

所往旅馆,电梯有问题,不能通行。我们住八层楼上,徒步爬楼梯,便是一身热汗,加之尚是湿热的天气,冲澡、扇扇几成在旅社的生活了。广州这个南方的名城,向往已久,刚刚落脚,便想离去。

九月十日

早餐后,到交易会领取了通行证,便上7楼,找到了曲峪的展位,丈量了展线,校对了版面尺寸,安排了实物柜的位置后,便离开了交易会,径往孙中山纪念堂而来,奈何不开放,未能得以参观。遂后转往越秀山游览,其地有孙中山读书治事处,有中山遗嘱大塔,有古之楚庭等碑、坊建筑,有广州博物馆,在公园内的镇海楼上,时值星期一公休,无缘参观学习,便在五羊雕塑的艺术品前摄影留念。时近中午,返交易会食堂就餐。

下午,到荔湾公园,泮溪酒家游览吃茶。

九月十一日

整日在展厅制作版面。

今日值中秋节,晚餐后沿珠江大道漫步,到大沙头,乘兴泛舟珠江之上,游人如织,画船飞渡,火树银花,波影朗月,兴之至也,口占一首:

一城灯火不夜天,中秋清晖满江干。
月桂香彻五羊城,爆竹声震越秀山。
乘兴放舟诚快事,对月长吟忘狂颠。
管他明年何处去,不妨今夕醉画船。

九月十二日

在展厅筹备展览到上午10点,后到十楼听交易会机关革命委员会主任、交易会秘书郑某做报告。

晚饭后,到沙面散步,其地老榕蔽天,洋楼四起,新中国成立前曾为外国租界地。我于其间徜徉,得见大铁炮两门,一重8000斤,一重6000斤,1841年佛山造,曾在第一次鸦片战争时期抗击英军中,发挥过重要的作用。此炮由于多年来游人的抚摸,有的地方竟被打磨得光彩照人了。驻足良久,思入风云。

九月十三日

整日在展厅筹备展览。

晚上,注射预防霍乱的疫苗。

九月十四日

白日安排实物柜,书写展板标题。晚饭后在海珠广场的华侨大厦附近散步乘凉,海风习习,夹杂着丝丝的鱼腥味,不难闻,也许已经习惯了这岭南的气息。

九月十五日

白日为展览版面书写前言。

晚餐后,漫步到人民南路,在历史上负有盛名的广州十三行的地方游观,当年最为繁华之所,和而今新建的市街相比,显得太窄小、太陈旧了,唯一处"江海饭店",却热闹非常,其中的"牡丹厅"是接待外宾和华侨的处所,座无虚席,人声鼎沸,生意是十分火爆的。到桨栏路,有蛇餐馆,玻璃窗中陈列着各种活蛇,盘绕伸缩,望而生畏,自然是不敢品尝的。

九月十六日

结伴游白云山,得小诗记之:

即趁年华未龙钟,飞步天南第一峰。
白云松涛风习习,蒲涧帘泉水淙淙。
楼观拥起皆宏构,园田画出尽葱茏。
岭头云岩小驻足,一杯清茶洗心胸。

九月十七日

上午听中央1973年34号文件的传达。

晚饭后,到北京路散步,先后逛新华书店和"三多轩"书画用品店。说明员蒋南至遇小偷尾随,两次下手,未能得逞,所幸我们同行者数人,一经觉察,马上警惕起来,歹人只好离去,日后外出,当要小心。

与潘絜兹先生、王朝瑞同学信。

九月十八日至二十二日不曾作记。

九月二十三日

上午参加交易会组织的黄埔港参观活动,登上了九千吨的货轮"文水号",时逢装船援阿物资,将往阿尔巴尼亚,走南非好望角,需航行54天,方可到达目的地。又参观了我国最为漂亮的客轮"跃华号"。此船根据我国提出的要求标准,由法国制造,标准高档,装潢讲究,看上去美观大方,也十分舒适,近日将发往坦桑尼亚,单程约10天时间方可到达。是第一次登上大客轮和货轮,处处感到新鲜。

下午参观了黄花岗烈士陵园和越秀中路的鲁迅纪念馆。在纪念馆适有很多海外华侨和港澳同胞参观,讲解员以粤语解说,我们参与其中,几乎连一句也听不懂,只好各自行动,边读版面文字,边看图片实物,颇受教益。最后上楼,参观了当年鲁迅与许寿裳二位先生时在中山大学执教时的办公室兼卧室,虽然是简单朴素的陈设,也让人肃然起敬,遐想沉思。

出鲁迅纪念馆到广东省博物馆,观摩了馆藏瓷器和出土文物展览。

九月二十五日

晚上内部观看了封存许久的电影《羊城暗哨》和绍剧片

《三打白骨精》，说这是有毒素的影片，让大家以批判的眼光观看。我看后倒是深受教育，始终没有看出其中的毒素来。

九月二十六日

曲峪沙盘模型运到，其规模为此次展馆中最大者，320cm×280cm，增一厘米，就不能装上火车，真够玄乎的。从一楼将此模型抬到七楼，30多个人轮流上手搬运，每个人都累得汗流浃背了。

九月二十七日

晚上到文化公园看舞蹈文艺表演，奈何以粤语演出，实在听不懂，半途退场，回旅馆聊天，倒感轻松而快意。

九月二十八日

上午无事，独自往越秀山镇海楼游览，凭栏远眺，漫成俚句：

> 岭南花讯好，良辰值暮秋。
> 忙中偶偷闲，独上镇海楼。
> 倚栏而远眺，青翠豁明眸。
> 粤海何澹澹，楚庭岁悠悠。
> 此中多英俊，史册不胜收。

楼下虎门炮，威名镇貔貅。

苍松黄花港，碧血射斗牛。

英雄七十二，漫道曹与刘。

红冈记先烈，芳名播九州。

更有讲习所，千古无匹俦。

造就栋梁材，砥柱树中流。

花塔冲霄汉，六榕古寺幽。

坡老留健笔，喜有荔枝酬。

兴来弄纸笔，几醉小金瓯。

又得《桂枝香·镇海楼》：

凭栏放目，正南国清秋，凉风萧习。万里珠江舞练，白云凝碧。画船渔歌长堤里，随风岸移，大厦林立。蕉翠雾起，珠灯彩照，妙笔难足。　忆往昔，鸦片横辱，对海外列强，遗恨相续。忽见火炬高燃，讲习马列。三山腐恶化流水，人八亿，红旗高矗。喜看粤女，踏歌漫舞，清平新曲。

九月二十九日

晚上，看联合晚会，乃由交易会组织全国各展出典型单位排演的十个小节目，短小精悍，各具地方特色，亦令人耳目一新。节目演毕，加放了电影《渡江侦察记》。

九月三十日

国庆节休息两天。上午独自再到黄花岗，瞻仰七十二烈士墓，诵读题刻，抄诗数首于另纸。

出陵园，到广州农民运动讲习所，值星期一，公休，未能参观学习。徒步到"六榕寺"，因修理内部，也停止对外开放，寺门上悬"六榕"二字匾额，为眉山苏轼手笔。"怀圣寺（光塔）"、"清真先贤古墓"、"兰圃"等广州名区，皆关门歇业，未能一观，不无遗憾。又一想在此文革期间，破"四旧"后当为正常现象，又何足怪呢。

十月一日

没想到，今年在南国度过国庆节。早饭后，与张瑞亭于西濠搭船行10分钟，到石围塘，转乘火车，行半小时，抵佛山市站，换6路公交车至"祖庙"。时值大雨滂沱，匆匆步入展厅，趁避雨之际，观赏了书画、剪纸、灯彩、盆景和著名的石湾陶瓷艺术品展览。待雨稍停，便在"祖庙"中徜徉，精致的牌坊建筑，五光十色的琉璃构件，繁缛的潮汕木雕供桌，神采飞扬的木雕戏曲人物，皆让游人注目观看。后殿为佛山寺文物陈列馆，藏品则显不够丰富。

出祖庙，浏览了佛山市容，在一家"北味饭店"吃精面水饺，味道还算不错，只是每斤水饺2元2角，比北京贵出1元钱。

下午游中山公园,4点返回广州住地。

十月六日

展览筹备就绪,等待领导来做最后审察。上午有香港大公报记者采访曲峪的典型事迹。

下午到省博物馆参观《广东省国画书法展览》,观众云集,作品精彩,有关山月、黎雄才、方人定、邓耀平的国画,有容庚、商承祚、麦华山的书法,皆令我对诸良久。杨之光、鸥洋夫妇的画作,自具新意,刘济荣、张幼兰的作品,也具面目。林丰俗、方楚雄、陈衍宁是后起之秀,所作国画也大露头角,其前途是无可限量的。而其书法展品中,6岁、8岁、9岁、10岁等少年儿童的作品尤令人叫好,所作真草隶篆,各体兼备,功力了得。这些孩子皆来自广州少年宫的书法班。于此也足见当地对文化事业的重视,继承书法艺术传统,从青少年抓起,这实在是应该很好提倡和推广的范例。

十月七日

值星期日,与张瑞亭、孙勃源于上午8点5分乘汽车行粤北山中,长途3小时,于11点到从化温泉。来此,本欲作一次温泉浴,奈何不住宿,温泉是不对外开放的,我等只能在此作观光客,稍作游览,吃一顿午饭,买一瓶冬蜜,便循原路返回广州。在路上连看风景的兴致都没有了,只好坐在车厢中打盹儿。

十月八日

上午于各展厅观摩一次，增加不少新的知识。

下午两点与李志恒到大沙头预购得12日开往肇庆船票。然后到全国重点文物保护单位，广州农民讲习所参观学习。瞻仰了旧址，观看了展览，重温了中国革命史，加深了对党内历史上路线斗争的印象。

晚上到小港新村人民艺术学院拜访关山月先生，值先生于6日到北京参加会议，未能一面，与关夫人叙话片刻便离关宅。随后拜访陈少丰先生。陈先生河南南阳人，从事艺术教育几十年，教授美术史，解放初在武汉，后随校迁来广州，即广东美术学院，文革初，改称为人民艺术学院。先生与王绍尊老师是朋友，在京时，王师曾书一函让我携转陈先生。陈先生甚是热情，为我介绍了广东美院的历史和现状，广东美术家和书法家的概况，岭南派的沿革和特色，也介绍了广东的名胜古迹，希望我抽时间多走走，多看看。两个小时过去了，我谢别陈先生返回住地。

今日收到了潘絜兹先生信。

十月九日

上午与李志恒到三元里，于纪念碑前浏览少许，便到三元里古庙"三元里人民抗英斗争纪念馆"参观展览,重温了鸦片战争史。今之三元村,小而整洁安静,却在历史上发生过轰轰烈烈的抗英斗争,不由得让人在街道上寻觅些历史的遗痕。

十月十日

上午陈云副总理和丁盛、孔石泉、陈郁、王首道等中央、广东省、广州市有关领导审查了展览。

下午到流花新村访问了方人定先生。1964年4月广东美协黄新波、关山月、方人定、余本四人曾有雁门关之行,在并期间,曾应邀到山西大学美术专业作学术讲座或书画示范,我适在校就读,得以识荆。方先生不独是岭南派名家,亦善章草,我来广州,便携拙作,请予赐教。先生时年73岁,自3月份患血管硬化病,说话困难,且不良于行走。见客至,让其孙儿为我泡茶一杯,又指着墙上的纸条让我看,只有四个字:"你说我听。"我把拙作呈上,先生略作观摩,便在纸上用钢笔用力地写出解缙的一段书评,又在其中"肥"字旁划了个记号,我立刻明白先生的意思,自己的字写的太肥了,缺乏神采。先生又在纸头写了"用硬毫长锋笔"几个字,我点头,表示理解了先生的意思,并说:"我以前是用短锋羊毫写字,日后听先生的改用硬毫试试看。"先生又让他的孙子取出方老手书的毛主席诗词和鲁迅诗两本册(已经装订好的宣纸本)和几件人物画,逐一打开,让我品读,还取出一本《人定诗稿》打印本签名赠我,并打开诗稿让我看他在雁门关写得两首诗,老人沉浸在往事的回忆中。我不敢在方宅做过多打搅,深恐影响老人的休息。我与方老告别,他用粤语告诉了他孙子什么话我不能听懂,他的孙子送我下楼,走到一处楼前,突然向二楼的窗户喊到:"黄伯,有客人!"我本没有计划再拜访谁,不曾想主人已经走下楼,是黄新波先生。因为与先生也有一面之缘,现在见面了,便随先生走上二楼。落座后,先生首先取出一册厚厚的本子,如同旧时商家的流水账,是访客的签名本,我随即在本子上写下了自己的名字。先生知我由山西来广州参加广交会的筹办工作,便问展览的进展情况,适应不适应广州的生活习惯,又谈了他自己的情况,说他今年59岁,因高血压病,在家休息已两年了,又询问起山西美术界在文化"大革命中"的变化,以及近来的创作情况。黄先生很热情,很健谈,能说普通话,虽则间有粤语声调的流露,却一点也不影响我们的交流。在先生客厅的墙上挂有郭沫若题赠的立轴,并指着以黄河为题材的小幅油画说:"这是余本先生送我的,是1964年4月我们到山西,在黄河边的写生画,你看画得多有气势。"黄先生又引领我参观了他的工作室,他正在印制着一件题为《一九二八年鲁迅在广州》版画新作,看来黄先生在家养病,版画创作,是不曾间断的。我将告别黄先生,他问我什么时间离开广州回山西,并说:"过几天你若得时间,可再来一次,我送你一幅作品作纪念。"这真是大喜过望,从不曾想到的幸事呢。

十月十一日

本拟作西樵山一日游,奈何约好的车子不到,只得取消当日行程。

下午再访陈少丰先生,先生热情接待,甚是感人。谈及广东的文物和建筑,侃侃道来,也颇引人入胜。又说起潮汕木雕艺术,先生说:"当地人称作'通雕'。雕工精湛,有玲珑剔透的效果,通体贴金,给人以金碧辉煌的感觉。"我说,在佛山祖庙中看见过,给我的印象很深刻。

我拟访问人民艺术学院的书法家麦华三先生,陈少丰先生说,麦先生是广东人,只能说粤语,怕我们交流不畅,便约好时间,专程到麦宅为我做翻译,我自然是铭感无喻。

下午到交易会轻工馆,参观了出口工艺美术作品展销,琳琅满目,美不胜收,难怪吸引了众多的外宾参观和选购。

晚与李志恒乘船向肇庆而来。船行12小时,航程168公里,一路颠簸,几不曾入睡。

十月十二日

晨7点许,船抵肇庆,我们拖着疲惫的身体,草草就早餐,便搭车到七星岩游览,先后登阆风岩、石室岩、玉柱岩,游水月宫、画廊,观摩李北海《端州石室记》,即所谓的"马蹄碑"。后泛舟石室洞,又往双源洞而来,无人摆渡,未能得奇探之趣,憾甚。中午在玉屏楼饭店就餐。

午餐后,拟寻一住处,跑了不少路,只有一家"星湖旅社",是只接待海外华侨和港澳人士的单位,我和老李费了再三口舌,最后出示了广交会的证明,勉强入住216号房间,环境设施都是一流的。在旅社稍作小憩,便乘车进肇庆市浏览市容。我购得石湾彩瓷小鱼一只,以为留念。没想到下午五点许进入景区的公共汽车已经停运了,我们只好搭三轮车返回星湖旅社。

晚于旅社小礼堂观为海外侨胞演出的小节目,其中南音演奏,尤令我听得入神。

此行也,虽感劳累,然得享奇山秀水,曼歌妙舞之清福,亦大为欣慰了。

灯下得记游诗二首:

漫游七星岩

一

天上何时降七星,飞坠岭南西江滨。
莲花双源得奇探,阆风天柱遍登临。
郭老小憩桂花轩,叶帅留诗水月宫。
此行一窥石室记,惜哉碑遗马蹄坑。

注：《端州石室记》，李北海书，上有残坑若马蹄状。

二

长沙曾访麓山碑，端州又观石室记。

常家兄弟慕北海，书作未能识真谛。

注：榆次常旭春、常赞春、常国榮作字皆学李北海，因时代之局限，未能得见刻石之风神，不免板滞耳。

十月十三日

晨6点半起床，再往石室洞摩挲唐宋以来摩崖石刻，抄诗数首于另纸后，再往阿坡岩下泛舟双源洞，得以奇探。

10点搭车往鼎湖山，入山2里许有鼎湖旅行社，路旁岩下有刻石四字云："径入寒翠"，丛树掩映，苔痕斑驳，珠露滴沥，已见"寒翠"之端倪。前行未几，渐闻水声潺潺，"龙潭飞瀑"当在曲径尽头，便加快了脚步。突然路边出来一个人，手执小红旗拦住了我们的去路说："不准入山！""为什么？""前面修路，要炸山放炮。""瀑布就在眼前，我们很快去看一下，就会返回来！""不行！"看来没有商量的余地，我们也为了自身的安全，便转入另一条小道，往庆云寺来。山中寺院，虽感清净幽寂，也不曾有僧人往来，"文革"中，或已转业另谋他就了。于此,吃茶一杯,读碑数通。时值中午12点,忽听炸山之炮声轰隆,久之,深山复当沉寂,我想此时巡山人也该休息了,趁此机会不妨再访鼎湖飞瀑。几年前,曾在一本画报上看到过陈树人画的《鼎湖飞瀑图》,便心生向往,今已至此,岂能失之交臂,遂与老李另辟蹊径,择山间小路,手攀丛树,脚踏碎石,尽历险阻,眼前豁然开朗,瀑布已在望中,心生欢喜,夙愿已偿。瀑布不算高,泻出高岩峭壁之上,却也壮观,正陈树人先生笔下之景致也。飞流喷薄,下注一潭,惊起千堆雪。

潭不深,清可见底,见有两青年在水中游弋,我不会水,却也想入水一浴,匆匆脱去衣服泡入浅水中,一时间,清凉遍体,乐不可支。此时,在晋北或已有雪花飘落,而我在岭南山中,尚可入浴鼎湖,岂不快哉!老李按动相机快门,为我留得纪念照。

下午两点时分,工人上班继续开山筑路,有巡山者催促我们尽快离去。此行如愿,择平路下山,搭车返回肇庆,时已下午3点,方就午餐,可谓苦中作乐也,虽苦犹甜。路上得拙句云:

天生我结名山缘,秋从塞上来岭南。
才别星湖到鼎湖,便下庆云入龙潭。
雪喷雾绕真仙境,珠飞玉溅是水帘。
红叶如染我亦醉,今秋不负碧云天。

晚往肇庆港客运码头,将返广州。待船之际,得《夜发广州,朝至端州》:

夜色苍茫望无涯,千里珠江浸月华。
我倚栏杆西江去,两岸风物放眼赊。
忽见灯火三五点,知是老农话桑麻。
又闻狗吠深港中,绿荫深处有人家。
惊起鸟鹊掠岸飞,摇落山花入浪花。
风起浪激不堪立,归舱倚枕身半斜。
睡梦迷离若有失,恍惚星岩坠匏瓜。
杜宇几声东方白,行舟已过羚羊峡。
端州三塔遥相见,星岩七峰亦奇葩。
迎客揖谢羲和氏,满天云锦满天霞。

十月十四日

晨5点许,船抵广州港,徒步返旅社休息。

晚与张瑞亭往流花新村再访黄新波先生。先生说:"为你手拓的木刻已准备好了,请多加批评。"边说边打开了作品,一幅鲁迅先生挥手讲演的画面顿现眼前,一股浓郁的油墨香气直扑眉宇。我连声道谢,并接过了先生赠送的大作。然后坐下来听先生谈木刻创作,它不独是一种脑力劳动,也是一种繁重的体力活,刻板、拓印,那都是很费力气的。也谈了和巴金、周信芳、欧阳山等交往的一些故事。

离黄宅，我和瑞亭到广州体育馆看了一场杂技表演，未觉精彩，索然而归。

十月十五日

34届广州秋交会今日如期隆重开幕，上午九点整，在掌声、鞭炮声中，外国来宾、海外华侨、港澳同胞进入交易会，人如潮涌，奔赴各展厅，参观展览，洽谈生意，选购物品，煞是热闹。因为我方交易团就2000人，加上所有筹展工作人员、商团来宾、新闻媒体记者，将本来感觉很是宽绰的各展厅竟出现了拥堵，这是他处不曾见到的景致。

晚7点在陈少丰先生陪同下往珠江南岸福仁东街69号拜访麦华三先生。其时先生外出未归，得知麦老的孙子曾跟随其父在山西长治读书，能说普通话，可以当翻译。陈先生作了嘱咐，便返回学院去了。

晚8时许，麦老回家，67岁的老人，虽然鬓发斑白了，看上去却是很健康的，只是他一口粤语，我只能听懂三四成，幸有他的孙子作翻译，方能领会先生谈话的全部内容。

先生说要学好书法，首先在楷书上打下坚实的基础，然后篆、隶、行、草，集中精力，突破一点，由点到面，博览专精，又解析了各种书体的运笔特征和方法。先生一席话，言简意赅，深受教益。

临别,先生又约我在17日下午来家叙谈。

十月十七日

下午3时半如约再到麦华三先生家请教学书之道。

先生居室很是逼仄,步入其中的饭厅兼客厅,当地有一张直径80厘米的圆桌,周边放着几把高脚木凳,门旁靠山墙立着一个三门书橱,内中散乱地码放着不多的书籍和文房用品。我打量麦老的居室时,先生为我泡了一杯茶,又说起了写字的事儿,认为学书要继承传统,培养兴趣,坚持不懈,持之以恒,方能有所成绩。随后,先生理纸染翰,为我书毛主席诗词一首,又题写了小件和签名数纸,有行书、有楷书,也有隶书,皆能严谨、清纯而典雅。观先生作书示范,大受教益,对先生再三致谢后,满载而归,其乐何如!

晚送孙勃源到广州车站返晋,然后我到广州港,乘夜船往官山镇而来。

十月十八日

晨6点半抵官山渡口,下船,吃早饭。细雨打伞登西樵山,亦别有情致。

有俗语云:"桂林山水甲天下,南粤山水数二樵",即东樵罗浮,官山西樵。今独游西樵,亦可见兴趣之浓也。渐次深入名区,经白云仙馆、白云洞、观瀑亭、云外瀑、天湖,至西樵顶,一路上山,曲径云梯,飞瀑流泉,风起天籁,清音相伴,但闻人语响,却在浓阴后。

于西樵高处,浓雾四起,不辨东西,天海茫茫,游人鲜至,我于其间,颇感岑寂,聊一驻足,匆匆去,循原路下山,拍得照片数帧,见石壁有题刻云:

　　小桃源里小云亭,山则名兮水则灵。
　　石欲点头花欲语,天然一幅好丹青。

于第一洞天有石刻联语一则云:

千重云气排月阙,万古泉声护洞门。

至樵园,小憩吃茶点,权作午餐也。时将 12 点,赶往汽车站,购得往佛山车票,结束了西樵山草草之游。下午两点抵佛山,再转车于 4 点返回广州新堤。

十月十九日

于体育馆看手球比赛,为第一次观看此种运动项目,似无多少兴趣。

十月二十一日

星期日,下了一整天的雨,不曾有片刻的间歇,不能外出,只好在旅社中读书叙话。

晚于友谊剧院观看北京京剧团演出的《杜鹃山》。

十月二十二日

下午与王绍尊老师、王朝瑞同学各寄书3册。

晚于越秀公园观看"烟花晚会"。外宾、侨胞,咸来观看,座无虚席,人山人海。由北京、广东、广西、湖南四省市的烟花厂家轮番燃放,170多个节目,历时3小时,虽然精彩,却也看得让人有些疲劳。然而厂家为了做广告,宁可重复亮相,也不愿自己的节目让剔除。其实推销产品,让人看地起了烦心,恐怕结果会事与愿违。

十月二十三日

因广交会筹备展览事宜,有机会到广州40余日,工作之余,饱游饫看,披览南粤山水风光,解读穗城人情世态,也算是自己值得记忆的一段经历。今日将离开羊城,取道西江而梧州、阳朔、桂林,而后返回晋北。

上午11点就午餐,中午12点离海珠旅店,由李志恒送我到大沙头码头,下午1点,船准时起航。我立于船头,与广州告别,再多看一眼珠江南岸的风光。至日落时,其景色则更加迷人,色彩变幻无穷,天、水、山、树、村落由落照斜晖镶上了瑰丽的金边,渐则由金黄变红、变紫,而后融为一体,忽然,水面上有扁舟掠过,激起了一道白光,煞是醒目。夜色降临了,江面上复归平静,船头风起,我便回船舱就宿。脑海竟浮现出几句顺口溜:

一别羊城大沙头,西江载我上梧州。
岭南佳肴不足珍,阳朔莲峰待漫游。
风萧萧兮木叶下,浪滔滔兮泛中流。
此去漓江三千里,新谱天开图画楼。

十月二十四日

晨起,听广播,知船已到德庆,而后经江口,于上午11点半到梧州。自昨日由广州出发,行船682里,用去10小时30分,溯江而上,船行平稳,得以休息,亦为之欣慰。

梧州是个小山城,桂江于此会西江而东去。由南宁、柳州、桂林往广州,梧州地处水陆要冲,以故,也为山城平添了许多热闹。下船后便往汽车站,欲购明日往阳朔车票,告以售罄,遂入住工农兵旅店504号房间,仅我一人,虽感简陋,倒也实惠而清静。

十月二十五日

晨6点起床后,匆匆赶到汽车站,购得明日往阳朔的车票,再返旅店洗漱休息。八点外出吃早饭后,在街头闲逛,卖中草药的摊贩,到处可见,又有一堆堆售小贝螺者,以玻璃杯量着卖,是孩子们喜欢剥食的零食。甜食店摆放着很多糕点,不收粮票,也便宜,可见这里的粮食是较为丰富的。漫步到中山公园,建有中山纪念堂,又有"晨钟亭",上悬铜钟一口,重500斤,为南汉乾和16年(公元958年)遗物,是梧州仅有的两件南汉文物之一了,钟悬甚高,未能仔细观摩,亦只望钟兴叹了。

下午在旅店读杨国荣等人所著《孔子——顽固地维护奴隶制的思想家》,索然无味,不知所云,弃之枕下。又检出一本新出版的《地理知识》,随便翻翻,以遣无聊。

十月二十六日

晨6点半乘长途汽车离梧州,车行丛山茂林之中,浓雾袭来,笼罩四野,山风吹过,层林顿现。过太平,至陈塘,就午餐于路畔饭馆后,购龙眼一包,上车剥食。经蒙山、荔浦,车外风景更为宜人。下午4点许,车入阳朔境,夹道桂香扑面,四望奇峰拥起,心中向往已久的桂林山水终于得以面对,快悦之情,当亦溢于颜面了。

下车后,入住阳朔饭店,晚餐后,似无疲累,便与一位武汉游客相偕,登上附近一个没有名字的小山头,远眺翠峰如柱如莲,近瞰一城灯火,通明朗照,行人往来,店铺高启,恰似一座不夜城。

  别梧州到阳朔道上作
  四望茫茫真混沌,车在山巅雾中行。
  水凝松针滴珠露,云扫峰峦展画屏。
  丹桂香织风烟细,簪山翠拔带水明。
  莲花峰里安枕卧,不妨暂作岭南人。

十月二十七日

  早餐后出饭店,携画具穿县城而过,古木之下,店铺刚刚开启,几家小吃摊点前,有人坐下来吃东西。夜雨初霁,石板道上,湿漉漉的,清醒的空气中暗香浮动,那自然是这桂林山水中独有的丹桂气息了。出城外,沿风景道至"碧莲峰"下,面对"江作青罗带,山如碧玉簪"的山水,不禁为之出神,这正是早在明信片上见过的风景,今临实地,却恍如梦中的感觉呢。
  至"钓台",有"义渡",只一招手,船娘便撑船过来,从不收钱,摆渡漓江,风雨无阻,功德无量。我过漓江后,先后游"书童山"、"秀才看榜"、"雪狮山"诸景点,巧遇山西老乡李某,是阳城人,为南下干部,今为桂林地区水利局局长。因我问路,彼闻乡音,藉此老乡相认。李局长甚是热情,邀我就近到书童山的水文站吃茶畅谈,并说:"你到桂林后,来找我,我陪你游玩。一会儿我就得返回桂林市,就不能在此接待你!"看看时间不早,我还没有开始画写生画,就别过李局长而离开水文站。

在漓江边上徘徊,左右风景,皆可入画,反而不知首该从哪里下笔呢。其时间已是中午,便决定下午再来写生,遂返阳朔就午餐。饭后稍作休息后,便外出画画,得水墨写生画2幅,一为《屏风山》,二为《碧莲峰里住人家》。久不作画,笔拙手生,从构图到笔墨,皆有未称意处。

十月二十八日

早上外出,拍得"漓江晨渡"一幅,差强人意。上午到"观莲处"写生一幅,后到"钓台"渡口南望,"书童山"一带景致,尤堪入画。白云缥缈,群峰罗列,漓江纭漾,翠影迷离,竹筏驶过,雪浪尾随,游人渐多,"义渡"码头,便又繁忙而热闹起来了。遂坐渡口,再画一幅。

下午过漓江,得画稿二幅,其中《刘三姐对歌处》为实景写生,得其仿佛,差强人意。

十月二十九日

上午到"穿岩"去写生,路上巧遇珠江电影制片厂摄影组为广州部队拍摄反映解放军拉练的纪录片,由副军长带队,已经开拍两个多月的时间了。其中有军民共同批林批孔的场面,选取阳朔"穿岩"的大榕树作外景。其时也,电影拍摄车正在通过,上面坐有十来个瑶族妇女,衣着装束极具民族特色。我见敞篷车上尚有多余的座位,便上前打招呼,求搭顺车,车随停靠路边,即有士兵将我拉上车厢。

这"穿岩"前的大榕树,正是电影《刘三姐》拍摄"抛绣球"镜头的外景地,我到时,大榕树上已挂起了大标语,树下坐满青年官军,只等瑶族妇女的入场,一场"批林批孔"的大批判会就要开始了。我却不能看他们的拍摄,因为我要抓紧时间作写生画。便选择一处地方,坐下来画以"穿岩"为对象水墨画,并请珠江电影制片厂的一位青年摄影师为我拍了一张纪念照。

下午1点许,军民"批林批孔"大批判会的镜头拍摄完毕,我又搭车返回了阳朔。今天好运气,既省腰脚的劳顿,又看到了电影纪录片竟是如此拍摄的。

午餐后,感到有些疲累,便不再外出写生,躺在床上,竟又诌出一阕《念奴娇》,深知不入格辙,却还是不肯抛弃的,正所谓敝帚自珍呢,其词曰:

百里漓江,正高秋,可是宋窑秘色。簪山带水人长道,乘兴我泛一叶,心水共清澈。出神入化,妙处难与君说。 应记此行数月,欲搜奇峰,归时塞上雪。

鬓发婆娑衣袖冷,慰我画稿盈囊,挥毫为宾客。扣舷低唱,任它扁舟飘去。

十月三十日

早餐后,将离阳朔,在旅社服务员小何(小老乡)的帮助下,费尽半天口舌,方买得一个胶卷,可见当时物资的奇缺。然后结账告别小住几天的旅社,又在街上理了发,便往漓江码头待船而往兴坪。

待船之际,见有外地三青年,两男一女,见岸边系有竹筏一只,那两男子便解缆上筏,用篙一点,便轻轻离岸,看上去划船满内行,那女子准备为他们拍照,谁曾想到,两男子的姿势尚未摆好,筏子竟然被冲到激流之中,两人慌了手脚,左撑右点,竹筏总是不听使唤,无奈,一人跳入水中,用力推竹筏,一人使劲撑长篙,经再三努力,竹筏总算靠岸,围观的游人,也才松了一口气,二青年坐在岸边喘着长气。竹筏主人闻讯赶到,还责怪他们随意解缆放筏,警告说:"这筏子不好放的,弄不好,会要命!"看着那狼狈的二青年,不少人表示出同情和安慰,也有人说:"何苦来者!"

中午12点半发兴坪的船得以起航。告别阳朔,逆水而上,40里的水路,竟用去了4个多小时,不到3里长的螺丝滩就用去了1小时,行船委实缓慢。船行慢,反而得以仔细领略沿岸青山秀水,竹树人家,真感到:"桂林山水甲天下,阳朔山水甲桂林,阳朔佳处在兴坪一带。"这说法是经验的总结了。

下午5点船抵兴坪,遂下船入住兴坪招待所,旅店很小,主人却很热情,是有点宾至如归的感觉呢。

十月三十一日

早餐后,傍山沿水徒步10里,由兴坪到冷水村,寻桂林山水中久负盛名的"九马画山"而来。行到山脚,仰头而望,山高岩立,未能见其究竟。至一渡口,见漓江对岸有一船停靠,仅呼一声,那船便缓缓而来。上船过对岸,问其船价,知为"义渡",遂谢别船伯。

上得岸来,反观对岸"画山",尽入望中,但见岩石峭壁之上,有黑白纹理图画,仔细观察,竟现骏马形象,有五六匹之多,极尽奔腾飞跃之势,据云:"能看出九马者,当可中状元。"我能看五六匹,亦感满足。便坐下,面对"画山",勾勒其山形水态,力求得其形而达其意,至于"传其神",自不敢望也。曾见前辈胡佩衡先生桂林山水写生册,其中有《九马画山图》一帧,乃先生笔下之山水,不独失其形,连一点"画山"的气息都没有,仅一画上之题记耳。

今日热甚,连画两幅写生画后,口感渴甚,遂步入冷水村中,于小学某老师处讨水喝,那老师从一黑瓷罐中倒水一碗,让我喝。是冷水呢?还是凉开水?我没有问,也不敢问,也许这"冷水村"就是喝冷水。

谢过老师,又从冷水村来到江边,吃一点随身携带的干粮,接着再选不同角度画一幅后,便烦船伯再送我过江,而后循原路返回兴坪。

十一月一日

晨起,在朝阳中画《榕湖撒网图》写生画。高岩之上,旭日朗照,翠湖之中,榕荫覆盖,渔人放筏,撒网湖中,网张平湖,皆成妙画,匆匆落笔,得其仿佛,此为近日写生中快意之时也,竟忘了吃午饭的时间。待画完成,我便收拾画具,返回招待所。服务员告我说:"给你留了饭,在锅头。灶下有火,饭还热着,快去吃。"我来到灶下,见有碗扣碗的米和菜,还有汤,各一小碗。吃着饭,对招待所工作人员的感激之情,油然而生。

此后两日,我每外出写生,服务员准会对我说:"饭给你留着。你什么时候回来,自己就去厨房灶边吃。"因此,我外出写生,就不再顾忌开饭的时间了。

上午外出画《竹林人家》,虽甚用心,欲好不能,竹子画乱了,没有画出层次来,便草草收场。

下午再画一幅漓景小景,经意与不经意之间,反而笔墨松秀,能得漓江之特色了。

十一月二日

今日又得写生画3幅，似能满意。在兴坪3日，共作画8幅。虽想在此再耽搁几天，奈何出来时间太长了，便决定明日往桂林市小住观光写生。

十一月三日

晨5点半，登客轮离兴坪往桂林而来，时值枯水期，船行甚慢，其间80里水路，原说下午6点许可到桂林。然而已到下午7点，还有10多里的船程，船家告诉大家说，前面的滩，船可能会搁浅。同行者大部分人便在一小码头下船，徒步到一个叫"瓦窑"的地方，坐公交车入城。我因所携东西沉重，除画具外，还有两个大提包，只能待在船上，作蜗牛行。不久，船上浅滩，船底与砂石相磨碰，发出喳喳之声响，3个小时，也没有走出3里地。在船上留下来的人，怨声不绝，一片嘈杂。船工则下水，极尽推、背、拉之能事，还是未能走出浅滩。旅客见状，也不再嚷叫了。后来船索性不走了，大家也只好裹衣而睡，待明日天亮再说。

十一月四日

晨5点半，天渐亮，船又在浅滩上挣扎中行进，似乎费劲了所有的精力，在砂石摩擦声中终于挪过了险阻，进入了可以正常航行的河段。漓江啊，你竟然在峰峦秀美的外表下，也有让人感到不快的地方。本来由阳朔经兴坪到桂林有水路和陆路之分,走陆路坐汽车是很便捷而且很省时间的,我为了贪看风景,选此水路。而且昨日白天确实也如愿以偿,江山如画,修竹万竿,峰峦倒影,波上传来荡江声,岸头炊烟如缕,斜阳夕照,半江瑟瑟半江红。想到此,客船搁浅的不快也就荡然不存了。

上午十点,船总算停泊码头,大家拖着疲惫的身躯走上岸来,我随两位四川行路人,入住"南溪旅社"501号,他们很是热情,帮我提了一个大提包,亦颇让人感动。

在旅社,推窗而望,面对南溪山,风景宜人,心情马上好起来,草草洗漱,便到餐厅吃早饭,餐毕,附近不远就是火车站,前往预订本月8日早上往石家庄的卧铺票,售票员告知,8日的票在7日下午7时半开始出售,是凭祥开往北京的特快列车,在桂林只留有9张卧铺票,需提前来排队,得知这一消息,心中有数了,便离开车站。开始作桂林的漫游。

先往七星岩,入洞游里许,岩壁黝黑,皆因前人日久天长执手把入洞所致也,洞壁有隋唐题记,尤多宋人题咏,略作观览,便用去了1小时。出七星岩,游"天风洞"、"曾公岩"、"普陀岩",上"普陀精舍",小坐其中,吃茶一杯,休息片刻。又到"博望亭",四望桂海,风光无限。下经"骆驼山",妙造自然,形象逼真。至"月牙山"下,入"龙潭洞",石壁题咏刻石多多,耐人品读,旁有"八桂碑海",不对外开放,只有月前邓小平副总理陪同加拿大总理特鲁多到桂林时，得一观摩，我耽刻石，不能错过机会，说明自己的书画身份，得以一窥堂奥，琳琅满目，应接不暇，诚一书法博物馆。

一天游览，只在中午的时间，匆匆在路边一家小摊上吃了一点东西，就算午餐了。而此时身在"龙潭洞"，已是天色近晚，不能再逗留了，便匆匆返回南溪旅社，于餐厅坐下来，宽宽松松地吃一顿晚饭。

晚饭后，与陈少丰先生发信一封，以告行程，并致谢在穗期间的热情接待和帮助。

十一月五日

晨起，游览"白云洞"、"观音洞"，后登峰顶，得画稿《南溪山晓望》一幅。早餐后，探"芦笛岩"，洞中石笋、石柱、石幔、石中乳，在各种灯光照耀下，光怪陆离，不可名状，令人赞叹嘘唏，真是稀世奇观者也。深感："芦笛岩洞天生巧，我欲图画下笔难。"在洞中逗留1小时，兴尽而出。搭车到广场，后徒步到"隐山"来，游3个洞，洞内无照明，未能深入，遂登隐山顶，望西山诸峰，高低起伏，别开生面，相互连属，大异于江边诸山多孤峰独秀者。诚为："人隐在山中，山隐到何处，我欲随山游，问山山不语。"

由隐山返南溪旅社，已下午两点多，就午餐后，稍作小憩，便往象鼻山作写生画。

象鼻岩下为"水月洞",形如满月,其下为"放生池",穿洞而过,岩壁多题记,奈何风蚀过甚,不能尽识。于岸上得画稿《象鼻山一瞥》。然后,登山顶坐"普贤塔"下,收穿岩、塔山、公鸡山诸峰与漓江风景于一幅,似得丘壑之美,为之一快,晚7点在夕照中返回南溪住地。

十一月六日

早点后,浏览市容,至"王城",知为广西师范学院占用,遂在学院门外作一问讯后,便至"伏波山"下,入"还珠洞",遍览造像与刻石,不乏精彩之作,亦让人驻足良久。

登"叠彩山",于半山崖壁有沈尹默所题三大字,伟岸健劲,豁然破目,也先生之合作也。在"风洞"中见题咏益多,不能尽读,至山巅,画《桂林一瞥》,为几日来写生最称意者,从构图到笔墨似无可挑剔,收桂林山水奇秀与润泽于一身,取舍得宜,虚实相生,不期而遇也。后之见者,当笑我乃为老王卖瓜者:自卖自夸。

复返伏波山,登顶,作《叠彩山》一幅。又至"独秀峰"下,题咏亦多。见山脚下标有"禁止登览"的告示,知山上住有部队,不得登览,若有所失。便搭车返回南溪旅社,又是下午近7点了,遂入餐厅就晚餐。

从阳朔到桂林,虽然说是辛苦的,却也是愉快,饱餐桂林山水,奇探桂林洞窟,搜读前人题咏,呼吸八桂雨露,只嫌选胜时日尚短，常恨作画笔墨难佳。正是："无从学得王维手，画取千峰万壑归。"

十一月七日

早7点便到车站排队，排了第一名，经过一整天地站、坐，虽有看书遣时和解闷，也感备极辛苦和疲劳，所欣慰者，总算买到了一张由凭祥发往北京经道石家庄的6次特快列车的卧铺。

整日下小雨，虽身在南方，却也觉得冷意逼人。

十一月八日

凌晨3点起床，从旅社到车站徒步用不了10分钟。到站后，知火车晚点，本来4点的火车，奈何挨到5点50分才得以离开桂林，真是煎熬人。

十一月九日

列车向北渐进，愈感寒意袭人。须知我从八月南下，单衣单裤凉鞋，而今十一月北上，虽将提包中衣服尽加身上，仍是寒冷难耐，即至天明，仍以卧铺中所备毛毯裹身。中午十一点半，车到石家庄，下得车来，所幸艳阳高照，又值中午，似乎也不太寒冷。匆匆补得79次车，北京发往西安经道太原的快车票。

是日晚 8 点抵太原,入住太原旅店 404 号。

十一月十日

早上 7 点 20 分搭太原发往河边的火车,于上午 9 点 30 分回到久别的忻县。疲劳袭来,和衣而卧,酣睡醒来,时已过午。

江浙行记

（1975年9月20日—10月22日）

因山西省与杭州市书法交流展将在杭州展出，随山西省书协展览观摩团朱焰、王朝瑞、李元茂、王留鳌等一行七人，赴杭参观学习。

九月二十日
下午，由忻县乘火车到太原。

九月二十一日
上午，托武尚功同学购得当日赴北京188次快车卧铺票。时尚功在太原火车站为贵宾室画布置画。

和朝瑞同学走访山西省委统战部部长郑林同志，听其对山西书法事业发展的意见。郑老出示所藏董必武、郭沫若等所赠书件和刘子麟所作老虎等作品，以供品读。

晚10点30分离并往京而来。

九月二十二日

早晨,7点51分抵京,入住崇文门第三旅馆。

上午,访问了北京铁路总局办公室主任郎觉民同志。郎主任早年曾在山西工作,对我们的造访,很是热情。他喜爱书画艺术,收藏当代书画家作品多多。在其案头还陈列着一件早年所收藏的云冈石窟的佛头小件,那可是一件文物呢。又从其大躺柜中搬出一卷一卷的绢轴画,逐一展示,见有郭味蕖的花果,宋吟可的人物等等,还有徐之谦所书的真草隶篆四条屏,为其所刻的印章,也展示了他所收藏部分碑帖,丰富多彩,大饱眼福。

晚,与朝瑞往北官坊访潘絜兹先生,时值先生到房山区深入生活,未能一见,遂返旅馆休息。

九月二十三日

上午,到荣宝斋侯恺同志家小坐。侯为山西左权人,荣宝斋经理。

中午,在前门外"永生饺子馆"用餐。

下午,再到荣宝斋,侯恺、米景扬、孙某于"书画之家"为山西赴杭观摩团和郎觉民主任展示了所藏明清书法,计有邢侗、米万钟、张瑞图、王铎、文徵明、陈鸿寿、傅山的立轴,有祝枝山、陈白阳、文徵明、黄道周的手卷，有董其昌、陈继儒、郑板桥、赵之谦的书札，有黄慎的册页。又看了王雪涛、关山月、钱松岩的近作，欣赏了所藏田黄大印章，听取了侯恺同志对荣宝斋木版水印画《韩熙载夜宴图》的雕版和印制的风趣介绍。整整一下午，如行山阴道上，风光无限，应接不暇。

九月二十四日

上午9点至下午3点在故宫博物院绘画馆独自观摩了历代名画陈列，逐幅赏对，并抄录其题目170余件（见另册，共23面），有隋展子虔《游春图》，唐韩滉《五牛图》，阎立本《步辇图》，五代顾闳中《夜宴图》，董源《潇湘图》，宋赵佶《芙蓉锦鸡图》《祥龙石图》，王希孟《千里江山图》，王诜《渔村小雪图》，张择端《清明上河图》，李公麟《临韦偃牧马图》，崔白《寒雀图》，以及元赵孟頫、黄王倪吴、王冕、方从义、高克恭、柯九思等等的代表作，还有明清沈文唐仇、四僧八怪的作品，都给我留下了深刻的印象和创作启迪。中午在展馆啃了一个随身带来的面包，午餐就算过去了。

出故宫，一派节日气氛，鲜花彩旗装点着天安门广场，报道着国庆节的临近。徒步到王府井眼镜店重装了眼镜腿，便返回崇文门旅馆。

九月二十五日

上午到中国历史博物馆参观《中国通史陈列》预展,有感身体不适,知是感冒了,无力支撑,勉强对展品浏览一过,已是中午12点许,到药店购得"绿雪"一盒,返旅馆后服下,卧床休息。到下午感冒尚不见好,而头痛愈剧,再到药店购得去痛片,服两粒,渐出汗,病似有好转。然一整日,只就早餐,到晚也不觉饿,徒感疲倦。

晚朝瑞访董寿平先生归,说董老知我到京,因病未能相见,特请转达对我的问候。

九月二十六日

郎觉民主任帮助我等七人购得南行卧铺车票,中午在家给大家饯行。餐后,大家乘兴为郎主任作书答谢,我此行不曾携带印章,拙作也只能缺钤印记了,郎老说:"我请徐之谦先生为你治印一方,日后到京时来取。"又取出一册荣宝斋的水印册赠我,我自是感激无喻。

或因几日观画疲累,加之饮食不周,情绪欠佳,感冒又作复发,晚8点7分乘121次快车南下。寻得车厢卧铺,也不欲多说话,倒头而睡,以求静养。

九月二十七日

晚9点方抵上海,入住中华旅馆,疲累之极,未作洗漱,便倒头而卧。

九月二十八日

晨 6 点 3 分乘沪杭 215 次快车,经松江、嘉兴等地,9 点许到杭州,入住中华放旅社 227 号,往西湖饭店就午餐。

下午到灵隐寺,奈何大殿内部整修,未能一睹二丈七尺高的樟木庄严法相,便在冷泉亭、壑雷亭中吃茶逗留,然后于飞来峰下摩挲元代刻石。兴尽,往孤山而来,于西泠印社遇雨,"三老石屋"下避过。雨晴,漫步湖畔,看水光潋滟,山色空蒙,心情为之一快。过西泠桥,经印社、图书馆、博物馆,至"平湖秋月"亭而"断桥",徜徉半小时,5 点许返回旅馆,就晚餐。

九月二十九日

晨起,7 点早餐后,搭 4 路公交车至九溪站,沿"九溪十八涧"徒步溯流而上,一路山清水冽,林木荫翳,禽鸟和鸣,游人甚少,别样幽寂。走走看看,大有山行野趣之感觉,岂知我身尚在杭城。路渐窄,坡变陡,行行复行行,来到杨梅岭。已是南吕应化,中秋告凉之时,而此地仍是一片葱绿,更见三枝两枝,花顾四面,草心千朵,迎风十分娇妍,看不足,亦欣然。

"小乐洞"至"烟霞洞",方遇一长春芦姓青年游客,结伴而行,登南高峰,下俯杭城,西子湖、钱塘江尽收眼底,三秋桂子,一湖烟雨,人来去,忙些甚?

下南高峰,经"石室洞",至"虎跑泉",小坐茶亭,以虎跑水,泡龙井茶,食西湖藕粉、杭城点心,观行人百相,品名茶滋味,尘劳顿消,摄影志胜。

至六和塔下见巍巍一塔,屹立于钱塘江边。塔身建于南宋绍兴年间,内为七层;清时外建木廊,为十三层,檐翼广出。飘然入云,诚然国之重宝也。一时兴起,入塔登高,竟达极顶,放目骋怀,江山无际,秋风浩荡,心无挂碍,为此行第一快意处。

下午经"花港观鱼",放舟"三湖映月",极泛宅游湖之乐,后到湖滨公园下船。时间尚早,又到杭州植物园,聊观玉泉之胜。

此行也,因时间所限,心想多看一些地方,还想挤出几天时间,画一些水墨写生画,以故不得不如此行色匆匆,独来独往了。

至岳坟,奈何其墓红卫兵"小将"挖去了。呜呼,"青山有幸埋忠骨",而今青山无恙,忠骨何在？忠骨何去？

九月三十日

早点后,搭公交车至清波门外,徒步经竹斋街,登吴山,见有古樟一株,标为宋时所植,虽经斤斧,而枝繁叶茂,亦见生机旺盛,庇荫游人。吴山,似为城乡接合部,湖光山色外,田园村舍,厂房烟筒,时见农工往来,不复内城之熙攘了。

离吴山,返花港,画写生画一幅,很不理想,此行第一张,久不握管,笔墨不免生涩的。

中午,在旅馆餐厅,点炒菜两种,米饭四两,黄酒半斤,捧碗独酌。我不能酒,饮少辄醉,而今尽下一碗,饭没吃几口,便感醺醺然,不能自持,遂匆匆手扶楼梯回屋休息。一觉醒来,已是窗外模糊,晚色苍茫,闻得楼门鼓乐声声,遂寻声至湖边,已是华灯朗照,湖光泛彩,数船锣鼓喧天,岸边观众如潮,正杭城迎国庆之腾欢。

十月一日

早点毕,再到灵隐寺前,画《冷泉亭》一幅。后往玉泉,静观"晴空细雨池",此系小气泡自水底沙石间上升所致,给人以细雨落水而成圆波之错觉,对诸愈久,愈感晴空细雨坠池塘,也复有趣。

上葛岭,观宝叔塔,得画稿二幅而返旅馆午餐、休息。

下午到延安新村的浙江省展览馆,先后参观了《阿尔巴尼亚绘画展览》和《浙江省美术作品展览》。前者为第一次看外国画展,也颇新鲜,后者作品多是年画,作者亦以工农兵为主,也有浙江美院的教师和学员的新作,并有少量的书法展出,诸如吴䒴之、诸乐三、李震坚、周昌谷的作品。

晚于湖滨看"西湖灯",亦感壮观:有心未见钱塘潮,无意却观西湖灯。绕堤人声三十里,珠光宝树满湖星。前年在广州过国庆,去年在故乡过国庆,今年在杭州过国庆。明年过又将在何处?拍遍阑干未得知。

十月二日

晨5点起床后,到车站购得541次赴绍兴车票,按时上车,于上午7点30分到绍兴,徒步经解放北路、解放南路,到得鲁迅路,参观了鲁迅纪念馆,奈何鲁迅故居不曾对外开放,未能得窥百草园,扎根在我心中的那两棵枣树可还无恙?"三味书屋"隔水相见,近在咫尺,却也不能一睹鲁迅先生那童年的书桌,这次行脚绍兴留下如许的憾事。

徜徉于塔山下,秋瑾烈士纪念碑前,不禁思绪涌起,想到那风云际会,英雄浩歌,烈士剑影,碧血横飞,也令人悲慨浩叹!

下午于水乡绍兴,得画稿三幅后,于3点32分搭由甬往沪经绍兴的列车,于5点30分返杭。

十月三日

《山西省书法展》已于十月一日在西泠印社的"柏堂"陈列展出,未作开幕式,供游人参观。我于今日上午前去浏览一过,50余件展品,多工农兵作品,也有一些书家之作,忻县地区有段体礼老师和拙作各一件。从整体展品看,精品不多,即不能代表山西书法水平,真见笑于杭州的诸方家了。

下午于西泠印社的"观乐楼"即"吴昌硕纪念堂"作两地书法交流笔会。由杭州市文化局负责人孙晓泉同志主持,杭州的书家有沙孟海、诸乐三、商向前、刘江、朱关田等同志,笔会开始前,先后由朱焰、孙晓泉作了简短讲话,接着沙孟海先生开笔,书毛泽东诗一纸,然后轮番上阵,竞相挥毫,可喜的是还有杭州一些儿童作者,年纪小,功力深,可谓难能可贵,后继有人。唯诸乐三先生月前因电风扇暂停,遂以手指拨动,以致二指致伤,至今不能握管,只静悄悄地坐在一旁看大家书写。

十月四日

上午到六和塔雨中写生,多亏一对青年男女把他们的雨伞主动为我作画挡雨,画纸虽有些许淋湿,衣服总是免却了雨水,怎能不感激他们的情意呢?又有一对上海青年,要借我的画为道具作写生状,而拍留念照,我亦欣然同意。他们拍完后,对我报之一笑,并致感谢而他去。

往虎跑来,再画一张写生画,这是日前来此所选的风景。

下午到杭州市南山路韶华巷55号访问周昌谷先生。周先生时年47岁,生肝炎,在家休息,已进医院三次了,现在尚不能经常作画,偶尔写点字,怕劳累。与先生茗坐,谈及批"黑画"问题;谈及吴昌硕和门生,以为王个簃、诸乐三、沙孟海三人是为其高足。随后,先生又出示了1957年以来的部分作品,其中画黄宾虹肖像一幅,最为精彩传神,上有潘天寿先生的题字。又欣赏了先生与程十发、方增先、李震坚、于任天、关良、卢坤峰合作的一本册页,以及为其小女周天绛所做的花卉册,笔精墨妙,绝非游戏应酬之作。看看时间,已是下午5点30分,临别,先生又以潘天寿先生临黄石斋墨迹一纸见赠,以为永久之留念。

十月五日

上午购得明日108次9点24分,经道杭州往上海的车票。

十月六日

上午8点离中华旅馆,结束了在杭州的游览。到车站,火车晚点,于10点30分方抵杭州。到达上海已是下午3点许,排队找旅馆,待入住新疆旅社38号,已是下午4点多,稍作洗漱安排后,在细雨中到街头进餐,此一日是虚度了。

十月七日

早点后,在雨中首先参观了"中共一大会址"纪念馆,然后到上海美术展览馆参观了《上海美术作品展览》,作品二百多件,作者大部分是上海画院和上海人民美术出版社的画家,也有不少好作品是出自工农兵作者之手。11点到外滩,对黄浦江风光聊作浏览。

下午往豫园参观，园内有年代久远的花木，厅堂摆放着典雅的红木家具，陈列着精美的石刻艺术品，四壁悬挂着当代郭沫若、沈尹默、潘伯鹰、郭绍虞、王个簃、贺天健、张大壮、唐云等先生的书画作品。

在九曲桥上看看鱼乐，逛逛豫园的小市场，也是颇费时间的，晚6点方得返回旅社。

十月八日

早餐后，先到虹口公园谒拜了鲁迅先生之墓，又步入鲁迅纪念馆参观学习。北京、广州、绍兴的鲁迅纪念馆都留下了我的足迹，今天又来到先生的上海纪念馆。每次参观学习，追随先生的行迹，重温先生的著述，都会受到深深的教育，也有所新的收获。

离虹口公园，到延安东路上海博物馆，先后参观了馆藏革命文物展览、青铜器展览和中国陶瓷展览。

下午再到博物馆，仔细认真观摩历代绘画展览。展出馆藏近80件展品，我对其作品的题目都做了详细记录（见别册），以便于今后的回忆，其中巨然的《万壑松风图轴》，郭溪的《幽谷图》，董源的《夏山图卷》，卫贤的《闸口盘车图卷》，赵佶的《柳鸦芦雁图卷》，马远的《雪屐观梅图轴》，林良的《双鹰图轴》吕纪的《雪柳双凫轴》，吴镇的《松石图轴》，仇英的《剑阁图轴》,王冕的《墨梅图》,柯九思的《双竹轴》,文同的《墨迹卷》,温日观的《葡萄卷》,米友仁的《潇湘卷》,方从义的《白云深处卷》,钱选的《浮玉山居卷》,吴镇的《渔父图卷》,都给我留下了难以忘怀的印象。因其陈列条件的局限,所有作品不能按作者生卒时间为序排列,以故,我的记录亦见散乱。此外,元之赵孟頫、王蒙、倪瓒,明清陈白阳、徐渭、朱耷之花卉,陈洪绶、华喦之人物,文徵明、沈周、唐寅、石涛、石豀、梅清、龚贤以及四王的山水,都让我驻足留恋。奈何闭馆时间到了,我只得怀着不忍离去心情步出展厅,所幸留下了几页《海上名画过眼录》的记载。

十月九日

早餐后,到车站,未购得9点20分到苏州的车票,遂改购下午2点212次经苏州的快车票。趁此时间到黄陂北路226号,看上海中小学生毛笔字展览,展品271件,也颇精彩,足见上海对青少年书法事业的重视,实在是其他地方应该学习借鉴,引以为榜样的。

下午1点离旅社,2点乘车北去,3点15分抵苏州,到傍晚6点方找到一处叫"延安旅社"的地方落脚,而且客房皆满,只能在过堂中加床了,也无可奈何,就此迁就过夜,总比露宿街头舒服得多,想到此,遂也内心释然。便寄存了小件,上街吃饭、理发,并于人同剧院观看了苏州市苏昆剧团演出的苏剧《爆破手》、《新店员》和昆剧《关怀》三个新编现代小戏,只因苏白难以听懂,虽听得唱腔圆转宜人,却终不能进入剧情,徒感劳累,便只好半途退场了。

十月十日

早 6 点 30 分外出,吃早点,往虎丘,远见国保单位云岩寺塔,高标天地间,巍然壮观,诚吴中之胜迹。望寺塔而来,入山门,寻"剑池",观"试剑石",听传说,无不引人入胜。

离虎丘,往西园,在"戒幢律寺"诸殿礼佛后,便返到枫桥街,来寻唐人"枫桥夜泊"的胜迹,重温张继绝句的意蕴。到得寺前,山门紧闭叩之再三,无人应答,忽见告示一张,贴诸影壁,聊一诵读,知此寺暂不对外开放,只接待日本访华友好人士。对此,心生不快,却也不能言说。正踌躇间,背后有人叫我名字,回头一看,正是忻县胡金泉同志,我们曾在一起筹办展览,他找了北京在忻插队知识青年,是我在展览馆时的说明员。他乡遇故知,自是高兴。小胡说,他是苏州人,就住在枫桥街 75 号,日前一人回乡探亲。并告我他与寒山寺有相熟识的僧人,不愁进去看的,这真是喜出望外,与佛有缘,即请金泉与之联系。他却不慌不忙说:"不急,寺侧有便门可以进去,先到我家吃午饭,饭后,咱们慢慢游寺院。"在小胡的盛情相邀下,我到了小胡家,小胡的母亲热情地备了一桌菜,令我十分的感激而感谢。

饭后,喝了一杯茶,便和小胡相偕,来到寺院便门,在一位文物管理人员的导引下,先后参观了碑亭,观摩了俞樾补书的《枫桥夜泊》诗碑,并登上钟楼,在管理人员的允许下,我还撞钟三响,领略了寒山寺钟声的悠韵。其时也,心生欢喜,心存感激,心满意足地离开了寒山寺。在小胡的陪同下,漫步枫桥街,登上了"江村桥"和"枫桥",一览水乡之新景,得发思古之幽情。

枫桥之行尽兴,与金泉同志握别,返回城区,先后游拙政园,狮子林和留园。于狮子园得窥元代叠山艺术的高超,留园的小巧玲珑,冠云峰的奇绝,拙政园的疏旷,各园中的刻石、题记、楹联、匾额,词采精美,翰墨犹香,真是读不胜读,美不胜收。园中园,又一村,别有洞天,去处无穷,确有点跑得看得晕头转向了。

晚与段体礼老师发一信。

十月十一日

晨6点起床,早餐。往汽车站,购得8点10分开往天平山车票。上午9点许抵天平山麓,观乾隆碑,谒范公祠,为范仲淹祖祠,旁植古枫百余株,皆明时所遗者,巨木成林,今尚一片葱翠,森森然直逼霄汉,深秋初冬时,当时霜林如醉,天平尽染,别有一番光景的。

出范公祠,经"一线天",过"飞来石",登上了"万笏朝天"

的天平山,小坐山顶,远眺湖山风光,俯察矶头秀石,正石田与四王笔下之景致,绝非臆造,源于大化,岂可信口否定一时之精华。

11点下天平山,一路题刻,多有破坏,皆红卫兵破"四旧"之"功绩",似也可惜。于此地,与开封、西安,邵、张等三同志结伴往灵岩山而来,山头佛殿、宝塔皆在维修动工中,瓦砾堆积,泥水四流,已无景致可言了,只"吴王井"、"智积井",亦不过尔尔。唯远望太湖,绰约可见点点帆影,略有诗情画意也。

下午两点许由灵岩山徒步到木渎,方就得午餐。然后搭车返回苏州城区,往"小沧浪亭"、"网师园"匆匆逗留,又一番江南园林天地,各具特色,妙处难予为记也。

下午5点,到"玄妙观"一游,时值小雨,遂于观前街就晚餐。

十月十二日

本计划今天画一天苏州园林的写生画,奈何一起床,雨不停地下,便在雨中往观前街,购得明日202次发无锡的火车票。然后到苏州市博物馆,首先寻观了久享盛名的国之瑰宝,宋代刻石"平江图"和"天文图",又参观苏州市出土文物展览。

在市文化馆的介绍下,我往干将路291号访问了74岁的书画名家费新我先生。在苏州的名园、商号以及展览厅中，多有费先生题写的匾联等作品，我上中学时，便曾阅读先生所著的《怎样画铅笔画》《怎样画毛笔画》等读物。今相见，74岁老人，清爽瘦劲，不独健谈，也很健康，说他最近还到龙门、西安、延安、北京等地参观访问，也曾留下了不少墨迹。先生还为我介绍了他学画学书的经历，也应我之请，书毛主席词句条幅为赠。

别费老后，于街头巧遇朝瑞，同往"怡园"，小雨不停，饮茶共话，共进午餐，叙谈两小时。临别，朝瑞将拜访苏州书画家张辛稼先生时，为我求得墨宝一帧相赠，所书四尺三裁立幅鲁迅诗："扶桑正是秋光好，枫叶如丹照嫩寒。却折垂杨送归客，心随东棹忆华年。"

离"怡园"，细雨中往北塔寺而来，在桃花坞大街闲逛，唐解元的故事展痕不曾得见，就连桃花坞的年画也不曾买到，换来的却是衣服和鞋袜的尽湿，天下如我之游逛狂，恐也不会再多。

下午5点在街头小店就晚餐，餐毕返旅馆休息。

十月十三日

早餐毕，上车站，7点29分离苏州，8点16分到无锡，入住"泰山饭店"109号房间，稍作洗漱，便乘公交车往"梅园"，园中梅树多多，然非梅花季节，于梅园饭店就午餐后，便搭船,泛舟太湖之上,极湖光烟波之胜,真有点"万顷烟波鸥境界,九秋风露鹤精神"的感觉呢。船行40分钟,到"太湖佳绝"之处的鼋头渚。山水相映,林木交辉,高崖巨壁上,题刻点景,皆能揭示个中精髓,有"横云"、"包孕吴越"、"具区胜境",等摩崖大字,具见神采,穿"观澜堂",憩"万天阁",品茗远眺,三万六千顷太湖风光,尽收眼底,多少件历史故实,浮上心头。过"七十二峰山馆",留恋书画,周怀民先生的画作,费新我先生的书法,多为近作,观其款字,知周老于今年夏秋之交,来此小住休养,留此笔墨,以怡游人。且有多幅描写太湖风光的山水画,风格极具钱松岩先生笔致。钱老无锡人,弟子后学当复不少。

  山之顶峰建"光明亭",为刘伯承元帅题额。临风放目,心旷神怡,得似几年前在岳阳楼头,面对洞庭湖水,高诵范公名记的豪情。

  离鼋头渚,至"蠡园",望浩渺烟波,思吴越春秋,浮想联翩,恍惚间,扁舟漂来,那船头对坐的可是范蠡、西施。细雨如雾,略感寒意,我便从迷离中清醒,又踏着细雨,漫游在锡惠山顶峰,一睹"龙光塔"的身影。已是下午5点光景,独自下山,步出公园,我当是最后游人了。

  到火车站,购得15日到镇江的车票,就晚餐,回饭店。

十月十四日

晨6点起床就早餐,7点搭车直奔太湖道上,于鼋头渚写生三幅,奈何又有风雨袭来,寒意浓重,于12点匆匆返回住地休息,晾晒衣服。

下午两点方外出就餐,点鲜蟹肉粉小笼包子和鲜蟹馄饨,皆无锡时令佳品,北人南来,似也未能尝出个中滋味来。

餐毕,浏览市容,入工艺品门市部,惠山泥人,宜兴紫砂壶,皆有精美可爱者,然都价格不菲,也只好割爱了。有感疲累,不到下午4点,便返回泰山饭店倚枕读书。

十月十五日

晨起,早餐,7点42分搭车离无锡,又是细雨相伴,9点26分抵镇江,天也放晴,似迎塞上来的客人。入住长江旅社35号房间,再上站购得明日往南京火车票。

在镇江一日,先后游金山寺、北固山和焦山。于金山,寻"古法海洞",登"江山一览亭",放眼大江东去,浮想水漫金山,"慈寿塔"下读碑,"天下第一泉"畔品茶。

离金山,沿江边道路,徒步到北固山,上甘露古寺,读摩崖刻石,览江山胜概,诵稼轩壮词：

何处望神州,满眼风光北固楼。千古兴亡多少事?悠悠。不尽长江滚滚流。　年少万兜鍪,坐断东南战未休。天下英雄谁敌手？曹刘。生子当如孙仲谋。

下北固山，就午餐。搭车至象山，转渡轮过江流，至焦山，四围大江吞吐，一山竹木掩映，亭台殿阁，参差错落，诚镇江三山中第一去处。有碑亭，颜曰"墨妙轩"，正《瘗鹤铭》残碑之所在。观摩良久，不忍离去，而我于碑下，却不曾再见有人来相问津，名碑冷落至如此，心中涌起无绪情思。

登高，至"半山亭"小憩，而后至峰顶，仰观俯察，英雄安在？胜迹苔掩，唯长江浩荡，不舍昼夜。

至山西脚，方觅得陆游焦山题名刻石，既无保护措施，一任风剥雨蚀，久之，山崩石解，恐无缘再见了，遂打开相机，立此存照。

十月十六日

晨起，又复细雨霏微。9点30分坐火车离镇江，11点许抵南京。下车，于旅馆介绍处排队，至下午4点方领得入住新街口近侧"明远旅社"的号证，拖着疲惫的身子到住地。此种情况，早已习以为常，几年来外出，每每都会用去很多时间排长队找旅社、等座位去吃饭。

十月十七日

早 6 点外出等购车票,于上午 8 点才买到 20 日 18 点 24 分 124 次列车车票,得以安心安排在南京的活动行程了。

匆匆早餐后,首先往雨花台烈士陵园,参观了陈列室,接受革命传统教育,学习革命烈士精神。然后到钟山,谒中山陵,访明孝陵,游览了灵谷寺,穿无梁殿,登九层塔,尽兴而归。

下午往游"金陵第一名胜"莫愁湖,寻六朝胜迹,品江南名园,回廊曲径,松竹掩映,山石巧叠,胜棋楼、郁金堂、莫愁雕像,皆让人驻足留恋。

十月十八日

上午 8 点外出,搭车往燕子矶,登矶临流,危崖千尺,惊涛拍岸,摄人心魄,西望长江大桥,横跨南北,气吞山河,小坐乾隆御碑亭下,指点摩崖刻石,其时也,秋风劲吹,孔窍声起,落叶飘摇,不禁寒意袭来,看四下更无一人,遂匆匆离去。

返回市区,至玄武湖,上翠洲,过梁洲,游樱洲,而菱洲,秋气萧瑟,林木荒寒,游人无几,鸟雀相喧,薄游而去。

出解放门,得观明建台城之气势,旧时高墙壁垒,今成通衢大道,重车飞过,尘土扬起,行人寥落,似乡下之景致。我沿小道而登山,未几,便到鸡鸣寺,奈何已是瓦砾堆积,残破不堪,所存房屋,为某工厂所占用,金陵名寺,今无可观,乘兴而来,我欲云何!

搭车至长江大桥桥头,见长桥卧波,气派宏大,桥上车来人往,一派生机,江中航船驶去,汽笛长鸣。于此,心中郁结,荡然无存,漫步桥头,深感中国人民的创造力,真可谓"伟大事业超千古,风流人物看今朝"了。

下午到长江路,于汉府街,本拟一睹南京总统府的梗概,至门前,见挂有"南京市民兵指挥部"的大招牌,便也无法参观,略一窥视,见院内正在兴工动土,破旧立新,指日可待。

下午3点到大庆路117号,拜访书画名家钱松岩先生。先生已是78岁高龄的老人了,面目清瘦,长须飘洒,谈话声音低缓,字字句句却如同讲台上的教师,交待得清清楚楚。

钱老听说我从山西来,便说他的大女儿在大同报社工作,我说:"在太原曾参观过《钱紫筠国画观摩会》,深得钱老笔墨精髓,一派钱家绘画风貌,钱老后继有人。"

钱老说:"过奖了,她还得好好努力。"又说,他曾两次到山西旅行写生,山西的文物古建给他留下了很深的印象,傅山的书画都是很精彩的。又说明年春天还计划到大寨作一次壮游。我说钱老是老当益壮。他说:"画山水,就得外师化,多走走多看看。我自己徒有虚名,笔下的山水,是家乡无锡太湖一地的风光,因此当年在无锡当教师,没有条件外出哩!"说起我曾拜读过先生的大著《砚边点滴》,很受教益。钱老说:"不值一提,只是一本小册子,内容有唯心处,还在着手修改。"在钱家小楼上叙谈,不觉已过去一个小时了,我将告别,提出:"钱老方便时,很想看看作画示范。"先生欣然应允说:"明日可再来的。"

十月十九日

上午8点30分,依约再到钱楼,家人见告,知先生临时有接待外宾的任务,刚被小车接走。我便离钱宅,到"十竹斋"购毛笔、印章石料等用品,然后在南京街头闲逛。近午,返回新街口,巧遇一家"山西刀削面馆",遂入馆落座,多么想重温家乡的味道,不曾想到,面削得很粗,而浇汤也感寡淡,餐桌上倒是有一小瓶醋,看看商标,却是镇江的产品,我只好拿起来又放下。

十月二十日

今日下午离南京而返晋,遂于上午9点30分,再到钱宅向老人告别,刚上楼,先生的夫人闻声对我小声说,钱老昨日接待外宾一整天,有点紧张,生怕说错了话,又疲累,晚上感到不适,就往医院,才回来,刚上床入睡。我说我今要回山西,是来告别的,既然先生病了,请转达对先生的致意。钱老夫人说:"不妨事,先生睡觉只十分钟就会醒。他醒来,你们说说话,也会给他解闷的。"我跟着老夫人轻轻地步入先生客厅兼卧室,老先生侧着身子,斜卧在临窗的一张单人床上,白色半旧的蚊帐卷得很高很高。老夫人给我倒一杯茶后,又蹑手蹑脚地走着，深恐惊醒了钱老的安睡，然后取出一只香蕉，剥去了皮，放在盘子里，并喃喃地说道："我比先生年纪大，还得照顾他。先生有冠心病；两眼常发炎，难睁；又便秘，每日要吃点香蕉。还得对台广播，说是为了统战；又要写稿子，还不断修改，没办法，劳累得很。"老夫人小声地叙话间，钱老醒了，确实没有10分钟，见客至，便坐了起来，对我说："实在对不起，不能为你作画示范了。"遂让老伴取出4件作品，客气地让我提意见。我说这是最好的学习机会了。这4幅分别是《泰山松》《太湖疗养院》《塞上风光》和《蔬果图》。笔精墨妙，皆为学画之范本。

钱老谈起批"黑画"的问题，说黄永玉画的猫头鹰，是应宋文治之请画在册页上的，有人发现了，要宋文治交上去，供批判，宋文治哪能不上交呢？便被送到了北京。钱夫人听到此，便制止钱老："勿乱讲，会惹麻烦的！"老先生便换了话题，不再谈批"黑画"的事情了。

已是近一个小时的叙谈了，我便离开了这位生活俭朴，平易近人，而创作上严谨认真，又充满新意的老画家，他永远是我们这些晚生后辈学习的榜样。

下午6点24分乘车离开南京而北上。

十月二十一日

早7点许车抵山东德州，上午10点中转开往太原的列车。晚 10 点 15 分回到太原,却不能找到一家旅店,无奈入住"五一澡堂"住宿部。

十月二十二日

上午先到朝瑞处,互谈此行各自的收获与见闻。于 10 点 48 分搭车于中午 12 点返回忻县,结束了 30 余日江浙的奔波之苦。每次旅行归来,总是叫苦不迭,然到下次有旅行的召唤,又欣然外出了,一颗漫游的心,不知何年何月才会有所收敛。

川行记

(1982年4月5日—5月2日)

四月五日

与张启明、郜继善、李惠普一行四人于下午3点14分离忻,六点许抵太原。晚8点20分乘火车离并往西安而来。

四月六日

上午10点半抵达西安,饭后,游鼓楼、小雁塔。下午2点5分离西安,搭237次直快列车往成都而来。

四月七日

行程842公里,行经20小时,于上午10点半到成都,下榻青龙饭店五楼五号。下午到青羊宫游览,值锦城花会,甚是热闹,在人烟熙攘中先后步入三清殿、八卦厅、混元殿等处巡礼,后参观了成都画院的书画展览。又徒步往杜甫草堂,在工部祠、史诗厅、草堂诸处观赏刻石、碑版、对联等,皆令人留恋不去。

四月八日

上午坐汽车到新都宝光寺游览,见唐塔巍峨,佛殿宏大,亦蜀中一大丛林。有五百罗汉彩塑,造型生动,形象逼真,亦复让人不时驻足赏对。寺内藏书画多多,见吾晋董寿平先生画白梅图,极工致清雅,给我深刻之印象。

下午返回成都市,先到望江楼,寻薛涛井,其建筑上所悬挂楹联,多现代书画家之手迹。复往武侯祠参观,真不愧蜀中之名胜,唯不见森森古柏,稍感气象之乏盛耳,时值薄暮,匆匆而返。晚餐后到火车站与效英发一家信。

四月九日

上午7点40分,乘289次列车离成都,于上午10点半抵峨眉车站,遂搭旅游车到桂花场,徒步八里往万年寺。时值细雨迷蒙,每人花五角钱购一件塑料雨衣,手挂木杖,行走在山间泥泞小道上,时有滑跌。偶见田塍中嫩黄的油菜花,聊一提神,小站片刻,复谨慎行进。所幸路程不长,叙谈中,已到万年寺。住上巍峨阁18号,聊一休息,便下楼来,在寺中巡游。其时也,游人极少,除我等四人外,唯见老僧出入。暮雨初停,暝色渐重,蛙声咯咯,愈感其境之幽寂。此地有弹琴蛙之传说，遂循声觅蛙，终未能见其踪影，人去声起，似与我相戏耳。

万年寺有砖砌无梁殿，内有铜铸普贤像，坐白象上，颇伟大，在灯光映照下，熠熠生辉，为全国重点文物保护单位，多有介绍，不复赘言。

今日在雨中，画写生画四幅，水墨淋漓，亦感不恶。

四月十日

离万年寺，经息心所、初殿、华严顶，过钻天坡，到洗象池。一路行来，皆在雨雾中，上钻天坡，极费劲，在路畔小憩，开一瓶白酒，无酒盅，四人轮替把瓶而饮，酒气拂拂，令人陶醉。我本不能酒，也不嗜酒。今日一饮，本一瓶普通白酒，竟喝得终生难忘，抵御寒冷，增加体力，好不快意。

在冷冻中写生，备极辛苦，所幸笔墨，颇尽人意。

在洗象池，极感寒冷，被物潮湿，终夜不寐，拥衣而坐，苦思冥想，得俚句数首以遣兴：

一

山行忽结淡墨缘，四周空蒙有无间。

细细雨纱迷路径，绰绰冷杉挂云烟。

二

钻天冷杉树，身挂碧萝衣。

枝结太古雪,叶滴珍露诗。

三

普贤已乘白象去,峨眉空留洗象池。
夜坐池头待月升,山灵相伴是猕猴。

四月十一日

天仍下毛毛雨,启明、继善不拟再攀金顶,惠普也颇犹豫。我则横下一条心:登峨眉,岂可半途而废,且已来到洗象池,加把劲,也要登顶,便独自拄杖出门,头也不回,便望罗汉坡而来。穿过冷杉林,便到白云寺,下界尚在云海笼罩中,此地却见艳阳高照,日光穿林,光影斑斓,而林下路边,积雪皑皑,适有老外游客四五人,皆为青壮背包客,脱去衣服,仅留一内裤,赤身裸体,手捧积雪,拭擦身体,笑语喧声,传诸山谷。对此境界,也复令人高兴,遂择坐写生,得《白云寺道上》数幅。其时也,惠普竟也上得山来,与我相偕,免却寂寞。

到雷洞坪,蓝天白云,古木巨石,深壑云烟,皆成图画,得为佳境,又作写生画二幅。

过连望坡,俗称阎王坡,坡陡路滑,石道皆为冰雪覆盖,下为绝壑,人行道上,稍有不慎,滑下崖谷,后果不测。人多缚"铁马"于脚下,小心通过。我行是处,心田突突,敛志凝神,一步一个脚印,待过得此阎王坡,尚有余悸,久之神回,望接引殿而来。

过接引殿，再上七里坡，便到太子坪，再爬磴道一段，就抵达卧云庵，金顶至矣。此行不负名山之召，登顶如愿，其乐云何！这金顶风光，可谓壮观，云海无际，偶露三五峰尖，若海上仙山蓬莱、瀛洲者也。下午五点张、郜二人也自洗象池到金顶。晚风极大，夜宿卧云庵中，门窗皆为之震荡而作响，几不成寐，又得小诗数首云：

一、夜宿卧云庵
　白云依檐宿，山风叩庵扉。
　启户邀月坐，共对佛灯飞。

二、戏赠未至金顶留宿洗象池二兄
　君在雾中宿，我自日边来。
　奇伟在险远，步步得莲台。

三、登金顶
　脚踏太古雪，手换大千云。
　好景无长路，谈笑到天庭。

四、金顶即兴
　皓素云铺海，金顶现琼楼。

忽有神槎至,邀我三山游。

　　五、峨眉好
峨眉好,壮观是云海。
西当氐戛有津渡,东泛扶桑是瀛台。
金顶拓襟怀。

　　六、金顶宿
金顶宿,彻夜不成寐。
卧听风涛撼古木,起对白云偎柴扉。
诗思惊春雷。

四月十二日

早餐后,由金顶而下,又值雾起,远山近树,如笼轻纱,迷离扑朔,有如仙境,返到洗象池,腿脚也不济事了,踽踽而行,甚是吃力。到九岗子的地方,远处闻有猴叫声,我等精神为之一振,到峨眉来,能遇到猴子,当为幸事,上山时便购买了猴食,却不曾有一面之缘,不免悻悻然。此处听到猴啼,便加快了脚步,向前赶路,说时迟,那时快,不意,路畔石上,丛树枝杈间,大大小小十数只猴子围拢上来,我们将食物分赠山中来客。没想到,猴食分发尽净,它们还是不肯离去,吱吱呀呀,叫个不停,我们加快步子赶到叫茶棚子的地方,它们却不离左右，更有甚者，一只大公猴，体态硕大，毛发茂密，气势汹汹，跃然拦住我们去路，龇牙咧嘴，一派吓人相，突然跳起，将走在最前面李惠普的挎包抢去，且打开挎包，翻出东西，把照相机在手中翻来覆去地审视着，惠普急了，用手中的木杖紧按照相机的背带，生怕那猴子把照相机扔下悬崖，又怕把后背打开，以至所拍胶片曝光作废，我等一时无奈，四个人竟对付不了一群猴子。正焦急间，后边来了几位"担山人"（为游人挑担行李或向各景点担送食物的挑夫），手执木棍，边走边吆喝，声势亦复强壮，那猴群，见势便匆匆离去，我们四人方松了一口气，紧随担山人而行进。下到遇仙寺的时候，腿脚更不济事了，我和继善拟在此歇脚，其地清静之极，大有化城之感，奈何启明、惠普匆匆离去，且走且说："我们在仙峰寺等你们。"无奈，我二人只好走走歇歇，待走到仙峰寺，已是下午六点半的时分，安置好住处，吃了一顿可口的饭菜，精神为之好转。一天中，五十五里路程的途劳似也消解，或因周边景色的诱惑，我又匆匆研墨理纸，在暮色冷烟中画得一幅写生画。

四月十三日

上午到九老洞一带写生，此地也是猴群出没的地方，我们却不愿再遇到它们，那确实是一些难缠的藏猕猴。

下午离仙峰寺，经九十九道拐，一路是斗折而下的石磴道，直走得双腿僵直，几不能打弯了。际此，眼中的风景也无暇一顾了,双脚在磴道上挪动着,换来的却是脚下的血泡和额头的汗珠。

苦尽甘来,终于来到了久享盛名的洪椿坪,这里真是一处幽绝之地,峰回路转,曲径盘绕,翠岩之下,殿阁嵯峨,有兰花不用盆栽,直接将植有兰花的土块悬于檐下,尽收山中雨雾,长叶坚挺,新花馥郁。楼前,有茶树一株,繁花如焰,翠叶流光,皆得地气之恩泽。而其四周古木,藤萝披离,苍苔点缀,竟成图画中佳构。

山路元无雨,空翠湿人衣。这便是我在洪椿坪写生中最深刻,也是最难忘的感受。

四月十四日

上午由洪椿坪往清音阁而来,道路已化险为夷,经一线天栈道,风景又转一奇,一路有黑龙江相伴,江花飞溅,时或咆哮激荡,时或浅吟低唱,于牛心峰前,黑白二水相汇,建高阁于其中,正清音阁者。登阁品茗,天籁满耳,清音不绝。黑白二水上建桥并有桥厅,古木掩映,花石缀之,此地不独是山水佳处,亦为园林胜地。二水汇合处,一石正当其下,名为"牛心石",有"黑白二水洗牛心"之说,当年李可染在此写生,得一佳构,作为插页刊于《新观察》杂志,给我留下了难忘的印象,缘于此,学生时期便产生了寻访清音阁的愿景。

下午坐清音阁对岸巨石之上,拟李可染先生选胜处,也画一幅《黑白二水洗牛心》的画作,写生画而已,创意不足,窃想李先生的那幅画是再创作了,有取舍,有夸张,不限于眼中之境界,乃心中之景致耳,源于自然,高于自然。小坐石上,也想起了1978年4月在黄山玉屏楼邂逅李先生时,曾拜访请教中对我的一席谈。沉思之际,不慎将我所携一只搪瓷调墨盘坠入高崖之下溪水之中,给名山留下了一件小小的纪念物,它将随流水而逝去,在我的心中当是一个不会忘却的纪念的。

四月十五日

离清音阁,本拟沿中峰寺、纯阳殿、雷音寺而报国寺,不曾注意,在五显岗的地方走错了路,偏到了凉风岗而下山,竟偏到了由净水到报国寺的路上,与以上几处寺观似无缘分,失之交臂,不无遗憾。

由净水走八里路到报国寺,入住七佛殿楼上。

报国寺确是峨眉山第一大丛林了,寺院宏大,殿阁巍峨,僧众云集,香火氤氲,晨钟暮鼓之声,回荡于古木高甍之间。到诸殿礼佛,于华严塔下读经,往复游览,兴味无穷。

夜来,于七佛殿楼上,未能入睡,回想在峨眉山七日之旅,步行二百华里,虽极疲累,却饱游饫看,吸山水真气,观天下绝景,得墨笔写生画稿四十幅,加之胸罗丘壑,总算不虚此行了。

四月十六日

早八点离报国寺,搭汽车行六十二里至乐山。

渡长江,上乌龙寺,于旷怡亭、尔雅台等寺院胜景聊作浏览后,便到凌云寺来,于高处观乐山大佛,下视栈道上游人,点点蚁行,大江纭纭漾漾,不舍昼夜,而于此我则想起了东坡先生诗句:

生不愿封万户侯,亦不愿识韩荆州。
但愿身为汉嘉守,载酒时作凌云游。

今值其地,心中念着大苏,眼中观仰大佛,千余年来,这慈悲的佛尊,心系众生,栉风沐雨,守卫着大江,护持着行船,令我想起了华严寺经中的诗句:"不为自己求安乐,但愿众生得离苦。"这又是何等的伟大呢!真不愧"山是一座佛,佛是一座山"的表里山河了。

凌云寺内有"嘉州画院"的书画展,看到了李琼久先生的大作,令我驻足赏对,记得几年前在京访问李苦禅先生,他曾风趣地对我说:"俺和李琼久先生在一起画画,大家戏称我们为'穷'(琼)苦二老。"今值琼老故乡,拟往拜访,遂在画院问得先生地址。

下午4点40分返回乐山市,入住嘉州饭店538号。

晚7点,往访李琼老,值先生今日上午方离乐山,而成都、重庆、福建等地旅行写生,与其家人稍作叙谈后,便返回所住饭店。

四月十七日

早7点离乐山,乘长途汽车于10点30分到新津,就午餐。再换车于12点离新津,行车一小时,抵成都,再往青龙饭店休息。晚8点24分,离成都乘快车往重庆而来。

四月十八日

早8点25分车抵重庆,入住重庆饭店南楼215号。启明等三人拟返晋,遂往机场购得19号飞往西安机票。我将继续四川之旅。

待启明等返回重庆饭店,遂相偕游朝天门码头,登枇杷山公园,坐缆车过嘉陵江,作山城粗略之认识。下午小雨,细雨如纱,似有若无,漫步高低起伏的街巷,衣服为之尽湿。晚与小英写了家信。

四月十九日

早6点起床,启明、继善、惠普往机场去,在重庆饭店门外与之握别。

我于早点后,转两次公交车往黄桷坪而来,在四川美术学院的"蔗境堂"拜访了著名书画篆刻家冯建吴教授。冯先生时年72岁,有哮喘病,见客到,聊一起身,便咳嗽不止,我劝先生赶紧坐下,略作休息,哮喘稍为缓解,方停止了喘咳,又慢慢起身,为我沏了一杯茶。我说:"实在对不起!不知先生身体不适,贸然造访,打搅了,打搅了。"先生说:"不妨事,只要不多行动,坐下来说说话,还是可以的。"我赶紧取出带来的峨眉写生稿十幅,请先生指导。先生对拙作,逐一仔细观摩,然后抬起头来对我说了一些肯定和鼓励的话,便提出:山水写生,可以用毛笔画,也要用钢笔画,既方便,又能多收集些手稿,稿子多了,日后搞起创作来就能随心所欲的变化出新的图画来。又谈到,四川是大山大水,不同于江南的风景,小桥流水,亭台楼阁。所见江南画家到蜀中来写生,笔下竟是江南的景象,不是他们的技法不行,而是他们没有习惯或没有掌握了川中大自然的特点,也即个性。峨眉山,全是树,石头很少裸露,这就得胸有成竹,有传统,然后也得创新,表现出茂密幽深的"秀"字来,这就需要在写生中认真观察,仔细体会所描写对象的特征。又说:写生虽不能算创作,也不要受环境的约束,在写生过程中,也是需要变化的,好的写生画,也可以成为创作。

先生缓慢低沉的话语,有如窗外的小雨,注入我的心田。而檐溜下注的嘀答声,落在了芭蕉叶上,更为清晰。我站起身来,准备离去,先生说:不急走,雨大,稍停停,一阵会过去的。借此时间,取出一本我随身携带的册页,想请先生画一开作为留念。先生翻阅前李可染、李苦禅等前辈作品，欣然命笔，为我画了一开红梅图，并题七绝一首：

千花万萼闹春阳，老干盘拏意态张。
取得一枝入图画，几回袖手绕长廊。

又写道："1928年新夏，巨锁同志入蜀，写此为念。冯建吴。"

将"一九八二年"误写成"一九二八年"，于此特为注出。

时近中午，雨停了，谢别心仪已久的冯建吴先生，离开美院，循原路返回市区。在路上吃过午饭，又逛了一家书店，购得散文集五册，纪念邮票数枚。待返回住地，已是下午六点时分。

四月二十日

上午，参观红岩村渣滓洞、白公馆等处。

下午两点许，到朝天门购得二十二日开往万县的轮船票。随后找一家邮局将与小英的家信寄出。

四月二十一日

上午七点半搭车往北温泉，路经沙坪坝，此处正是当年丰子恺先生流寓之地。丰先生的沙坪小屋当不复存在，又有几个人知道丰先生在此的生活故事呢。

上午10点方抵北温泉,下临温塘峡,沿江北上,则为观音峡,山光水色,云烟花树,亦有可选入画本之景致,却不曾准备作写生,只是洗了个温泉澡,算是一次很好的休息了。

温泉,水温32度,正好入浴,且都为单间,有盆塘浸泡,有淋浴冲洗,方便游人,比他处名泉又经济实惠得多。当年过广东从化温泉,因其过甚昂贵,未能一浴;而在黄山泡汤池,人满为患,简直热水锅中煮饺子,磕磕碰碰,几令人窒息。而此北温泉一浴,一洗途劳,身心通泰,欣然记之。

四月二十二日

早7点,下朝天门码头,登"东方红五十一号"客轮离渝,细雨迷离,山城空濛,却给人以古诗中离情别绪的感觉。

中午12点,船抵涪陵,码头上兜售榨菜者多多,有挑担上船者,挨挨挤挤,一派热闹景象。唯不知享有盛名的"白鹤梁"究竟在何处?询诸同船乘客,竟连"白鹤梁"的名字都没听说过,异口同声地回答是三个字:"不晓得。"

后来问到了轮船上的一位职员,他给解释说:"白鹤梁"是长江的水文标识,只有在枯水期的特定时日,它上面的题刻款识及石鱼纹样才会露出水面,平时都在水面之下,所以人们是不会看到它的庐山真面,这是古人给涪陵这个地方留下的一宗历史遗产,也是人类的智慧结晶。我听到这一通叙述时,船早已驶过涪陵,唯独还有一股榨菜的气息,是几位刚上船的农民模样的人就着榨菜吃东西。

  下午4点30分,经忠县,船泊半小时,供旅客上下。6点许过丰都石宝寨,斜阳落照中,引颈眺望那"鬼城"的名胜,拍得照片数帧,以记所见之景物。5点抵万县,山城灯火万点,真闹市也。我随人下得船来,步上高高的磴道,就近入住码头"江城旅馆"303号后,便于街头草草就晚餐。又购得24日往武汉船票,只有三等舱,每位27元1角。街头灯光中行人熙攘,往来不绝,叫卖声此起彼伏,有卖藤椅者、卖凉席者,有卖小石磨者,有以粮票易物者,我看到一只竹篮,编得十分精美,有盖,是一件不错的工艺品,只是那货主不要钱,要换粮票,我计划着回家的时间,似有剩余的粮票,便换下了这只大大的竹篮,提在身边,穿梭在行人中,其形象或许有点可笑。

  回到旅馆,一片嘈杂之声,似乎这万县是一个不夜的江城,我在床头翻来覆去,终是不能入睡。

四月二十三日

  早餐后,至天仙桥,亦即"石琴"下写生,得"响雪"画稿二幅,当年李可染先生于此处也曾作画,曾见其发表的画作,印象颇为深刻。

  在万县,心中最放不下的是黄庭坚所书的"西山壁",询诸当地人,皆不知其所在,我便贸然往西山公园来,遍觅不得，心想是否在十年"文革"浩劫中被"小将"铲去，也未可知。兴冲冲而来，怏怏而去。

漫无目的地在四处遛达，偶过一区，虽感荒败，却现清幽，石壁之下，老树撑空，盘根错节于垒石苍苔间，得似虬走蛇奔，清泉下注，小桥横出，树荫下有瓦屋数间，虽有点东倒西歪，却还能挡风避雨，小院无人，篱笆四起，近前探访，忽有白鹅四五只，嘎嘎而叫，曲颈挺起，欲与来人相搏耳。

下午，过万安桥，徜徉于万县市场，人声嘈杂，百货杂陈，吆喝者、讨价还价者，伛偻提携，一派众生相。聊作浏览，我无物可购，便回住处休息，奈何居码头旅馆，无片刻清静，聒噪充耳，以致头痛不已，吃"镇痛片"一枚，也无济于事了。

所购"东方红四十四号"客轮傍晚将抵万县码头，届时，便可下船休息。尽管是三等舱，终该会比码头旅馆清静些吧。

四月二十四日

昨晚四十四号客轮晚到一小时，到晚上10时方下船休息。午夜1点30分便起航东下。早晨6点，便听到船到奉节的广播声，我便匆匆起床，略作洗漱，跑到甲板上四处张望，深恐错过那白帝城的胜境，原拟在此下船留宿而游览，奈何一人独行不免寂寞耳，只好在船上领略李杜笔下的诗境了。打量风景默诵诗篇，飞渡夔门，过巫山，入巫峡，搜读巫山十二峰，峰峦起伏，云烟幻化，神女峰一见即逝，给人留下了无限的遐想。过巴东,到秭归,船入西陵峡,水自开阔,远离险绝,船行之速疾,真给人以朝发白帝,暮至江陵的感觉呢。

　　下午 6 点许,客轮至葛洲坝,水位高 62 米,船入二道闸门,关上游水闸,开下闸门,水落 18 米,船驶出闸,下行未几,即抵宜昌,天色渐晚,暮色笼罩,回望葛洲大坝,灯火灿烂,雄峙两山间,颇为壮观,晚风袭来,回舱休息。一整天除就餐时间,几乎在甲板上度过,得俚句数首,以记胜耳。

一

　　进瞿塘,仰见山嶙峋。
　　惊涛拍岸疑无路,飞舟逐浪亦销魂。
　　屏息过夔门。

二

　　行云上,忽见神女峰。
　　修帔半落丹霞外,斜鬟欲坠碧落中。
　　绰约弄瑶筝。

三

　　下西陵,连峰展画图。
　　宝剑一柄镇河岳,兵书万卷任卷舒。
　　春深闻鹧鸪。

四

过香溪,心飞昭君村。

珍珠落水山溪翠,眼泪化鱼桃花红。

千载仰芳尘。

五

山川壮,刮目看葛洲。

蜀锦巴缎横大坝,火树银花映中流。

基业更千秋。

四月二十五日

一夜一天在东方红四十四号客轮上度过,下午4点许,船抵武汉,6点许方入住"万松旅社"1号。与汉川杨某同室,老杨颇健谈,也甚热情,缓解此行暂时之寂寞。

四月二十六日

早点后,往民航购票处,购得29日飞往北京的机票,与王绍尊老师、小英各寄信一封,以报行踪。

上午先游武昌东湖。下午再往汉阳游琴台和归元寺。前两处为旧地重游,匆匆一过,而归元寺武汉一大丛林,游人多,香火旺,先入诸殿礼佛,观五百罗汉。又见有书画展览馆,遂往参观，展品除湖北本省外，尚有从北京等地所征集之佳作。内中有时任湖北省美协副主席周韶华的作品，气魄宏大，格调清新，对之，眼前为之一亮，读后颇受启示，此公日后当享大名。古琴台内也有书画展销活动，似无出色作品。下午6点返回旅社。

四月二十七日

早餐后外出，往展览馆观摩武汉市水彩画会作品展览，其中两幅作品，技法纯熟，设色典雅，水墨淋漓，且能融国画技法，并在画面上题诗钤印，为所读水彩画之仅见者。而大多作品，则以西法为之，能用各流派手段表现对象，各得其妙，耐人品读。

在中山公园，看了《神农架'野人'科学考察汇报展览》，布置粗略，资料不足，更乏实物，多道听途说之见闻，难符"科学"之词也，姑妄展之，姑妄观之。

下午，在旅社读书，以遣时也。

四月二十八日

上午，外出寻几家新华书店，都值月终盘点，未能购书一册，徒费腿脚之劳也。无奈步入一家电影院，看了一场《杜十娘》，也颇让人落泪。

晚听广播，知一架民航客机被歹徒劫持，飞往台湾，心为之一动,此行怎么要乘飞机往京呢?又一想,每日有多少架飞机出航,又有多少架被劫持呢,心不再忐忑了。

四月二十九日

起早,往机场,7点10分搭伊尔14飞离武汉。飞机小甚,亦甚简陋,噪声满耳,颇不舒适,9点许至郑州,降落加油,休息40分钟,又起飞北去,中午12点飞抵北京机场,乘车转往天坛南门王绍尊老师家,与老师久未见面,今日相逢,叙谈无间,似有说不完的话。晚上老师与我到天桥工人俱乐部观看了北京京剧三团演出的《挑滑车》和《逍遥津》。

四月三十日

上午,与绍尊老师同往西单西斜街古直胡同一号,拜访了八十岁的著名画家王雪涛先生。

走进庭院,花木扶疏,清静幽雅,深广的屋檐下挂一鸟笼,一只八哥在笼中鸣叫着,飞动着,似乎报道着客人的造访。进入先生的居室,是一个很宽绰的屋子,卧室兼画室,南面是一排明净的大窗户,窗格上糊着白麻纸,玻璃上挂了清素的窗帘。北墙下靠东也有一个小窗户,窗下东面摆放着一张大桌子,作为先生的大画案,上面陈列着笔砚等文房用品。北墙下是一张大床,床头边的高墙上挂着一幅王梦白的立幅,画着两只相依偎的猴子,甚是生动,是王雪涛先生新婚时老师送给他的礼物，上面有王梦白的题记。其时也，王先生正在作画，是一幅四尺三裁的小幅，刚落笔，见客到，便停下了笔，略一起身离座，绍尊老师赶紧趋前问候说："老师好！师母好！"并把我介绍给二老，说："这位便是以前托我向老师约稿的山西忻州的朋友陈巨锁。"

王老说："你们的《春潮》杂志，办得好，封面印得也好，比北京印得还好！"

我说："老师过奖了，不敢当，我们会继续努力的，还请王老多多支持。"

说话间，王老夫人从北墙下靠窗户的橱柜中，取出一幅四尺三裁的作品说："这是先生为你们准备的画作，画了石榴和葡萄。"

我接了作品，并问说："谢谢！老师的作品如何报酬？"

王老夫人说："绍尊不是外人，他来帮助征稿，这是二尺七寸作品，只收三百元。如果不要画，用稿后请退画回来也可以。"

我回答说："谢谢关照。不过我只是一个美术编辑，回去告诉领导，如果留画，钱如数奉到；如果只用大作制用封面画，将奉上薄酬四十元和样书，大作将完璧归赵。"王老夫人点头应允着。此后，王老又谈起王梦白和陈师曾两位前辈画家的故事。看看表，已是上午11时，我们向二老告别。

离开了王雪涛先生的"瓦壶斋"，来到了傅天仇先生的门上,不曾预约,正值先生外出,大门外挂了锁子,便返回天坛南门老师家。

下午到中国美术馆看了韩默藏画展。

晚傅天仇先生到王老师家来,共进晚餐。王老师与傅天仇先生是多年的朋友,时相过从,上午走访,不曾见的,晚上他便来了,真是心有灵犀。

傅先生,著名雕塑家,广东南海人,中央美术学院教授,雕塑系主任,对古代雕塑和佛经都有很深的研究。先生颇健谈,谈起全国的古代雕塑,如数家珍,说五台山二唐寺佛坛上的造像气魄宏大,流露出唐人的审美追求,是丰满、大气派,五郎庙的五郎像亦很传神,晋祠圣母殿的宫娥像大家都有高的评价,但它与平遥双林寺罗汉等造像相比较,还是有差距。峨眉山万年寺的普贤坐像都是精美的中国古代艺术遗产,大足石刻的艺术成就也是极高的。听着傅先生讲解,眼前似乎展现出一条古代雕塑的艺术长廊,也令我生发出缕缕的回忆和向往。先生还希望我日后到九华山和普陀山看看,画山水就得外师造化。傅先生谈兴尚浓,只是时间有点晚了,便匆匆出门去赶搭公交车。

五月一日

上午,偕王绍尊老师同往故宫博物院绘画馆,参观历代名碑法帖精品陈列,令我眼界大开,终生难忘,此诚一生难遇之机缘,一次能看到六十余件传世之作,岂能不记其名目的。

1.泰山刻石。

2.鲁孝王刻石。

3.嵩山开母庙石阙铭。

4.乙瑛碑。

5.礼器碑。

6.华山庙碑。

7.琅玡台刻石。

8.张迁碑。

9.曹全碑。

10.天发神谶碑。

11.瘗鹤铭。

12.平复帖。

13.冯承素摹兰亭序。

14.虞世南摹兰亭序。

15.褚遂良摹兰亭序。

16.定武本兰亭序。

17.孔宙碑。

18.中秋帖。

19.伯远帖。

20.嵩高灵庙碑。

21.张猛龙碑。

22.龙藏寺碑。

23.欧书张翰帖。

24.醴泉铭。

25.国铨、善见律(唐人写经)。

26.吴谷郎碑。

27.爨宝子碑。

28.虞世南孔庙碑。

29.李邕李思训碑。

30.颜真卿千佛寺多宝塔。

31.孙过庭书谱。

32.杜牧张好好诗。

33.柳公权(传)蒙诏帖。

34.宋拓玄秘塔。

35.魏高贞碑。

36.近拓三体石经。

37.道因碑。

38.杨凝式神仙起居法。

39.李建中同年帖。

40.蔡襄自书诗。

41.黄庭坚送四十九侄诗。

42.苏轼新岁展庆帖。

43.苏轼人来得书帖。

44.唐卫景武公碑。

45.唐徐峤之姚懿碑。

46.米芾苕溪诗。

47.薛彭绍大年帖。

48.朱熹行书季夏帖。

49.陆游候问帖。

50.辛弃疾去国帖。

51.张即之佛遗教经。

52.倪瓒谈室诗。

53.赵孟頫帝师胆巴碑。

54.鲜于枢杜诗魏将军歌。

55.王蒙爱厚帖。

56.周伯琦书通犀饮卮诗帖。

57.虞集白云法师帖。

58.俞和金粟寺诗帖。

59.杨维桢鬻字窝铭。

60.邓文原急就章。

61.康里巎巎述张旭笔法论。

62.康里巎巎书十七帖。

六十余件精品,仅一上午时间,多匆匆一观,还得抄题目,对其心仪之作品,又以钢笔摹写一过,以故对有些碑帖的印象未能深刻,深以为憾也。

下午，购得火车票。

晚10点20分搭287次列车离京返晋。

五月二日

早八时返回忻州，前后将近一个月时间，得以蜀中游览，拜访了书画名家，观赏了中国历代书法名碑拓本和韩默所藏世界名画等，此行真可谓大有收获也。花去川资三百四十元，回到家里，仅剩四元了，几乎是钱尽粮绝矣。所幸到京数日食宿于王老师家，否则，连回忻路费也不够了。

柬埔寨纪游

（2013年2月16日—20日）

二月十六日

上午11点40分旅友童小明驾车，与我和内人石效英一行三人离忻州而并州。1点到太原武宿机场，与赴柬埔寨山西商务旅行社领队宋女士与联系人郝女士相见。下午3点许登"洞里萨航空公司"飞机离并。晚8点许，抵达柬埔寨暹粒市吴哥机场。时差1小时，值当地时间为7点，径自某餐馆就晚餐，餐毕入住曼菲斯酒店403号，房间尚感整洁宽绰，只是吴哥热甚，脱去外套，尚不堪其高温，赶紧调整空调，降低室内温度，然后冲澡休息，未几，便入南亚梦乡。

二月十七日

上午出暹粒市，乘车东北而行，首先游览了斑蒂丝蕾古刹，俗称"女皇宫"。不过这里不曾住过女皇，且与女性也无

2013年2月,陈巨锁与内人石效英在吴哥窟留影

关,导游说,是一处专供高僧静修的寺院。古刹周边,林木耸翠,就中以油桐树最为高大,又有空心树、剥皮树等,亦甚奇特,为之初见。通过浓阴斑驳的小道,"女皇宫"顿现眼前,规模不大,庭院静谧,长廊幽深,皆以红砂石叠砌而成,而其门墙石柱、花窗栏杆上的雕刻,极尽精细繁密,耐人品读,神魔生动,鸟兽传情,亦复令人叹为观止。

　　于一矮石门前,不禁为那门楣上精致的石雕艺术所吸附,仔细听着导游的讲解,顺着导游的指向,凝视那浮动于红砂上所呈现的故事,坐在五重山的是抱着妻子的湿婆神,化出无数个头颅和手臂的恶魔是拉伐那,乳海浪起,狮猴惊恐,鸟雀乱飞,这一切在阳光朗照中,光彩闪烁,幻化迷离,仿佛那些冰冷的石头中也注入了生命,一时间竟搅得游人精神恍惚,不知所措。

　　端坐在三头大象身上的因陀罗神,手持金刚杵,神闲气定,庄严肃穆。而半蹲半跪的石狮子,以拟人的手法,怒目圆睁,威武雄猛,守护着"宫"门的安全,让你不敢步入黑洞洞的深宫。到处繁复而精工的雕刻,令我应接不暇,忽闻刹外有鼓乐之声,循声而去,皆早早遭地雷致残的民众,有七八人,坐于树阴之下,为游人演奏曲目,围观者送上小费1000元到2000元柬币。你也许认为这个数目够大了,其实人民币100元可兑换柬币50000元。这些残疾人以此维持生计,他们的生活想来是很清苦的。我没有留心他们演奏的曲目,看了他们少腿断臂或双眼失明的状况,已感到无限的酸楚,待人们送上些许的小费时,他们还致以感谢和微笑,这瞬间,心情无以名状,几乎让我掉下感伤的眼泪来。

返回住地,午餐后休息(中午室外温度过高,竟达摄氏40度,不得外出),睡至下午3点半,方往游吴哥窟,即俗称之"小吴哥",或"吴哥寺"。"小吴哥"坐东面西,背倚暹粒河,步入其中,通过空阔的广场,四座小塔拱护着高耸的中央巨塔破目而来,这形象便是我们十分熟悉的柬埔寨国旗上的图案了。它倒映在广场的水池中,影影绰绰,幻化出印象派笔下精美的图画来,出神入化,光彩奇迷,那五塔的影像竟成了风中飘动的彩旗。

入神庙,但见长廊无尽,曲折回环,而其中南北两廊上的浮雕神话故事和人间历史,导游说是依据印度史诗《摩诃婆罗多》和《罗摩衍那》而创作的。我自浅陋和疏懒,这两本名著还不曾读过,否则,面对长廊中的浮雕图画也不会茫茫然一无所知。然而这里的故事是以图画的形象来解说,即如文盲看"小人书",抛却文字,也能略知画中故事梗概,况且这里还有导游的解说。奈何随导游行进的游人拥挤嘈杂,所作讲解,不得入耳,遂捡人少处,独自观摩,那墙壁上手执兵器,整肃前进的队伍,一个个鲜活起来;那惨烈的战争场面,相互厮杀,有的战死,有的弃械投降,就连那参战的大象左右奔突,都让人读得心生惊恐,犹如身历其境。更令人惊绝这些惊心动魄的战争场面,却又像舞蹈和戏剧表演,人物安排,疏密有致,主次分明,动作或刚猛或柔美,抬手动足,无不生动得体,富有陈式和韵律,超凡脱俗,又不离生活,质朴自然。

在北边石壁长廊上的雕刻,则是我们已经在"斑蒂丝蕾"所看到的,便是《罗摩衍那》的故事,即罗摩和拉伐那互斗的故事,神魔大战,搅动乳海,鱼、鳄、蛇等游弋不定,而毗湿奴神稳坐高处,下视其那阿修罗和善神拉扯巨蛇而成翻江倒海的激荡,是战争又像游戏,给人以"拔河"运动的感觉。

雕凿在石柱上的女神,姿态娴雅,韵致高洁,拈香花,提裙裾,迎朝晖,送夕阳,静观游人来去。丰满的胸腹,细润的皮肤,似乎在一呼一吸之间,眉目传情而不失尊贵,还有些许的矜持,可亲近而不可亵渎。古代艺匠其技艺的精湛,实在是让人叹服的,在这800米的浮雕长廊中徜徉,会沉静在这世界顶级浮雕艺术的海洋里,更加崇敬那些不知倦息,日夜雕凿的古代艺匠们,耳边竟响起了叮叮当当斧凿之声,汇成了一曲令人赞颂传之千古乐曲。

步出长廊,看到高耸的巨塔神庙,有人从背面排队登上神殿,不独台阶陡峭,排队人多,且我们自感力不从心,则寻一僻静休息,恰有四小僧人在此学习中文,与之聊天,能作简单的汉语交流。其中一位年龄稍大者,我问他多大了,他说23岁,他也反问我的年龄。他们说学了中文,长大了,希望到中国看看。我给他们照相,都显得有点腼腆,脸上堆着微笑,却不自然地低下了头,临别给他们一点小费,他们很高兴,都说了一声"谢谢!"是很标准的中文呢,给人以很亲切的感觉,也让我记住了他们那穿着橘红色僧衣的身影和少年特有的真诚的微笑。

别四位小僧人,再从不同角度仰视那65米高的神庙,看看各处雕刻在石头上的艺术,时值落照时分,拍了几幅夕阳映照在黑色石头上光芒四射的建筑物,权且命名为"金色吴哥窟"。

返回市区,已是夜色时十分了,此处电价高昂,每度电合人民币5元,而我国每度电仅5角,所以当地老百姓用不起电,路边商家的摊点,都点着蜡烛,星星点点,人来人往,黑影晃动;只有一处主干道和几家大酒店中亮着电灯光,这便是暹粒市给我留下的又一深刻印象,一个"穷"字了得。

二月十八日

上午,坐大巴车由市区北去大吴哥,路程不远,穿过护城河,有宽广之桥梁,两侧分雕有54尊佛陀(左侧)和54尊阿修罗(右侧),面目威猛,状若将军,手拔七头巨蛇,望之令人心生畏惧,车瞬息穿过长桥,其印象却是很深的。

甫下车,便有很多小孩护拢上来,要钱,要糖果,要食物,男女孩童,上身赤裸,黑瘦矮小的身骨,渴望求乞的大眼睛,看着也让人心酸。慈悲之心,人皆有之,奈何僧多粥少,些许的布施，怕也无济于事。

别去孩子们，匆匆到吴哥城之东门，看到的是慈悲喜舍的石雕四面佛，黝黑而巨大的石材，雕刻而叠砌为塔门，对之宏伟的建筑和庄严的造像，心生敬畏。步步深入，步步登高，身在塔林之中，犹入迷宫之内，不辨东西。忽见游人在一尊造像前，争相留影，正是闻名遐迩"高棉的微笑"，效英和我也不能免俗，遂让小明也为我们拍得照片一帧。这便是大吴哥城"巴戎庙"（或称"巴扬寺"）的中心所在了。中心塔和周边拱围的佛塔，加上城门上的五座佛塔，林林总总，组成了54座高耸塔林，每座塔上都雕有四面佛，216张硕大的面孔，或微笑，或平和，或庄严，注视着每一位匆匆来去的游客，或称之为过客，有中国的，欧美的，日本的，韩国的，用不了百年，这些游客都已灰飞烟灭，而这些800年前就微笑着的石头像，仍然继续微笑着，"包容爱恨，超越生死"（蒋勋语）。面对微笑，感发幽思，也会给人以震撼和启示。

出巴戎寺，西去巴芳寺，场地空阔，唯古建残存，满目荒凉，于北门外，小坐树荫下休息。坐旁巨石堆弃，不计其数，或云为"巴芳寺"复建工程，半途而废，以致石材为垃圾。忽见有骑大象游览而过者，方把眼睛转移到那稳坐像背招摇过市者。

小坐有顷，徒步登"象台"，漫步空阔的高台之上，建筑已无孑遗，新置一尊"疯王"石雕像，身披红袍，其雕刻技艺自不能与古人同日而语了。倒是那"象台"侧的三头石雕大象,甚为引人注目,大象仅见其面相,头顶宝冠,长鼻如柱,下卷莲花,长牙外逸,似乎刚从台下洞中走出,而前腿还不曾迈出,于此正见其古人匠心的独运。

离"象台"出"胜利门",回到队伍集中点"大菩提树"下,旁有小摊点,待车之际,小坐水果摊前乘凉,品尝蛇皮果、牛奶果,喝椰子汁,颇感惬意。远处有"十二生肖塔",无暇造访,远望中去,也见气格不凡,楚楚有致。是处,小明为我购得《吴哥窟》中文版一册,正翻阅间,大巴车已到菩提树下,便起身登上往游"塔普伦寺"的大巴车。

塔普伦寺在城东,路旁有"油树",树身下部有洞,可接引油脂为燃料,便是供当地人点灯用的"树油"。有红花梨树一株,仅存半截,不知什么时候为人偷偷砍去,有紫檀古木,尚高大魁伟屹立路旁,供人摩挲。当眼睛为古寺吸引时,那宫墙、城门等建筑物被大树根系盘踞,殿宇庭台为古木所破坏,而又相互依存,有的树干穿房而出,有的树枝从窗而生,宫树交织,木石相映,便成为"塔普伦寺"的最大特色。这里正是19世纪法国人最初发现吴哥时为之惊愕不置,难以描摹惊世骇俗的世界奇迹。我穿行于古木之下,宫殿之内,时见残垣断壁,偶入幽宫古窟,但见蔓藤缠绕,板根隆起,稍有不慎,便会摔上一跤,甬道深邃,光阴散乱,更见宫墙断处,悬石欲坠,心怦怦然,择路而出,久之神回。

小坐休息，背靠廊墙，无意中拍打自己胸脯，以为解乏，竟然回音响亮，这算是塔普伦寺"拍心塔"的一绝呢。而随处可见的雕刻，不论是人物，鸟兽与鱼虫，还是门楣图案，基石花纹，无不生动传神，精工富丽，我摩挲不已，拍照多多。一座破败的寺院，竟是由人工的建造而后由自然的雕琢，成为当今的一件无与伦比的艺术品，它给人以残缺美，却不是人力所能完成的，尽管它是一种破坏，而且这种破坏日复一日的继续中，因而这"塔普伦寺"也在日复一日的变化着，树在日日生长，根系与枝干日日在加粗加多，建筑日日在挤压变形，这石与木组合为一体的寺院，一天天会老去，几百年后，这塔普伦寺会变一堆顽石堆砌的废墟；古木不死，将会又以新的姿态迎接远来的过客。

在遐想中离开塔普伦寺，东去未几，便至"变身塔"，据说是为国王死后而建的火化场，"肉身"转化而为"变身"。在50平方米的坛基上，有陡峭高耸的台阶直通建有五塔的平台上。此地树少，且时近中午，颇感热甚，加之人们的"忌讳"，游客便很少光顾，我独自爬了一些台阶，已感气喘吁吁，只好半途而废。远望那"变身塔"，有几许苍凉，塔台上，竟没有一个游人，待我走到山门前的空地上，才见到一个摆摊专门售卖图画者，围着几位碧眼黄发的少女，选购她们所喜欢的画幅。

此行游览的寺庙不少，不过只是走马观花的浏览，有的景点，只有15分钟的参观时间。我们来到"罗蕾寺"，是一字排列的红色叠涩砖塔,饱经风霜,破败欲塌,俨然是几位颤巍巍的老人了。据说它原来是建在小岛中央高地上的寺庙,供着天上的四位大神。而今高地周边,无一星点水渍,尘土飞扬,杂草丛生,古塔的砖缝中不独长满了杂草,还有小树的枝条四逸着,给人以风烛残年的感觉呢。四塔之旁,有新建的佛教徒活动场所,游人多脱鞋入内礼佛,我则独自走上塔后高脚屋的木梯,室内只有一个身着红色僧衣的小沙弥伏案读书。闻有人声,他抬起头来看了我一眼,又低头用功,稚气的小脸,有点黑瘦,看上去不过十来岁。我不再打搅他,便悄悄地步下木梯。高脚屋下,有书声琅琅,矮矮的木柱支撑着高脚屋顶,我只能弓着身子步入其中,见一排排简陋的长几中坐着十数个小沙弥,跟着一位20来岁的年轻僧人老师,齐声诵读黑板上的单词,老师读一声,学生读一声,声音在楼层下回响,此起彼伏,不知懈怠。在塔侧见一老僧形销骨立,衰弱无助,十分可怜,送上一点布施,老僧那呆滞的目光,无些许的表情,只稍作弓身,以示感谢。寺之出口处设募捐箱,以筹建小学所需之资金。此地游人聊聊,多久才能筹得这笔款项?

　　前行不远,便是被黄土飞扬和杂草丛生包围的"普列科寺",俗称"圣牛庙"。它和前面刚游览过的"罗蕾寺",还有"巴孔寺"三座庙宇都位于暹粒寺的东南。这"普列科寺",有前后两排共6座以砖石为材料的建筑物,有1000多年的历史了,是因陀罗跋摩一世供奉其先祖神灵而建造的,红色砖塔,建筑物上的雕刻多有剥落和残破,而不失其庄重和素朴,在中午阳光的直射下,砖塔周边恍惚笼罩着一层光晕,每座塔门前蹲着两只威猛的雄狮,自然是高塔中神祖的守护神。前三塔台阶下有石雕的三座黄牛像,造型简朴而不失生动,它是湿婆神的坐骑,面向塔门,呵护着真腊王国的宗庙。然而有几位游人,竟争相跨上牛背,拍照留影,如此世界文化遗产,却无人管理,任其践踏,任其摧残,"神牛"之不幸,国家之不幸,不禁令人叹息。

时已过午,匆匆返回住地,午餐,休息。

下午往游"巴肯山"。"巴肯寺"在巴肯山顶,依山而建,层层升高,是耶轮跋摩一世国王开始兴建的塔林式的建筑,延续了罗洛斯遗址巴孔寺的风格,也开启了后来吴哥窟的建造艺术。漫长的坡道,高耸的台阶,蹲坐的石狮,围绕中央须弥山塔的108座石塔和砖塔,让人应接不暇,走走歇歇,摩挲一下台阶旁精美的石狮子,它虽然昂首挺胸,气象宏大,却不吓人,让人亲近,不动声色。不知不觉中,我竟然登上了坛台的最高层,坐在一尊石狮旁的台阶上,远眺夕照中的吴哥城和"女皇宫",苍苍茫茫,若隐若现,唯高塔那浑圆的轮廓线依稀可见,而巴肯山脚下的细路、村舍和丛树则尽入眼帘。巴肯寺在落照余晖中,光束穿过塔群交织成五彩迷离的图画,晚风渐起,塔群间回荡着深沉的音响,似乎有谁在叙述那真腊王国的兴衰。敢是700多年前元朝特使周达观,在冥冥之中朗诵他那《真腊风土记》? 一时间,他笔下的人物和风景,竟一幕幕呈现在我的脑海。

在返回住地的大巴车上,我又想起了此行在巴肯寺与摄影家白炜明先生的邂逅,我们同居忻州几十年,却不常见面,而今却在中南半岛上不期而遇,他是偕全家由北京而来的。他为我和效英拍摄了几幅以山寺高塔为背景的照片,自甚感激,也是缘分,特为补记一笔。

二月十九日

上午往游"崩密列"的寺院,这是一处建于12—13世纪,为杰耶跋摩七世王朝的遗物,一派原始状态,未作稍小的修整,墙体崩塌,古木盘绕,建筑构件随处垒叠,有的古树是从屋顶和墙体的夹缝中生出,须根下垂,入地生长,或将石室挤破,或将墙壁包裹,把一座座本为一体建筑物,切割而连缀,长廊甬道已复不能通畅往来,不少年轻人爬上窗户,沿屋脊而游弋。我则为那残破门楣和方整基座上细密精美的浮雕图案所吸引,不禁小心摩挲;有时也坐在藤蔓生成的天然"秋千"上稍作休息,旅友童小明则会按动相机快门,立此存照。在这破败荒落的"崩密列",随处有尾随游客的孩子们,赤身裸体,一丝不挂,黑瘦矮小的身躯,顶着一颗大脑袋,两只让人怜悯的大眼睛,向游人索要钱物和糖果。曾经辉煌的真腊王朝,而今的子民何以竟落得如此境况?殖民、内战、洪水、瘟疫、地雷等一切的天灾人祸，能否在"高棉的微笑"中彻底改变？

午餐后到木器厂参观，我购得木雕观音像一尊，檀香木笔筒一个，效英购得葫芦两个，以作此行之留念。

下午游洞里萨湖。坐大巴车离暹粒市区南去，沿一条长长而且很不平坦的土路奔驰，车后尘土飞扬，好在路上车辆不多，偶有会车处，车窗外的景色会变得混沌模糊。

路之东侧，土地的高堰上有疏疏落落的"高脚屋"，似乎是由几个木柱架在半空的极其简易的小茅屋——四角竖起高高的不曾加工的原木，离地丈余高，架以木板，上搭小屋，树枝编织为墙，茅草覆盖为顶，便是一间摇摇晃晃的居室了，无门无窗，只留一个通道，架以木梯，居人上下，出入房间，行走旷野。见到这些茅屋，使我突然想起我的老家中国晋北，在我童年时，于乡下时常见到的"瓜棚"和"庵窝"（"窝"音"瓮"），不过那"看瓜人"和"牧羊人"的临时住处是搭挂在地面，而暹粒这农民的居所是搭建在半空，我便为它起了这个"高脚屋"的名号。据说这种居室，可稍免蛇虫的光顾和洞里萨湖洪水的泛滥。洞里萨湖随雨季和旱季的更替，湖面会扩大和缩小，雨季到来，湖水漫泛，想必这"高脚屋"边的低洼地就会变成了水乡泽国。

临近湖畔，车道被阻，我们一行游人，跟着导游，走下坑坑坎坎的慢坡，前面就看到了黄漫漫的洞里萨湖，通过简易的码头,登上了可以落座观光的游船,船室通透,顶可遮阳,泛舟水上,放眼四望,岸边渔民船室连成一片,老人小孩,生活其中,提水者,洗菜者,晾鱼者,老人在补网,小孩在戏耍,各司其职,各尽其状,亦复怡然而乐其所居,正浮家泛宅的水上生活。

驶行港湾,湖面壮阔,浩浩漫漫,横无际涯。偶有机动船驶过,突突突的声响,回旋湖面,半船的货物,赤臂的船家,伴着烟筒中冒出的一圈一圈黑烟,在船尾的湖面上留下一列长长翻卷的浪花。

在茫荡无边的湖面上,忽然涌起几幢高大的船屋,有点海市蜃楼的感觉呢。游船向那建筑物靠近,行进减速时,首先是一个八九岁样子的男孩,赤身裸体,坐在一只木盆里,用双臂尽力划动湖水,向游船追来,在浪花中腾挪,突然间,木盆掀翻,孩子落水,游人见状,呼叫不已。说时迟,那时快,那孩子猛游一跃,将木盆扶正,自己又落座盆中,紧追游船,手扶船栏,向人乞讨,人们纷纷送上零钱、糖果,那孩童随之离去。其时也,游船另侧,又出现两只小船,每只小船上坐一20多岁年轻女子,一样黑瘦,裹着头巾,船上还有两三个或坐或卧的孩子,都瞪着圆圆的大眼睛,在激流中向游船靠近,游人同样发出怜悯之心,撒下一些钱物,有的钱币落在水中,漂浮在水面上,那女子也会用力地划动小船,奋劲捕捞,这一幕惊心动魄的场面,为简单生存而作殊死的拼搏,让人不寒而栗,心情久久不能平静。

　　游船靠上那高大的船屋,登船屋游览,有百货商店,有鳄鱼养殖场,有小学,有供佛可做佛事的场所,徜徉其间,竟不知身在浩瀚的湖面之上。

　　在返程中,不知什么地方,游船上跳上一个十一二岁的男孩,头戴斗笠,面带微笑,主动给疲累的游人捶背按腰,动作还十分到位,为的是赚一点小费。他笑着走到我和效英的面前,要为我们服务,我们婉拒了,不过,照例给他送上两人的费用,他竟用中文说了一声"谢谢!"我们也报之以微笑。他在游船上赚到不少钱,看到再没有人要他服务时,便捡出空座位,仰面躺下来,把斗笠盖在脸上,鼾然睡去,孩子是应该好好歇歇的。

　　看看窗外,已是傍晚时分,红霞满天,落照倒映在湖面上,金光灿烂,我拍了一张逆光中的《洞里萨湖夕照》,自己感觉是一件不错的艺术照片呢,也属意外的收获呢。

　　晚上返回暹粒市,就晚餐。餐毕,顾不上休息,便径往剧场,观看了《吴哥的微笑》。因其一天的奔波,感很疲累,《吴哥的微笑》虽精彩动人,却无精力形诸文字了,便匆匆洗漱而睡去。

二月二十日

　　早4点起床,收拾行李,5点半就早餐,6点离曼菲斯酒店,往暹粒机场,原定8点半起飞的航班,因飞机故障,需要检修,旅客坐候机室,怨声载道,竟有些噪动,到晚上7点了,还没有一点起飞的讯息。一天吃了两顿饭,中午是柬式河粉,生肉难以下咽,买点可口的食品吧,寻之不得,打开行李,取出在旅游大巴上导游推荐的东西,只有草编小花篓中的"甘蔗片"可供咀嚼,那小篓中的黑白"胡椒"是不能当零食品尝的。困睡中,竟听到了打闹声,是一位性暴的青年人打了领队,旅客的情绪多有不安,等待的时间太长了。好在晚上9点许,总算调来一架飞机,大家在埋怨声中登上了飞机,情绪随之安定,不久大家皆因困顿而入睡了。午夜2点,飞机抵达太原武宿机场,待领取到所托运的行李后,复由小明驾车,于黎明4点钟的时候,返回忻州,结束了仅来去五天的吴哥之行。

海南日记(之一)

2014年2月6日—3月21日

二月六日

晨起,有小雪。值农历正月初七,为人日。明日将往海南五指山市新居过冬,恐雪后道路结冰打滑,遂于下午4点,由董、曹(驾车)二君送我与效英往太原,住机场附近之美轩商务酒店。7点晚餐,餐后休息,看电视,室内灯光暗甚,无法读书。

二月七日

晨起,又见夜雪通宵,地面白茫茫的一片,所幸昨日提前来到机场。电话中得知,忻州时下尚在降雪,高速路一早皆已封闭。

上午9点半到机场一号候机楼,有机场工作人员小李(静乐人)接待,机票已换好,代为托运了行李,且送上飞机,

2014年,陈巨锁与内人石效英在五指山下

其情可感。

所乘飞机为中国民航自大连经太原飞三亚之航班。上午10点30分起飞,11点半就中餐,飞行3小时15分,航程2400公里,于下午1点45分抵三亚凤凰机场。甫出舱,有服务生举牌接机,到贵宾休息室,王秋生书记等已在等候,叙话。稍作休息,遂由小牛驾车离机场,往五指山市而来。

70公里山路,且多弯道,恐效英会晕车,行车极慢,然一路风景宜人,椰林、芭蕉、槟榔树、修竹、长藤、仙人掌之属,纷至出现,绿阴之中,黎乡苗寨,偶然涌起,奇峰秀水,亦多变化。路旁,时见摊贩商家。行至半路,下车买野花蜂蜜三瓶,又椰子数枚,以吸管吮之,甚感清凉爽口,解渴提神。又见野花夹道,唯多不知其名称,就中三角梅尤为茂盛,姹紫嫣红,分外喜人。秋生书记说:从秋到冬以来,此地一直少雨,以故,有的树木因缺水而时见枯黄,否则,绿意更会浓。然所见地头之瓜棚豆架,全无干枯之象,缘于到处有溪水河流,可以浇灌,生意满眼,翠绿迎人。由是景致,效英也未感头晕,正所谓"好景无长路"。不到下午四点,便抵五指山市(原通什)避暑山庄。

新居80多平方米,在四楼。设备用品,一应俱全。深深感谢王书记为之精心安排。且于三楼一室中,置一大案,写丈二匹大幅作品,也绰绰有余,能不令人高兴。

晚于"忻州面食馆"为我等接风,王书记召集忻州师院到此度假者四十余人参加,乡音、乡情、家乡饭,虽身处天涯海角,却有回到老家的感觉,满厅欢乐,一片情殷。

乍到海南,惟感高温不适,一下飞机,地面便有27度高温迎候,赶紧减去身上的毛衣、外套。想想塞北,夜间的气温尚在零下十来度,温差之悬殊,当得慢慢适应了。夜间,开着窗户,盖一条毛巾被正感合适。后半夜,山风入户,略感凉意。

二月八日

早8点起床,观察楼之前后景物,楼前眺望,山峦起伏,树木葱茏。下瞰,有湖一泓,环植椰树、棕榈等南国花木,绿荫深处,别墅拥出,白墙红瓦,甚是醒目。楼后则木瓜树、芭蕉丛、杂花野卉,欣欣向荣,亦复可爱。晨曦中,音乐低回,晨练的人比比皆是,打太极拳者,舞太极剑者,散步者,跑步者,各成体系,尽见神采。

上午效英在瑞芳陪同下,进城购买药物。

此地水果丰盛,桌上盘中,有莲雾、杨桃、山竹、芒果等,皆极新鲜亮丽。又有小西红柿,珠圆玉润,肉嫩味甜,名为圣女果,采自陵水山谷中,为无公害食品,唯价格高出一般小西红柿数倍,缘其种植精心,产量又少,自然价有所值。

下午,午睡十足,起而以吸管吮吸新鲜椰子汁,凉爽醇厚,味淡而永,亦复南国饮料之佳品。饮毕,试"仿古檀皮宣",作字数幅,纸墨皆佳,尤其是纸,多润泽。写来笔畅而神舒,或与此地气候湿润有关。

晚饭后，看电视，观索契冬奥会开幕式。

二月九日

晨起，外出散步自湖畔，见湖中睡莲一区，翠叶飘萍，红花朵朵，花蕾含苞，蜻蜓款款，清风轻拂，绿水微皱，其境清寂，甚可人也。至西门侧，有花若牵牛，而藤蔓为木质，花繁而叶茂，不知其名目为何也？

到东门，有菜市场，有百货店，有食品店，有卖早餐者，人渐络绎，声渐热闹，早市已然如织了。

东大门外有公交车停车场，为五指山市一路车之终点站，车颇小巧，仅有十数人座，花一元钱则可进城游走，无车族进城办事，亦甚便捷。

下午到三楼，于大书案书八尺整幅字一张，书毛泽东词《沁园春·雪》，脱一字。书案略显其低，弯腰七八十度作字，颇感劳人。遂唤办事处诸青年人帮助垫高桌腿，以书写舒展适度为宜也。

避暑山庄E1号楼七层有空房四间，主人劝我购之。此房拟装成一体，宽绰明洁，且窗外景致极佳，视之若山水图画，正吾心目中欲建之"琼崖小筑"者。

二月十日

上午在三楼写字四张,皆为八尺整张大幅,以应有关领导之嘱。

中午,与效英在"忻州面食馆"就午餐,每人刀削面一小碗,外加凉拼盘一,炒豆腐一,仅饱肚而已,方便而已。

午睡足,小雨中独自打伞出西北之门,过马路,爬慢坡,以登避暑山庄二期工程之"易家楼居"。再下缓坡,北面为未开发之旷地,但见林木交错,藤蔓纠缠,杂草丰茂,略无阙处,高低起伏,一片碧绿。坡之北,则是低洼之农田,河道环绕,溪水流碧,阡陌田畴,豆架瓜棚,间有屋宇俨然,唯细雨飘洒,无一人往来,其境幽寂。坡之侧平旷处,有别墅数幢,尚未装潢,惟芭蕉、棕榈,合欢之木相互掩映。后循原路返,至二期山前南去,又列别墅数幢,背倚高崖,门植佳树,杂花点缀,巧石列陈,见有"五指山摄影基地"一牌,悬之某楼之窗前,料此中影人往来住宿,展示影品,交流技艺,而或高谈阔论,其情景当复可观。

回山庄小区,绕北区至东门而归,有小雨相伴,却见北山云雾幻化,青山隐现,颇富米家山水情趣。

又及:北区也有一家小饭店,为东北风味,日后有兴,当往品尝。

二月十一日

上午，作字数幅，差强人意。

下午，由小牛驾车，往游"缘真热带雨林"，一行五人，沿224国道南行，入保亭境未几，转折西去，经一小村，颇低矮简陋，竹木支撑，阔叶覆盖，屋下有鸡觅食往来，而不见居人，此等居室，何以遮风挡雨。正思索中，车倏忽而过。

未几，便抵"缘真雨林"入口处，眼前一片阔地，四围林木，中建一"船形室"，甚是阔大，言为海南之最，观其建筑，不惟宏大，且甚精致，内置实木家具，多为"沉船木"所制，质地坚实，色泽明亮，尚见当年船体所留钉痕孔洞。此地可就餐，可饮茶，可休憩，然其时也，除我等五人外，再无游客。高高船室下，仅几个服务生照料着，不免让人生发出几许萧瑟的感觉来。

时值下午4点，出船室，下至湖边，入雨林栈道而前行。过湖桥，再上栈道，栈道宽三尺许，两侧设粗放之护栏、栏外，绿树夹道，除丛竹、芭蕉、槟榔、椰子外，多不能认识，爬缓坡，下幽谷，见高大乔木，挺然高标，有长藤缠附其上，翠叶密缀，如帘如幔，让人驻足赏对。间之夹叶殷红，若朱砂、若胭脂，正国画之设色。有叶如篦梳密集排列而对生者，导游言为"桫椤"，乃古生植物之活化石。有白花坠落满栈道者，拾之以嗅，清香扑鼻；更有小若桂花者，红黄杂错，亦复招人注意。行进间，不意有若繁星似的小白花，点点滴滴飞落于衣襟间，亲近游人,我甚欢喜,不忍拂却,一任自然。复前行,栈道左右,修竹互搭,成一竹洞,入其洞,肌肤鉴绿,凉意逼人。出竹洞,路左之林木间,忽见一球形物高挂藤蔓上,黑簇簇的,有钵碗大小,细察之,乃一土蜂窝,值此冬季,蜂无踪迹,有人以木棍震动蜂窝,内中竟住上无数的蚂蚁。想那窝中残留的蜂窝,便成了这些入侵者的美食。

我拄一伞,权作手杖,亦助一臂之力,走走停停,观花赏木,看看风景。至开阔处,远山近湖,尽现眼底,云影丛树,倒影清风。又见湖心小岛之上,一亭翼然,亦复楚楚有致,俨然山水画中之配置。忽闻"突突"之声,有船驶过,寓动于静,清境中忽破沉寂,似乎醒志提神。

道之侧,时见小竹篓,高仅五六寸,挂之路侧树木上,作垃圾箱之功用,既实用,又美观,点缀风景,不突兀,且得体,深可人意。

沿湖绕山而行,三次在绿树包裹中解脱出来,感受湖光山色,捕捉鸟语鳞影,其乐也无穷。

四里之栈道,行到尽头,用去一小时,尽兴而归,此行也,来去匆匆,腿脚已感吃力,而气却不觉喘,方证此地负氧离子充沛之说不虚也。

返至224国道,路旁的木槿花正盛,红艳艳的,煞是喜人。在山坡上,除椰子树、槟榔树外,更多是那橡胶,是一种落叶树,有点枯黄,同行者王老师说,这原来是海南最重要的经济林，近年来因种橡胶树收益不大，橡胶林便多废弃，黎人割胶者，似不复存在，只有那老橡胶树上的割痕和少许的承接胶液的小碗，还残留在树干上，让人想象那当年割胶的景况。返回山庄居室，已是下午6点光景。

二月十二日

上午，作字三张，皆书丘濬诗《攀登五指山巅》，待日后探访五指山作点功课。作字之余，阅读有关海南史地资料，然手头读物有限，未能深究也，不无遗憾。

二月十三日

早上八点离避暑山庄，南行经毛岸、响水、新政、三道而往三亚，至南山，约两小时。一路细雨霏微，云山多变，而夹道绿树滴沥，三角梅、木槿经雨润泽，迎风带露，雨雾中，乍隐乍现，更见风姿绰约，撩人胸臆。

甫下车，南山景区游人如堵，车无泊位，熙熙攘攘，一片嘈杂，虽身在细雨中，而心甚烦躁。过"不二"坊，见额字为顾廷龙先生九十四岁时手笔，遂驻足观赏。是年，顾老也曾应我之请，赐字一纸，赐函一通，今见其字，顿生幽思。雨中南去，见白衣观音，飘飘然渡海而来，游人皆匆匆拈香膜拜，细雨沾身，岂非杨枝甘露。登台瞻仰，观音高可三十余丈，立于金刚宝座莲台瓣中，面目庄严而慈悲，左手执箧，右手半举作指印状。圣像作一体化三尊之造型,作三面观,为普渡相。座下波光浩渺,海天无涯。

下高台,穿长廊,度二百八十米普渡桥,至圣像下,金刚座中为"圆通宝殿",光华四射中不失庄严法相。游人信众可由大殿沿楼梯直登莲台,奈何时间所限,遂不复登高礼拜,循原路而返,效英不免回顾再三,合掌参拜。

到广场,搭电瓶车,往南山寺而来,经"长寿谷"口,未之登也。至"三十三观音堂",也未往拜,径至鳌山脚下,见西、北、南三面,峰峦环抱,而南面大海,正一风水之宝地,山坳中,山寺陡起,钟声悠扬,一区唐风建筑依山而起,颇见宏大,导游言此为海南第一丛林。唯山门(即今之"仁王殿")与"兜率内院"、"金堂"(大雄宝殿)不在一中轴线上,山门偏东,他则稍西,皆因地势之所限也。我等在山寺逐一登临瞻礼,今山寺方丈为印顺大和尚,乃本焕长老之僧徒,数年前于深圳弘法寺曾拜访本焕师,法师今已圆寂数载,不禁怀想云尔。兜率院前,台阶下有大影壁一铺,上书"海天丛林"四字,为朴老手泽,观其迹,又复忆起两次与老人相见之情状。

时已过午,离南山寺,返"不二"坊外,就便餐牛肉面一碗,权当午餐,然后乘车往"天涯海角"而来。此乃旧地重游,然不复当年所见之清境,而今人山人海,唯新添建之小径,出入山石花木流水之中,得"曲径通幽"之情趣。至"天涯"二字巨石前,踏沙观海,见游人特别是儿童,有戏水者,有堆沙者,

283

有弄姿摆势摄影者,各尽其兴,热闹非常。徒步沙滩上,尽观众生相。行至"南天一柱"石,聊作停留,再乘电瓶车返至景区出口,与同行者上车往三亚市区"一方百货商店"六楼,购得所需宣纸等文房用品后,即返五指山市。晚饭于避暑山庄"忻州面馆",除炒菜、炒面外,又上了满满的一盆"元宵"。今日是正月十四,便提前吃元宵,说笑中,一天奔波的疲劳似乎拂去多多。

二月十四日

今日值农历元宵节,午前同楼六层所居原平老乡杨根理、杨补莲夫妇,送来油炸糕三十枚,或包糖,或包枣,糕盛入盆中,热乎乎的,看上去金黄油亮,吃起来,香甜、精道、酥软。老杨夫妇都是七十多岁的人,为我们送来这么多的糕,真够吃一阵子的。其后秋生书记又派人送来炖鸡汤与炒莴笋,皆极鲜美。有此,我和效英的午餐,不用动烟火,便很丰盛了,浓浓的乡情,深为感人的。

傍晚,王秋生、赵百岁夫妇见访,且以海参、红枣、牛奶、小米等见赠,小坐即去。未几小毛又送来元宵,在这传统的节日里,引发的是无尽的乡愁。窗外是谁在燃放烟花,将天空装点得分外灿烂,一个难忘的元宵节。

二月十五日

上午,回访杨根理夫妇,送上拙字"山海奇观"小横幅,非报也,永以为好也。然后到 B6 号楼王秋生书记家叙话。

下午,作字数件。

二月十六日

上午 8 点半,一行八人分乘车两辆,往游五指山。离山庄,南去而转东向,至南圣镇桥头,见一木棉树,花开如炽,引人注目,早知其名,今始见也。

过南圣,车转北向,在丛山中行进,时有拐折上下,路之右,一峰陡起,峦岫之下,碧树严裹,山脚谷深,乱石叠起,水花飞溅,如跳蛇明灭。山之凹处,忽有悬泉数迭,泠然飞下,诚山中之鸣琴也,山乃"青年岭",水乃"五龙瀑"。车行 32 公里,至"水满乡",适有水满学校王副校长在路旁迎候,专作此行之导游。再乘车东南行 2 公里,至五指山"观山台",凭栏放目,仰见五指山峰头,为云雾笼罩,未能一睹真容。正期待间,或山灵情殷,风动云移,一峰顿现于蓝天之下,亭然玉立,煞是动人,游人为之欢呼。待之良久,其他四峰,终不露芳颜,无缘得窥全貌。未几,所见一峰,又为白云隐去,不禁叹然,好在来日方长,待一晴天,特来问讯。"观山台"畔岩石巨壁上,有刻石一方,为今人书丘濬所作《登五指山巅》一律,正吾日前所抄录者:

五峰如指翠相连，撑起炎荒半壁天。
夜盥银河摘星斗，朝探碧落弄云烟。
雨馀玉笋空中现，月出明珠掌上悬。
岂是巨灵伸一臂，遥从海外数中原。

丘濬(1421年—1495年)，号玉峰、深庵，别号海山老人。今海南省海口市琼山区金花村人。明代政治家、理学家、史学家、经学家和文学家，为海南四大才子之一。

离观景台，沿谷中栈道转折而下，观赏热带雨林，也复让人情兴无限，走走停停，听听王校长的介绍，无疑是一堂生动的南国植物课。看那摇曳的修竹，丛丛簇簇，阔叶的芭蕉，青碧照人，无花果，树木高大，枝丫四逸，果实累累。令人生奇的那些硕果竟是直接垂挂在粗干上。石榴、木瓜、槟榔、棕榈、铁树等，竞相向上，以争一缕阳光，挨挨挤挤，几无空隙。而重阳树，尤为高大，不幸往往为大叶榕和小叶榕所缭绕包裹，天长日久，便被绞杀。路旁一株，虽二木交织着，尚各见其生机；而另一株重阳木，已被绞杀枯朽。此间寄生木亦复多多，一株巢橛，寄生重阳木上，宽叶四开飘然，中若鸟巢，故巢橛又称鸟巢橛。又见诸多高大乔木之上，藤蔓披离，绿叶如鳞片者，自树根而上，将高干装点得更见风致，有如画中人物身上五彩缤纷的璎珞。更有桫椤树，羽状叶片，排列有序，嫩绿欲滴，引人注目。王校长说，它是侏罗纪的遗珍，人称活化石。

在绿树浓阴中,踏着生有绿苔的栈道,下到谷底。过吊桥,在水满河谷中,坐石临溪,掬水而饮,清冷甘甜,直沁肝脾,行路之热,为之顿消。河畔有水田数片,新秧葱翠,水光撩人,田边芭蕉四五丛,疏疏落落,在山谷清风中,舒展自如,令人赏心悦目。

玩水弄石,摄影留念,兴尽而归,返回"观山台",仰观五指山诸峰,尚在云雾中,真是千呼万唤不出来。无缘一面,遂上车返至水满乡,转车东北向而去,至"仙女潭",碧水一泓,小巧玲珑。至此,舍车徒步,脚踏石径,行进间,路分二歧,一上一下,上为登五指山磴道,自感脚力不济,知难而止;下为自然保护区之雨林,遂舍难就易而前行,其实此行也甚不易。一路山道湿滑,路面逼仄,能不小心行进?

且右傍山壁,左临溪流,树木更为繁密,碧草更加拥挤,古树新苔中,水流溅溅,游人擦肩而过,长者幼者,伛偻提携,颇不寂寞。行约600米处,有巨石横陈路畔,如狮蹲虎踞,如仙桃,如蟾蜍,四面观之,各具其相。于此,聊一浏览,已感疲累,遂废然而返,未能尽丘壑之美,佳绝处,留待他日造访了。

返回水满乡,在"春歌酒家"二楼,已备好了一桌特色酒菜。饮本地特产山兰糯米酒,有色白而淡,有色粉红而浅者,皆稍具酒味,清凉解热,我不能酒,浮大半杯,也不觉过,若饮料然。菜则有五脚猪炒肉片,有清煮水满鸭,有干炸小河鱼,有革命菜、山香菜、雷公叶,后三品,皆为山中野菜。革命菜者,当为当年琼崖支队充饥之物,遂有此芳名,今上菜桌,为游人所乐见,且会引发出对革命前辈艰苦岁月的遐想来。主食为竹筒饭,新竹筒中装米烤制,剖而食之,清香四溢,亦此中风味者。

饭后,应王校长之邀,到水满学校参观,见忻州师范学院四位同学在此已支教半年,深受当地同学热爱。上三楼学校办公室,已见备好文房四宝,嘱题"五指山市水满中心学校"校牌,拙书留五指山中,亦一缘分也。喜见水满新校即将启用,设施更为现代,教室更见宽绰,人才也必将辈出。

王校长,黎族,水满本地人,兄妹九人,从小山居,登山上树,如履平地。一路上,口嚼槟榔,红水满嘴,于此亦见黎人之爱好与素朴。

水满路畔,墙角屋后,三角梅、一品红,生机勃发,灿然竞放,将苗寨黎乡装点得花团锦簇,每每令人引颈探望。

下午4点返回山庄,脱衣而卧,却不能入睡,山中景色,竟然在脑海中展现出一幅山水长卷来,有若《清明上河图》,有若《富春山居图》,又都不是,是真真确确的《五指山热带雨林图》。

二月十七日

上午,作字数幅。

下午,王秋生书记送龟龄集来。

二月十八日

下午，由小毛驾车，往游五指山市。出山庄，北行6里，即到市区。五指山市，旧称通什，为黎族苗族自治州所在地，自三亚建市后，便降为县级市，乃一座山城也。城不大，四山环抱，远近高低，北为阿陀岭为最高，近则为其支脉也。一水自东南而西北穿城而过，南圣河者，出城经"毛道"而"番阳"入昌化江。山城随地势起伏而建，以南北大街为主干线，左右巷道纵横，商店栉比，行人熙攘，"摩的"驰骋。道之旁，古木比列钻天，有重阳树、樟树、南洋杉、盆架木、菠萝蜜、雨树等，皆粗可合抱，或两三人尚不能相抱，树龄当在百年以上，更有数百年者，树有名目、年龄之标识，否则对这些古树，我不独难以认识，更不会叫出名字来。人行市井，浓荫覆盖，如行原始林木之中。南圣河上有桥四五座，各具形态，也复方便行人。

至"三月三"广场，仍是杂树环绕，花团锦簇。广场之畔，为市委、市政府所在地，时值两会（人代会、政协会）召开，会标高悬，彩旗飘扬，一派节日气氛。广场中，有放纸鸢者，有逗孩童玩耍者，有摄影留念者，也有如我观赏南国花木者。

离广场，参观"海南民族博物馆"，馆建山城之北面高坡上，楼前月台南端遍植槟榔树，高如旗杆，比肩而列，英武之气，挺然可见。馆中有黎、苗、回族风情展，其衣着服饰，更具特色，惹人注意，如黎人之树皮衣，以一种叫"见血封喉"的树皮加工而成，已列为物质文化遗产而载入史册。黎之织锦工艺也甚精湛,以木棉、藤麻为原料,纺纱、编织,其色泽、图案极具地方特色,装框陈列,也是很好的纪念品。此外,有打猎、捕鱼、烧陶等工艺标本陈列,亦感新鲜别致。馆中尚有黑龙江赫哲族民俗风情展,与黎民生活作一比照,更见特色。

下午四点博物馆闭馆,匆匆走出馆外,立于高台之上,俯视山城风光,尽收眼底,近处芭蕉卷舒,尤可人也,而屋宇、市井、街巷,在林木分隔下若棋盘布阵,疏密得宜。而西北高处之琼州大学,原为州府之所在地,现为学府,大楼高标,学子出入,也为山城一道风景线。

小毛驾车,引领我们绕山城各处浏览,至"翡翠道"上,临河而行,见河水纭漾,夹岸花木,倒映水中,为山城绣出一道花边,有如黎家小妹筒裙上的五彩图案,精致而流宕,在夕阳映照下,更见灿烂。

二月十九日

晨起有小雨,凭窗而望,远山近树,云烟吞吐,变化万状,扑朔迷离,不禁生发出对景写生之冲动。

上午,作字数幅,纸润笔畅,心定神闲,其所作聊可称意也。

二月二十日

早餐后,与效英出西门而南去散步,至什阳农家乐餐馆路上,右向折入小路,路旁有旧楼几幢,楼前槟榔树、芒果树、芭蕉、丛竹、九里香等花木掩映,楼侧有小菜园,篱落之中,生菜油绿,春韭如线;竹林下,鸡雏相呼,黑犬戏逗,见有生人,吠叫不止,主人出,呵之方停。与之对话,知为安徽阜阳人,与丈夫来此四十多年,在农场工作,早已退休,闲来无事,种菜养鸡,汲水莳花,闲适中也感快乐,问其退休后何不返老家,答曰,这里住惯了,虽条件差甚,却也不愿离开,回老家生活,倒感很不适应。

告别农场工人,返家路上,见一群白鹅,卧之碧草地上,阳光下,怡然恬然。忽有儿童相扰,鹅颈挺起,嘎嘎有声,儿童他去,鹅群复归平静。

二月二十一日

中午,二老杨家(杨根理、杨补莲夫妇)以莜麦面窝窝和鱼鱼,盐醋汤,哨子菜,豆芽凉拌粉丝相赠,盛情难却,感人至深。

二月二十二日

上午,书《千字文》一过,匆匆未能工也。

下午,与效英外出散步,遇二老杨,邀游"森林湖"小区,山环水绕,林木葱翠,唯感湿气过重,似不宜居住也,以致此小区不若避暑山庄人气之旺盛。

二月二十三日

上午与效英往游翡翠谷,王之国老师驾车,小柳等三人陪同游览。

过五指山市,取道南圣河支流西北向而去,即为翡翠谷,车一路上坡,可直达"南国夏宫"坊;半路右折亦可沿栈道徒步而上。路左傍山,右临深谷,两山夹峙,林木交错,花草铺陈,山谷几不可见。车停夏宫门外,见南洋杉两株,拔地钻天,直逼霄汉。有三角梅寄生杉树之上,花光灼灼,热情迎客。入门,翠绿满眼,杂树比肩,有铁树、蒲葵、榄仁、棕榈、槟榔,更有榕树,须根飘洒,沸沸扬扬;又见一木,颇高大,枝丫若翠盖,凉阴满地。枝头缀硕果如茶瓯之大小,绿色。此木,往昔不曾见者,标为"印度第伦桃",对之良久,以强记忆。门内东去,有石桥高筑溪谷间,高可十数米,两壁苍苔翠蔓,桥下流水淙淙,溅石飞花。过桥,有石壁陡起,三角梅密布其上,灿如红霞,脚下,落英满地,厚如地毯。有一小妹,手掬落花,迎风放飞,飘游幽谷,洋洋洒洒,得似敦煌壁画上天女散花之情状。山岩之西,有丛树正花,花色或粉红,或雪白,亦初见之木,询之他人,皆不知其名目。石之东侧,有铁栅门,门紧闭且上锁,游人不得入内,言为林宫,说当年林彪曾避暑其中,未究虚实,姑妄听之。

夏宫东侧有茶楼,环之以水,水中睡莲、游鱼,亦复让人驻足赏对。路西有猴群一室,游人以瓜子、花生饲之,那灵物着实乖巧,嗑瓜子,剥花生壳,搓花生细红皮,无不灵敏速捷,看上去,吃花生比人还讲究。

过夏宫,复沿山路前行,正翡翠谷之上游也,傍山临水,一路清音,山石彩错叠架,流水飞溅扬花,如笙如簧,妙音幽韵,心为之静,身为之清。仰观四山,碧草绿树,青霭浮空,翠露坠石。山回路转,忽见一水下注,转折数叠,正"太平飞瀑"者是也。立瀑前桥头,顿觉眼前细雨如雾,偶有水珠洒落脸上,溅入衣襟。其时也,吮绿餐秀,凉意沁心,好不爽人。

影人柳瑞军,河曲人,供职忻州师院。其人看似瘦弱,实身轻体健,在山涯水际,腾挪跳掷,转瞬间,已在悬崖峭壁之上,轻若猿猱,捕捉胜景,迅捷之身姿,令人赞叹,也令人生惧。我每每劝其小心,他却飞跃岩石间,如履平地,让人作"鼓上蚤"时迁之想。

太平飞瀑左侧,林木中有磴道,旁置刻石,书"步云"二字,有游人行进其间,飘然若仙,亦天然图画也。沿此道,可直登山巅,奈何我腰脚不济,遂废然而返。

回到夏宫,入茶亭落座,泡一壶"水满绿茶",注入青瓷杯中,热气氤氲,茶香四溢,小饮一口,香留舌本,韵趣无穷。其时也,椰风入座,笑语穿林,乐何及也。

兴尽而归,下山时,遇一殷大娘,年高八十七岁,手持杠铃,沿山路而行,不时作挺举运动,以为锻炼。遇游人相问,称其老奶奶或老大姐时,殷大娘则说:"称我'殷姐'就好!不要叫老奶奶和老大姐,我还不老!每日上山。"说着、笑着,又向前走去,老人家的身后留下了一片赞叹声。这也是在翡翠谷邂逅的一个镜头,特为之拈出。

中午,返回山市,于一家东北餐馆吃水饺,有酸菜猪肉馅等各色品种。跑了半天路,似乎有点饿了,饺子自然会多吃几只的。

四月二十四日

下午,由小宋驾车,偕二老杨夫妇往五指山市,车停解放路一大樟树下。逛一家大超市后,步入一家灵芝专卖店,见海南各地所产灵芝,色泽不同,大小形状各异,堆积垒摞,架上地下,门前屋后,无处不是。大者直径可七八十厘米,油黑光亮,引人注目,询之店主,说此灵芝生成已四五十年之久,一支价在千元以上。

游走"三月三"大街,过南圣河大桥,桥长百余米,为双拱七孔桥,栏杆上雕有黎家织锦图案,颇见精美,沿桥装以红灯笼,虽非夜晚,也感亮丽。桥为1954年所建,距今60余载,坚固而实用,质朴而美观,既是中国传统桥梁之风格,又具海南黎家之特色,以故,令我扶栏赏对,驻足良久。更见桥下碧波荡漾,倒影迷离。间有捕鱼捞虾者,出入水中,亦山城之小景。桥之南,沿河植大榕树,榕荫蔽天,下有茶座,有茗饮者,有叙话者,有玩牌者,皆怡然自得,各尽其乐,此又一市井之景象也。

解放路西去转北,为"山兰路",仅几十步路程,东进为一大院,原为"通什电影院",今改为商店。大院作停车场,周边多小摊贩,卖槟榔者尤多,黎人有嚼槟榔之嗜好,在场地上留下了一团团红色,若血迹,对之令人大不快,实在是有碍市容市貌观瞻的。

解放路口有一家小书店,在二楼,书多为儿童读物,购得《苏雪林自述自画》《凌叔华自述自画》以归。

晚饭时,有湖南南岳衡山某"禅寺"打电话,求写匾额者,老妻效英未听清湖南口音,便斩钉截铁回答道:"你是湖南卖'蚕丝'的,我们不要蚕丝。"听此回答,我不禁喷饭,便笑出眼泪来,将"禅寺"听作"蚕丝",着实错得到位。

二月二十五日

上午,作字五件,皆六尺整幅,录宋人诗。

二月二十六日

上午,书八尺长对联二幅。

小毛见过,以黄蜡石鱼摆件见赠。

下午3点,往游保亭七仙岭,小毛驾车,我与效英偕同二老杨夫妇同行。离山庄,沿224国道南行22公里处,转往保亭之省道。又行10余公里,至保亭县,车穿新城而过,街道宽绰而整洁,夹道之火焰树,花放如炽,高楼比列,行人往来。过老城,虽街道较窄迫,然商店栉比,顾客盈门,一派繁华景象。再过民族风情街,虽为新建,却能古色古香,饰以黎家图案纹样,既呈地方特色,又富时代理念,古色中不乏新意。沿河碧树花灯,长堤绿水,徜徉岸边,颇觉心畅神舒,不忍骤去。北望七仙岭,虽远在15里以外,却无遮拦,灵峰仙姿,奔来眼底,青山无语,带云缥缈,凝眸望远,逸兴湍飞,遂即取道北去,望仙女岭而来。路经"七仙伴月"小区,入内观赏,曲径通幽,树木丛翠,山光水色中,豪宅林立,询之价位,每平方米为55000元,最小户型为190平方米,也得1000万元以上,而大户型者,约800平方米,则需4000多万元。且区中房屋多已售出,可见世间富翁也还不少。

下午6点许,方抵七仙岭山脚,天色向晚,已不能登山,且我等老人,也不敢登山。于山门高台之上,仰观七峰,仙姿绰约,凌空欲下。而其山麓,草木繁荫,暮色朦胧,广场上,有卖椰子者为黎家老妪,有农家乐黎家小妹,二人紧随游人吆喝,招揽生意,不遗余力。

离七仙岭山脚,转入"雨林仙境"小区,林木更为茂密,屋宇、通道架于山石流水植被之上,若林中、树上之楼阁,穿廊过涧,下俯流水潺湲,绿叶杂花交错,偶有灯光入射,明灭剥杂,瑰丽幻化。有黎家女为服务生,前行导引,各处参观,谈花木山水之胜,说走兽禽鸟之奇,推介住房,款曲得体。

离"雨林仙境",到"南美温泉",已是华灯朗照时刻,浏览温泉风光,知为日人所开发,地热水温最高为93度,参以凉水,引入浴池。池在露天谷地,上为丛树翠碧,有若华盖遮天,间露月色,光照浴人,更兼山风轻柔,热水腾雾,太真不能专美于前了。

于厅外落座,点素菜数品,又小黄鱼一盘,拌汤一盆,花卷、发糕几只,我等五人一桌家乡口味饭菜,仅花去300余元,颇感游得畅然适意,吃得舒适可口。待返回山庄,已近晚上9点了。

二月二十七日

小毛送释迦、菠萝、香蕉等水果来。释迦为第一次见到,果皮表面凸凹不平,有如佛头上之螺结,故名。皮浅黄色,肉白嫩细腻,甜甚,有籽。

童小明日前由晋北而海南,同住山庄小区。下午与小明往二期、三期小区散步,高楼大厦,入住者寥寥,路边别墅空房,也随处可见。遇五台二老乡,为古稀夫妇,与之问候,皆甚重听,老媪尚能接一二句;老翁唯笑笑而已,不作对答,偶然答之,所答也非所问者,所幸二老腰腿健康,行动无碍,生活皆能自理,唯感远离故里,难闻乡音,不免寂寞而时露思归之情绪。

二月二十八日

往游"仙安石林"。

上午8点,小毛驾车,一行四人离山庄南去,沿224国道行20公里,至"番道"而西去,未几至岭脚,车爬坡而上,斗折盘曲,渐次升高,凭车窗而望一侧,远山在薄雾中迷蒙起伏。其下,山谷溪流,田畴林漠,数十里风景,一览无余。另一侧,则峰峦陡起,林莽覆盖,蛇蔓龙须中飞红点翠,乃山花野卉也。

车至岭头,转而下坡,眼前豁然开朗,西山逶迤,出没于白云之中,山麓平畴绿水,秧苗荡漾于微风之中;岗峦之上,铁塔高耸,僻壤幽谷,顿现时代气息。几间小屋,白墙红瓦,镶嵌于断岸矮篱之中,屋前木棉一株,新花乍放,如火方炽,门前间有行人来去,狗吠鸡鸣,空谷传响,亦有声之图画。

由"番道"起,在山道上颠簸30公里,到"毛感",为一乡政府所在地,一条街道,几家商店,虽不热闹,也不冷清。车穿街而过,出毛感,道路更为迫窄,几为山间小路。山谷之中,古木之下,偶见船形茅草小屋二三处,已无人居住,任风摧雨淋,正黎家古老之遗构也。

过一"南好"村,垃圾遍地,杂物乱堆,房舍简陋,猪狗游弋,鸡鹅相逐,脏乱填目,气息难闻。同行老杨说:

"这村名没起好,怎么能叫'南好'呢?人若懒,恐怕是'难好'了。"

从毛感至山之尽头为9公里,正"仙安石林"之所在。下车游览,山峦如铁,直逼天际,形态怪异,如狮如马,如老熊攀岩,如灵猴跃涧,磋磋岈岈者,不可名状。所憾者,山峦仅露峰头峦角,而山身岩脚,尽为林木藤蔓包裹,高干长藤,髯森蒙茸,阔叶芭蕉,修条翠竹,羽飞桫椤,伞盖葵张,挨挨挤挤,青绿交辉,鹅黄斑斓,在阳光映照下,浮光耀金,光怪陆离,直让人分辨得眼花缭乱,理不出头绪来。

山之脚,有溶洞一区,洞内光线昏暗,洞中复有左右洞,幽深莫测,来时不曾准备手电筒,自不敢深入堂奥,便也不能一探非常瑰怪之观了。

出溶洞,入沟掌,为一农场,坐北,有房一排,为农场工人宿舍。屋外有二中年妇女叙话,笑语暄天,见其安逸而欢乐。叙谈毕,种菜养鸡,洗衣做饭,适其所适,亦桃源中人。

其地虽不见桃花,而有荔枝树数十株,株干盘曲而高大,密叶肥厚而黝黑,其树龄少说也四五十年,待果熟时节,荔枝满树,鲜艳欲滴,小坐树下,伸手可及,日啖三百,恐东坡先生光临此中,也当畅然。

离仙安岭脚,沿山麓绕道左去,上陡坡,前去里余,有一小村,名"千龙",为苗寨。房屋几排,数十间,皆为翻新建筑,颇整洁,且有小汽车停靠屋角。深山老林中,与外界繁华市井似也不能阻隔。

在苗寨中浏览,遇一老媪,着苗装,包头巾,赤着双脚,伛偻着身子走出屋门,见我们为她拍照,很快以手将脸掩上,弯下腰坐在墙下木板上。上前与之问候,也不见答,或因耳重,或因苗汉语言不通之故也。询之一骑摩托采野菜归来的青年,知老人已年高98岁了,如此精神矍铄,反应敏捷,令我赞叹不已。

村畔山侧有"千龙洞",时已近午,游也尽兴,遂不探访,径循原路而返,时在下午1点许,至忻州面馆就午餐。

三月一日

上午作字三张,其中一张八尺整幅,书东坡诗《寄黎眉州》,脱一"秋"字,补缀之,似未损其整体之风神,更收其质朴自然之效果。

晚看电视,见昆明火车站发生暴力事件,令人发指。

三月二日

值农历二月二,习俗此日理发,称为"龙抬头",交好运;吃煎锅(煎饼),又名"盖窖饼",以祈丰年也。

早上,老杨家送小菜、"圪馍"、"枣山"来,甚感人也,遂成短文《二月二》以记之。

三月三日

早七点,小毛驾车邀我和效英参观五指山市菜市场,大多为农民挑担在路边广场上售卖蔬菜者,翠绿之叶、嫩黄之花,一堆堆木薯,一捆捆藤蔓,大都不能识其名目,也不知如何烹煮,参观而已,不曾采购。

离农贸菜市场,往"通什旅游山庄"吃早茶,为广东风味,环境优美,餐厅高雅,食客却寥寥,或因此处茶点价格不菲之故也。餐毕,就近参观"黎锦坊"展室及织锦生产演示。数黎女坐地上,伸双脚,蹬直所织之锦线,双手穿梭,编织出五彩斑斓的黎家图案来,费时费力,织一寸长,也大不易。于展室,花210元,购得黎锦小品一块,装入镜框携归,也一精美之纪念品。

出"织锦坊",乘车往太平山,盘山而上,直抵山顶,又一天地,碧波浩淼,微起皱纹,长堤曲岸,丛树环护,对之心旷神怡,耳聪目明,此正"太平湖"也,山光水色,大可人意。于此,下瞰"夏宫",红房绿树,涌出山谷间,正几日前所游之地。堤上有房几间,为太平湖水库管理人员居室。他们保护着湖水的安全与环卫,此湖乃山市人民生活用水之源泉,自然不能有半点的疏忽。在此胜境中工作,虽需高度认真和辛苦,却享受着湖光山色,也是一种福气吧。

中午有效英在忻州人民医院同事居山庄者请客,吃东北菜,喝"海口大曲",酒烈而菜丰,可见其热情也。

三月四日

　　早餐后，本拟上午写字，忽见小毛到舍，言今日五指山晴无纤云，是观山的好日子，遂匆匆再作五指山之行。

　　离山庄，过南圣，经青春岭脚，伴山溪行丛树荫谷中，未几，即抵水满乡。前之黎族向导王校长已在路畔相候，上车同往"观山台"，凭栏北望，五指山顿然眼前，五指撑空，妙肖自然；拇指前列，食指高标，中指、无名指、小指依次东去，渐东渐低，亦渐远矣。山，看上去，郁郁青青，似不甚远，若作攀登，有数十里路程，尚需七八个小时的。此来已得见真容，虽为远望，心愿足矣。观山台周边之林木，更见葱翠，面包树阔大之叶片，流光溢彩，西崖下之枫林，夹杂着爽爽然之凉风。那白垩纪的遗珍桫椤树，生机不息，焕发着诱人的长春气息，舒展着楚楚的身姿，在这饱含负氧离子的山谷中，尽情吐纳，放浪形骸，一声长啸，幽谷回响，禽鸟为惊，飞鸣而去，平添山中景致。

　　离观山台，绕道登修建中的"黎母庙"，铸铜像已踞高台之上，高敞的船形屋尚在施工中，周边搭起了钢筋铁骨的脚手架，工人们搬运材料，焊接构件，电光石火，四处飞溅，为了今年农历"三月三"的庆典，正在紧张施工。眼前依次降落的分别是广场、停车场，中间是四百多级陡立的台阶，亦可见气象的雄伟了。这"黎母庙"，背倚挺拔之尖山，左右有小山拥卫，前有水田垅亩，更远则道路楼居，是为水满乡政府所在地。"黎母庙"建成之日,若能有幸一睹"三月三"庆典之盛况,那当是何等热闹的场面呢。

浏览尽兴,循原路而返,经南圣,过一石桥,右向而来,有"槟榔园",为"番什农家乐餐馆"。其地环境十分幽静,有板屋数间,互不连属,沿南圣河而建,顶盖茅草,远望之,若毡庐之形状。我等步入"毛阳"屋,内设圆桌一张,椅子数把,小屋四壁窗户洞开,且有修竹临窗,青光摇曳,凉风习习。凭窗外望,临河照影,清波纭漾,白鹅游弋,河鱼可数,忽有两只蝴蝶款款而飞,更有嫩竹修条穿窗而入室,绿叶婆娑,疏密如画,正室内天然之装饰。叙谈之际,见黎家女手端条盘,缓步通过肥蕉细路步入门来,嫣然浅笑,把菜肴摆上圆桌,有爆炒黄牛肉,有干炸小河鱼,有捞叶炒鸡蛋,有鱼肉炖茄盒,有鹿舌菜、革命菜、花生米,有雷公根汤,外配醮料,有香醋、酱油,有辣椒、蒜末,主食是大米。大家品尝着山肴野蔬,叙谈着山中景物与黎家之风俗。

餐毕,步入槟榔园中,见有绳制软床牵连两树之间,在浓荫覆盖之下,坐卧小憩,读书消遣,荡秋千,仰望蓝天,冥想遐思,而或隔床叙话,亦感闲适快意。

下午一点许返回山庄,稍感燥热,遂从冰箱取出一枚"释迦",剖而食之,有如奶油冰糕,冰凉而甘甜,绵软而可口,有凉糕之清凉,无奶酪之油腻,诚果品中上佳者也。

三月五日

上午七点半，小毛驾车，我与二老杨夫妇相偕同行，往游吊罗山。

过保亭县城东去，经"什玲镇"入陵水境。过"祖关"村，将到"本号镇"，车北去，转入吊罗山，经"吊罗山林业局"生活区，大道两旁，米黄色的高楼，在深山树海中，煞是亮丽。山路渐行渐窄，至山口，设一关卡，为入山售票处，每人40元，70岁以上老人，皆为免票。路口，有木棉一株，体态魁伟，正值花期，花红似火，炽燃半空。树下落红满地，二老俯身掇拾，我亦捡拾一朵，花瓣殷红厚实，花托翠绿饱满，花心雌蕊挺然，雄蕊密集而环拥，黄灿灿坐落花瓣之中央，亦复让人把玩不已。

入山渐深，车左，峭壁如削，桫椤倒挂，若蓑衣披覆；车右，深谷千尺，细路沿云，偶一俯视，令人心悸。又见老树茂密，修竹披离，藤蔓牵连，遂成洞天，车行其中，翠盖荫翳，遍体生凉。出树洞，忽闻水声轰鸣，声震山谷，遂停车俯瞰，见谷底崖脚，有飞流下坠崖壁，跌落丛莽乱石之上，流水横冲直撞，银花飞溅，白雾升腾，遂拍摄数张，以记景趣。

行数里，见路分二叉，左去为"枫果树瀑布"，知为海南瀑布之最壮观者，本拟一探其胜，奈何路侧设一标志，说前面山体崩塌，道路阻隔，游人禁止入内云云。遂取道右侧，入山十里，抵吊罗山度假区，其地幽极静极，古木老树下，天池一泓，碧水如镜，群峰丛树，倒影湖中，蓝天白云，相与上下。湖之畔,华厅美屋,掩映芭蕉翠竹中,三五游人,往来其间,确为度假游观之胜地,然因推介不够,知名度也不高,来此度假者寥寥,不免会生发出清冷而岑寂的感觉来。

过度假区,溯溪而上,步石径,经小桥,时行溪左,忽转溪右,溪水清冽,游鱼往来,水中鹅卵石,缀之青苔地衣,彩色斑斓,浪花飞银溅玉,与美石相搏击,如琴瑟丝竹,加之鸟鸣蝉噪,遂成山林绝响。又见坡陀草岸,聚水成潭,潭边老树盘根错节,倒置水中,遍体绿毛青苔,亦古龙之僵卧,让人徘徊不去。

行进间,山渐升高,仰之道侧,巨木撑空,高可百丈,枯藤倒挂,若虺走蛇奔。却看那阔叶如伞盖,如车轮,修竹成帘幕,成屏帐,高高下下,挨挨挤挤,叫不出名目来的花果,辨不清的灌木和丛草,交织着、缠绕着,呈现热带雨林的特色。一不小心,一棵过路的寄生蕨会碰到你的头颅上,那高树的枝杈间,一丛丛,一簇簇,绿叶繁花,生机勃勃,在半空中和杂树间搭建成天然的花园,我不禁惊诧这造化的神奇了。

行进间,小毛以竹叶夹双指间吹啸,仅发一声,则有鸟应答,复吹二三声,其鸟不再有回应。我说:"鸟已识破你的机关,当不会再上当。"小毛再吹四五声,果然没有鸟儿应对,山林复归静寂,唯竹杖和脚步的得得之声了。至一小岭头,有古木一株,高不知几何,树龄标为1500年,直径2米余,叫"陆均松",当地人奉为神树,下设香斗,游人多焚香祭拜,以求神灵的庇护和恩典。仰望树冠,绿罩蓝天游云,诚山中之一景。

过神木,沿磴道而下,至另一谷底,多板根树,亦甚奇伟高大,树旁皆有标识,以相机收入镜头,以为日后之参阅。

山中多小道岔路,林间则荫翳无行人,再不敢前行了。循原路而返,至度假区等候我们的老杨夫妇,在凉亭中小憩,未曾随我们不知倦怠的游逛,的是省却了许多的精力。

时正中午 12 点,大家乘车离度假区,经林业局,至"本号镇",马路两旁,尽植火焰花,引人注目。过"提蒙镇",东行 16 里到陵水县城,于文化街一家东北餐馆就午餐。餐毕返回避暑山庄,已是下午 4 点半光景。

三月六日

上午作书四幅,八尺整幅者一张,尚不恶;三张六尺整幅者,皆不能称意,其中二幅皆有脱字,恐精力不济之征也。

三月七日

昨晚稍感身体不适,睡眠效果也较差,上午腹泻三次,或因前日游吊罗山劳顿过甚,或因连续三日服用"安宫牛黄丸"所致。中午,也不能吃饭,至下午坐卧不宁,恶心不已,时出冷汗,遂呕吐大量稀物,或为积食残存。吐后即感舒服些,唯感身体极度疲乏,卧床至晚,勉力喝稀饭一小碗。

三月八日

整日卧床休息。王秋生书记前来探望。

三月九日

小明、小毛、王秋生、杨根礼等乡友先后见过问病,送药、送水果、饼干等。

吃藿香正气丸,病似缓解。

三月十日

数日中,书不能读,字不能写,无客卧床息养,有客叙谈应酬,但愿体力尽快康复。

三月十一日

身体已感复原,唯出汗尚多,似还虚弱。

三月十二日

下午勉强外出散步,有感头晕,脚力亦甚不济。

三月十三日

精神似已恢复,上午临写傅山《丹枫阁记》一过,未能称意,几日辍笔,腕弱手颤,精力仍感不济也。

三月十四日

上午书李白诗一卷,重临傅山《丹枫阁记》一过。

中午小明送饺子,老杨家送煎饼来,稍有食欲。

三月十五日

效英往三亚购物。

我在家书二手卷,皆不佳。再打开电视,马航飞机失联已八九天,十数个国家舰艇、飞机、卫星搜寻,未见其踪影,令人揪心不已。每日看电视,搜寻似无进展,焦急、渴望……不知何日何时才能画上句号。

三月十六日

昨夜 5 点醒来,枕畔蛙声咯咯,不绝于耳。但见蟾光入户,四壁空明,老妻昨有三亚之行,似甚疲累,鼾声起伏,似与蛙声相颉颃耳。吾不复能睡,披衣步于阳台之上,时值十五圆月,清光满地,四山沉寂,唯椰风轻拂,蕉影散乱,偶有虫声唧唧,微感南国夜凉。又见窗下渠水明灭,有忆日昨中午有小学生放学过此,将书包丢于路侧,翻过护栏,直跳水中,捕鱼、捉蟹、捞虾、挖螺蛳,未几,喜得二三,呼三喝四,随手投入所携塑料瓶中。吾见之,孩子们虾蹦蟹行,亦复活泼可爱。而此静夜,小学生尚在梦中,吾独得此清境,得似东坡先生游承天寺中,唯恨不得与张怀民相偕耳,不免寂寞了。

上午,作八尺整幅二张。

三月十七日

上午在小区与效英散步两圈,于西渠道上,闻鸟声清越而嘹亮,寻声而觅,未见踪影,随立于声下,于藤蔓花枝间省察。效英眼尖,终于在一悬蔓上觅得,小心示我。顺其指示方向,见一鸟浅赭色,体小甚,比之麻雀,还要瘦健娇小,一身的保护色,难掩俊俏之态。小喙一张一合,头颈随之伸缩,其声随之起伏。观其情状,听其声息,其为呼朋觅侣之举也,奈何终未有相应者,不无遗憾,久之逸去。西渠之畔,又复沉寂,唯渠中之水,纭漾北去,至水流平缓处,鱼针往来,追逐落花,亦儿时南河中所见之景象。

三月十八日

昨晚睡眠又不佳。上午,勉力书二长卷,殊不惬意。

三月十九日

晨起,雾失楼台。日渐高,近处大雾散去;而北山之雾尚在升腾中,聚至山腰,横亘如带,青山白云,诚老米之笔墨。

饭后,携照相机,绕翠湖拍睡莲,过西渠寻三角梅之盛处,收入镜头。后登E1七楼,正吾装潢中之新居,南窗洞开,翠湖在下,湖之北,椰林葵叶,高下交辉;湖之东、湖之南,别墅栋栋,红瓦熠熠,别墅前后,丛树争荣,翠绿填壑,丛树之后,山峦起伏,云影幻化,小尖山偶然一现面目,挺然露出云表。凭栏而立,云卷云舒,山为之活,情为之畅,眼中山水,当吾之真粉本也。

下午,读凌叔华文章数篇。

三月二十日

中午热甚,室内温度高达 27 度。

明日将返忻,上午整理行囊。下午散步,在翠湖边小坐。晚于忻州面馆设便餐,招待有关乡亲,感谢大家对我和效英在海南生活的照顾。

三月二十一日

上午,继续收拾行李。

下午 1 点离五指山市避暑山庄,小毛等车送三亚凤凰机场。

下午 5 点 35 分起飞,于晚 8 点 40 分飞抵太原武宿机场,有师院小曹等接机,晚 10 点 20 分返回忻州。

云丘山行记

(2015年7月1日—6日)

七月一日

下午1点与内子石效英偕王秋生夫妇等共8人乘汽车往太原,再转动车而临汾。效英晕车严重,遂由柳瑞芳陪同留住临汾休息。我与王秋生先生一家再乘小车走临汾至西安经河津禹门口高速路线。至稷山路口,有乡宁县蔡先生接车导引而北去,一路平畴阡陌,渐见远山峰峦,正云丘山之山脉是也。于《尚书·尧典》中有河之阳为姑射藐山,或谓古之昆仑,当为云丘山最初之记载了。

晚7点到达云丘山驻地"窑洞大院",稍作休息后,与先我们而到的临汾市乡宁县的新朋旧友共进晚餐,席间唱歌,朗诵诗,说笑话,介绍云丘山之建设情况,热闹非常,直至晚9点方散席。我是有点疲累了,回客舍,与效英通了电话,便上炕睡去。

2014年9月,陈巨锁与内人石效英在云丘山玉皇顶留影

七月二日

早5点在鸟雀声中起床,先冲了个热水澡,然后到窑洞院观山村景致。这窑洞大院,上下共八排,渐次升高,下院之窑顶,为上院之庭院,背倚高峰,三面环山,南向开旷。碧树丛起,时花灿烂,尤以所植之蜀葵茂盛可人,花光灼灼,姹紫嫣红,夹道护墙,随处可见。而其四围山色,近则叠翠摇青,远则烟云幻化,祖师殿、玉皇庙高踞奇峰之上,隐约可见;下视古树迷离,正薄雾升腾;河谷溪流,只闻其声,难觅其迹,缘于茂草丛树所掩盖也。忽有喜鹊飞落眼前垒石墙头之上,喳喳然,似与我致以"早安"的问候,趋前拍照,倏忽飞去。

早餐后,坐车出马壁峪,经图腾柱广场,入"神仙沟"(原名"柿子沟"),沿溪而上,清流叮咚,古木夹道,绿色满眼,间有红嘴蓝鹊穿林而过,其境清凉而幽深。缓步行进山道上,神为之清而情为之愉也。更有乡宁文化名人阎先生作陪,一路介绍山中草木之名目、形状特征以及其药用价值,我自愚钝,过后便难记其万一了。至"神泉",汲水一瓶,小尝一口,甘甜清冷,提神醒志,诚可谓佳山泉者,若得茶圣陆羽品尝,或可入天下名泉之系列。

转溪右,上缓坡石道,便是古村落"塔尔坡"村,孔孔窑洞,小小庭院,有古榆、老槐、皂角树,皆千百年树龄,老干盘根错节,虬枝横空擎云,茂叶隐天蔽日,亦让人驻足留恋。"塔尔坡",或为"塔儿坡"之讹误,山村小庙尚存,"塔儿"则早毁了,留此村名,发人怀想。山村原来有50多户人家,200多位村民,今已全部搬迁"马壁峪"新建之居所。此地辟为云丘山民俗旅游区,有"醋坊",有"酒坊",有"铁匠铺",有"蒸花馍屋",更有卖茶小院,逐一观摩,也感兴味无穷。坐小院长凳上,围方桌喝大碗茶,也真解渴。

忽闻唢呐声声,寻声而去,见有八音会吹奏,伴有秧歌队表演,同行赵老师加入其中,一展身姿,轻盈矫健,亦令人拍手称赞,复有迎新娘花轿穿街而过,红男绿女,也甚喜气。其时也,效英也由临汾赶到这"塔尔坡",见其精神大为好转,方让人得以安心,同坐"乐台"下,听乡宁民歌演唱,歌声在山谷中回响,质朴而悠扬。

至中午,在一大庭院长廊下吃"水席"。这"水席",乃流水待客之意也,客人随到随吃。一桌丰盛的午餐,皆为地方风味,逐一品尝,颇具特色。中午,也感热甚,餐毕,沿溪流树阴下而返,时有小风吹过,减却燥热多多。回窑洞院休息,睡至下午4点方得醒来,足证游山的疲累,也见山庄的安静了。

午睡既足,小坐窑洞院树阴下,品茶叙话,观山听鸟,亦感怡然快意,不觉山风渐起,星斗临空了。

晚餐后,散步于"康家坪"道上,先观"一眼井",旁立石碑一通,以记古井之历史,井外铺石槽2里长,引上游之水以补泉水之不足,方可供全村人饮用。村民感泉之功德,遂立碑以记之。

夜入山村,见某地小学生在此野营活动,灯火通明中,师生们自己动手,生火煮饭,熙熙攘攘,颇为热闹。这"康家坪"村,地处"窑洞大院"之山脚,现已人去窑空,院内杂草丛生,窑洞颇见高大,窗户洞开,门不关闭,似亦很久不曾有人问津。据说已为云丘山旅游开发有限公司张连水董事长购得,在新村安置了村民后,拟将此处作为古村落旅游景点加以开发,即将兴工动土,几年后,当是另一种面目。

七月三日

7点进早餐,餐毕乘车出发,至"圣母谷",乘缆车上山。在缆车中可见群峦高下,杂树密集,苍翠交错,岩崖壁立,忽有岩柏盘结,出自崖缝,虽千数百年,不见高大,龙蟠蛇曲,亦复古画再现。缆车上行23分钟,至终点。其地有卖茶卖食品者,三五摊点,点缀其间,高低错落,亦画中景致。沿蹬道上行,路之右,有"三官洞",未曾往拜。前行百数十级,渐感腿脚不济,拟与效英就此止歇,不再登顶。奈何众人劝说:"哪能半途而废?"更有蔡先生玩笑道:"我来护持石老师,她走不动,我来背。"我们不能拂却大家美意,便继续前行,一路走走歇歇,看看山景,说说笑话,似也"谈笑无长路",竟然在慢悠悠中登得玉皇顶,先在殿下小坐,喝大碗黄精茶,每碗5元,一饮而尽,解渴解乏,亦感惬意。复入诸殿礼拜神灵,而后扶栏四眺,群峰罗列,众小环抱,"神龙岭",逶迤一脉,这玉皇顶正为龙头,祖师岭为龙脊,而三天门则为龙尾矣。苍苍茫茫,雾卷云飞,薄若轻纱,厚若棉絮,若隐若现,正神龙出没也。

阎先生在云丘山多年,对山中掌故甚为熟悉,即草木花树之属,也能说得精彩动人。于山顶见一丛"矮牡丹",他说:"这是牡丹之祖,亦称'吉县牡丹',单瓣,若逢花期,也是很好看的。能生长在这神龙岭头,实在不易,能耐高寒,霜期雪压,能奈我何!"说罢哈然一笑。下山,走另一磴道,沿路有"四照松"(对生叶),有葛罗槭;而山顶有辽东栎,五角枫,翅果油松,山中有"冻绿"(空心,旧时可作烟袋杆用),有"豹皮松"、"东蛇藤"等等。我于草木,向有兴趣,听阎先生介绍,仔细辨认,亦颇长见识。

下山至登缆车处,我独自补游"三官洞",洞不大,塑像颇卑小,似无可观,匆匆一来,匆匆而去,坐缆车下山,已中午12点。乘车返回住处,参观玉隍顶,一峰孤高,正在云烟缥缈处。

午餐毕,午睡足,小坐窑洞院古柿树下,放目观山,养眼养心,更喜一队红嘴蓝鹊过我,和鸣穿林,愈感云丘之幽寂,山居之宁静,闭目养神,心清如水,诚可谓:"养怡之福,可得永年。"

七月四日

上午8点,乘车沿马壁峪而进,峡谷渐行渐宽,至一悬崖下,原有唐之摩崖造像数尊,颇高大,早在20年前为文物盗卖者凿去,现今仅留残痕耳,对之令人痛心。所幸其侧有唐人书《华严经》刻石一章,尚完整无损,当甚珍贵,以故,今安排有夫妇二人住此护持,以保文物古迹不再被破坏。那二位守护者,住岩下两孔石碹窑洞中,地处路旁耕地,室中湿气较重,时届小暑节令,尚生炉火,一则煮饭炒菜,再则逼逼室内寒气,暇时,就近种点粮食蔬菜,加之看管文物,得以补助,生活过得虽说简单,确也安适,交谈中,两位老人的脸上,始终漾着微笑。

离唐人刻石,复前行,至安汾古村落,在灌木杂草丛中,隐有石城,云为唐时遗构,姑妄听之。披荆择道,入南城门,甚感窄逼,城内有古柳一株,虽老态龙钟,弯腰曲背,而新芽嫩叶,尚见生机。其余则野草过人,杂花椒、蝎麻,行走需格外小心。

其地有石碹窑洞,曾作监狱,有死牢,摸索步入,蝙蝠横飞,气味难闻,聊一浏览,匆匆而退。北去有精致之窑洞,乃一规模宏大之院落,久无人居,墙壁苔绿,天井草盛,或为狐兔出没之地,蛇虫憩息之区了。

出古城,于安汾街头见一戏台,为"文革"遗物,上有毛主席画像,颇富功力;有砖雕语录,亦见匠心;有毛体"四海翻腾云水怒,五洲震荡风雷激"对联,以水泥浮雕制作而成。此建颇具时代特色,或赋有些许历史价值,亦堪保护,以传一时痕迹云。

　　离"安汾村"，循原路而返，过"东沟村"南，入一谷地，渐入高坡，于一山窝中，见一寺院，为复建之"多宝严岩禅寺"，大殿、彩绘、塑像等为近年来新建寺庙中，水平格调可称道者也。寺后有明建舍利塔一座，为建文帝朱允文顺元年间所建，原为三塔，今存其一，形制古朴，耐人品读。旁有石础四枚，亦颇阔大，唐制，甚可观，而今更有山花拥护，亦复楚楚动人。

　　下午应邀到张总新建之别墅，索题"云丘居"额字，客中不暇作书，应以回忻后题寄。后往"五龙宫"、"八宝宫"诸处游览，新宫皆在旧基上复建，依山而建，随地势之起伏而布局，宫院整洁，花石点缀，亦可游可憩之场所。于路边见一石雕古人，风化严重，然不失古拙浑厚之气度，虽不知其雕造年代，却大有文物价值，当认真保护，移置室中，加以玻璃护罩，以待来者观摩，专家考证，必将是云丘山一件可说道的宝物呢！下午6点半，返回住地休息。

七月五日

　　上午7点，乘车再循"圣母谷"入山，抵2道缆车索道入口，坐缆车向"祖师顶"而来。打半山，下缆车，登步道，扶栏杆，斗折蛇行，走走歇歇，且贪看一路草木，两山云烟，穷山水之变化，极风云之壮观。忽声闻锣鼓之声，正山脚下"塔尔坡"村"迎亲"之表演。至"祖师顶"下，一径垂天，仰之弥高，诚天路也,陡甚,33级台阶,屏息聚神,手脚并用,便也登得顶来,稍止歇喘气,气渐舒适。方入殿,赏观无梁叠涩之建筑,也复令人赞叹古人技艺之精湛。无梁殿顶,新加层楼,内供玄元大帝,有游人拈香谒拜,亦见虔诚。

出祖师殿,凭栏四眺,可见蛇山、龟山,可见一天门、二天门、三天门,可见我们几天来所居之窑洞院。其时也,山风茫荡,彩旗历历,我亦放浪形骸之外,大声长啸,谷应山鸣,极一时之乐也。是日也,效英不曾登山,留山居之庭院,不知我之呼啸,凭借长风能传递几许,或不能耳闻,当可心会也。

在祖师顶游观尽兴,循原路下山,至谷口,观山玩水,拍影留念。返回山庄窑洞,方上午10点许。

下午,复在庭院小坐,又有多只红嘴蓝鹊在眼前丛树中来回飞翔,此鸟或与我有缘,时入眼中,令人欢喜赞叹。

七月六日

早餐毕,上午8点别主人,离住地,乘车出云丘山,经稷山而临汾。有朋友相接待,稍作休息,然后游览"尧庙"和"汾河公园",然后共进午餐。席间,旧友刘先生以《赵城金藏》印品一卷与"平阳麻笺"五刀相赠,至是感激。餐毕,在白天鹅宾馆午休。下午3点40分乘动车离临汾而太原,后改乘小车,于晚7点许返回忻州。

承德行记

（2016年9月21日—9月27日）

九月二十一日

上午9点半离忻，旅友童小明驾车，偕效英、新吾作承德行。过定襄、五台，于台山路上，忽遇雨，烟云幻化，雨雾迷蒙，能见度极差，行车变得缓慢，出门在外，安全第一。过石嘴，雨停。望长城岭、龙泉关而来，康乾朝台之状顿现脑海：銮舆煌煌，群臣扈从，仪仗彩错，鼓乐喧天，山谷夹道之中，气势威仪，直使兔走蛇奔，鸟散民匿，够威风，也够吓人。

至阜平界，见路边有"曲阳北岳庙"之标志，向往久矣，拟返程时一往参观。至满城服务区，已是中午12点半，遂就午餐，稍作休息。复上车前行，至京郊上西环，路长甚，于昌平，有忆力群先生，当年先生居香堂村，曾致函相邀，未能往也，先生云亡，遂成隔世，途经其地，不禁引颈而叹息。见"雁栖湖"、"红螺寺"之标志，皆发幽思，皆为旧游之地，此间不知留

2016年9月24日，陈巨锁在承德外八庙与僧人交谈

下自己多少脚迹。

于往顺义路上，塞车严重，艰难行进，令人心堵。车至京承（北京至承德）入口，挂钩之鱼方得解脱，得以全速行进，心情亦为之畅快。过司马台收费站，驶出北京界，再入河北地，未几，远见天际连峰如屏障，山巅之长城，蜿蜒曲折，有若舞龙，堞楼历历，烽燧高标，与天相触，出没浮云，峰回路转，转瞬即逝。过金山岭隧道，方知其地所见正大名鼎鼎之金山岭长城者也。于服务区稍事休息，聊作观瞻，且为之拍照，以记金山岭长城之一斑，时值下午5点时刻。然后再乘车前进，在山中奔驰，时见峰峦出没于云端天际，现各种形状，若古堡，若石榴。于"小贵口隧道"前，见一峰，得似睡美人，头、鼻、额、颈，无不妙肖少女之形象，过隧道，美人则隐去了踪影。

下午6点许，抵承德，入住"承德山庄宾馆"，即市政府之招待所。额字为溥杰先生之手迹。

在宾馆稍作洗漱休息，往街头近边"顺凯达小馆"就晚餐。"小馆"不小，食客多多，厅堂阔大，灯红酒绿。我们四人落座后，仅点菜点数品，不知菜量甚大，尽量下箸，没吃去一半，颇感浪费，也无可奈何。而其菜点，味道可口，色泽亦佳，才花去160元，初到承德，印象不错。

餐毕而归，坐了一天的车，效英精神尚好，灯下发微信，竟不知倦息，至晚9点方上床休息。

九月二十二日

晨起，8点早餐。9点出山庄宾馆，过马路，由"丽正门"入"避暑山庄"。沿中轴线，先后参观了"淡泊敬诚"殿、"四知书屋"、"烟波致爽"殿和"云山胜地"，其间就近于中线东游览了"松鹤斋"。西线看"西所"、三间小屋、咸丰与慈禧的卧室，及见之，颇卑小，这是原来不曾想到的。而整个宫区，乔松蔽天，浓荫匝地，间见叠石园林，奇花古木，每让游人驻足赏对。

于"松鹤斋"蜡像馆，见所塑清帝12人（包括努尔哈赤、皇太极），须眉生动，各具神采，足见艺匠精湛，亦复令人再三观摩。

出宫区，入湖区，浏览各景点，于"烟雨楼"、"文津阁"诸处稍作留心游览，余作顺路而过，观观花木，读读题咏，有山光水色相伴，有鸟语琴音相闻，既不喧嚣，也不寂寞，诚休闲散怀之理想场所。经"热河泉"、"试马埭"等处，游人颇多，排队拍照，人声鼎沸，人趋之，我避之，一瞥而过。在湖园中有《山庄菊韵——第四届避暑山庄菊花展》，则见展区阔大，品种繁多，有成片地种者，有盆栽叠架者，有剪修造型者，不一而足，其色彩，或高雅素洁一尘不染，或花光烂漫富丽堂皇，悬崖菊高架离坡，万寿菊金光耀日，有花大如银盘，有花小如铜钱，各呈风韵，各见特色，徜徉其间，亦让我流连忘返。已是下午1点，步出山庄"德汇门"，于街头"老五羊杂"小馆就午餐，小菜羊汤，加刚出炉的芝麻烧饼，即热品尝，香酥可口，羊汤中多放红油辣子,更见色泽亮丽。此初品尝承德风味小吃,留下了深刻的印象。下午2点回宾馆休息,或因疲累之极,竟睡到下午6点,方得醒来。

晚7点半,再到街头小馆,点小葱豆腐、香菇油菜二小品,喝稀饭一碗,小馒头半拉足矣。餐毕,于街边小店购得《承德胜景大全》一册,时值小雨,遂返住地。

晚来,室内灯光甚暗,捧读所购读物,眼前一片模糊,只好把书搁置床头,与效英叙话,谈初到承德之感受和初游避暑山庄之印象。

九月二十三日

上午9点至12点,乘车往外八庙游览,先寻"殊像寺"而来,因其与五台山殊像寺颇有渊源。此寺尚不曾对外开放,远远望去,山寺建高岗之上,殿阁嵯峨,老松掩映,红墙黛瓦,古色斑斓。至山寺前,寺门紧锁,从门缝向内探视,在大殿台阶上,有执扫帚作清理落叶打扫卫生工作者,月台之上,有一人引二大犬来回溜走者,除此而外,寺院空寂,了无声息,间或一两声喜鹊的鸣叫,还有一只在屋脊上转瞬即逝的松鼠。山门外,石狮威猛,一老榆,枝桠盘曲,老干斑驳,尽见历史之风韵。后往东墙外一高台之上,隔墙拍得山寺一角,以供日后引发回想耳。

离殊像寺,次访"普陀宗乘之庙",即所谓小布达拉宫者。

入山门,渐次升高,小有丘壑,颇费脚力。方之西藏布达拉宫,而小之又小,且值维修之际,殿内几无文物陈列,似无甚可观者,唯山石、松、榆、枫、槐之属,时有姿态,多可入画,更见游人小坐歇脚,交头接耳,谈兴甚浓,其状态,正山水画中点景人物之情致。

最后往访"须弥福寿之庙"。时届乾隆皇帝七十大寿,六世班禅前来承德祝贺,在路行脚一年之久,方抵达目的地,乾隆为其兴建是寺,以迎高僧,这便是承德之札什伦布寺,即所谓的"须弥福寿之庙"。曩游西藏,因山体滑坡,未能到后藏札寺巡礼,故不能一睹庐山真面。今来"须弥福寿之庙",入山门,过牌坊,礼诸殿,登"红台",观"金顶",然后至极高处,为"万寿琉璃塔"(实心),远望颇见风致;近观,与洪洞琉璃塔相较,其艺术价值自不可同日而语了。

中午,在一"满汉人家"的大餐馆进餐,人满为患,以致坐等移时,方得上菜,而饭菜既无特色,也不新鲜,除价格不菲外,无一品菜能快朵颐。

下午,在宾馆休息读书。

九月二十四日

上午,先访普宁寺,即大佛寺。寺内有木雕千手千眼观音像,为世界之最者,其建筑高度为国内第三。次访普佑寺,与普宁寺仅一墙之隔,寺多破坏,今有祖师殿,殿前有"曼陀罗花",为初见,摄影记之。三访普乐寺,寺为国务院1961年公布之第一批国保文物单位,其处游人稀少,有建筑得似北京天坛祈年殿者,内设坛城,四周陈列欢喜佛铜像,颇精美,逐一观赏。四访安远庙,仅我等四人游览,清静幽寂,正可细细品读漫游。于松径小坐叙话,听枝头小鸟吟唱,看草地松鼠觅食,凉风吹过,好不惬意。

下午4点,独自打的逛承德新华书店,下层已改作百货商场,二三层中,亦有卖其他货物者,当今书店不景气,亦可见其一斑。寻购一册《承德·避暑山庄·外八庙》,印刷精美,书价280元,携归上架,以备展玩诵读。离书店,顺路为效英购得"腰痛宁"和膏药。

路经关帝庙,入庙一观。我少年时,体弱多病,祖母领我拜在本村文殊寺伽蓝殿下,与关公结为兄弟,以求护佑,每于生日,必往进香磕头。以故,家人游山过寺,遇关帝庙,必往拈香礼拜。在这承德关帝庙,见有道士四人,与之叙谈,知该处原建在"文革"中皆被捣毁,今之殿宇,皆为新建,唯旧碑二通,高踞院中,然字迹亦甚模糊,未能竟读。

步行街衢,行人多多,也颇热闹,却有手推独轮车卖红枣、卖蔬菜者,有以提竹篮和荆条筐卖水果者,有以小车卖煮玉米和玉米面锅贴者,有以扁担担农产品吆喝叫卖者,此种景象,莫说大城市,就是中小城市中也不曾遇见,遂予志之。

中午在"大青花"吃饺子,市招为启功先生所题。生意红火,菜肴精良,既有地方特色,也多京中风味,冷盘啤酒,各色馅料水饺,颇能合我口味,唯食客多多,聒噪满耳,不得清静。

晚上,再到"顺凯达小馆"就餐,中午吃得过量,晚上四人皆无食欲,清炒一盘菜心,喝一碗小米粥,吃一二只韭菜盒子,便不肯下箸了。

九月二十五日

上午8点半,离山庄宾馆,9点许车入京承高速承德收费站,11点半抵密云司马台"古北口水乡"。"水乡"为新建之景点,以发展旅游事业,招揽顾客,作生意计,遂未往也。而登司马台长城,非我辈老人力所能及,以故,亦望之却步,遂在"水乡"外围作浏览。其地,虽司马台老堡尚在,驱车绕堡一周,残垣断壁,草树披离,入低矮之城洞,古堡人去城空,而几处老屋已为翻新,尚有几处在施工,拉水和泥,筑基架木,古村落一经改造,新则新矣,皆成假古董,名为保护,实为破坏,虽能引来熙熙攘攘的游人,赚得大把钞票,文物何在?又让游人何以领略古堡真貌呢?当家执事当作深思。

下午1点许,驱车入住司马台新村55排沙岭一号农家旅社。该新村为北京市新农村建设之典范,以旅游事业为基础而发展农村经济。新村小二楼排排队队,间以油路分隔,绿树掩映,花木成畦,自成格局。

我们一行四人,小坐农家旅社二楼屋前遮阳伞下,一张方桌,四把藤椅,泡一壶花茶,品茶共话,清静怡然,门前小路通贯,一尘不染,路南菜园新雨,珠露滴沥,西红柿、朝天椒,红绿逗鲜,紫茄、生菜,绿意可人,几棵矮矮向日葵,点缀其间,黄花带露迎风,一株小枣树,果实累累,亦颇让人心生欢喜。

小坐未几,饭菜已经上桌,农家饭,新鲜活色,虽不精细,却能可口。小店既无菜单,自然饭菜也无从标价,男主人掌勺炒菜,女主人添水端盘,与之对话,落落大方。下午两点半餐毕,方上二楼休息,居室颇感逼窄,倒也干净清爽,窗外青山绿树,鸟语河声,目对耳闻,得此山水清音,便也不忍入睡。

下午4点,与小明驾车外出,访古北口老镇,至长城脚下,有国保文物单位之标志,虽长城墙体残破,然不失苍古浑厚宏伟之威仪,对之无言,肃然起敬。沿国道北去,至长城脚下饮马河边,潮河谷地,浅水明灭,芦苇披拂,远则长城透迤,沿山脊至坡麓,蜿蜒而下,城垛历历,堞楼雄峙,在晚霞落照中,更见奇伟瑰丽之韵致。

返回老镇"古北口",过"古石桥",寻"三眼井",见老屋一区,门前两棵古槐高标,沿小石路三折而进,入小院,碧苔满地,花木迎人,有鸡冠花、大理花,花光浓艳,映照争辉,有樱桃树,枣树也复可爱,更见一石臼,钵中植秋菊,花初放,楚楚动人,正画上清供。檐下坐一老妇,趋前问话,知老人74岁,在此院住50年,古镇风物,司空见惯,似无一留心者,心底清净,倒也自在。

于古镇另一条小街上行进,见一门洞开,满院菊花竞放,其中万寿菊,尤为引人注目,遂入门造访。小院有北屋三楹,屋内有人闻声而出,一老翁也。周姓,81岁,甚健康,也健谈,说家中只他一人独居,儿女们皆密云县城工作,时常回家来看看。自己土生土长,在古北口生活了一辈子,故土难离,不愿意跟孩子们外出居住。

走老街,穿古巷,访"杨令公庙"、"关帝庙"、"财神庙",于某庙前广场上,见十数位外国人学练太极拳,有模有样,看来已是学有时日了,见我伫立观赏,答以微笑,还招呼我入列共练,此亦古北口长城之下,一道新的风景,特为拈出。

古镇很干净,行走在古御道上,遥想康乾之时,来往承德的浩荡队伍,曾给这古镇留下多少可供说道的故事。时已下午6点,遂出重建之"古关",额题"古道雄关"四字,在暮色苍茫中,更具雄浑之气势,匆匆留影而归。

行脚长城脚下,一睹古北口之形胜,也算不虚此行也。

九月二十六日

晨起,听楼下有吆喝声,推窗眺望,正下着毛毛雨,小雨薄雾之中,有手推独轮车卖脆枣者,卖鸡蛋者,卖菜蔬者,走街串巷,正儿时农村所常见之景象,今于司马台新村偶遇之,颇感亲切。

8点吃早饭,玉茭碴稀粥、玉米面贴饼、黄瓜、豆腐、腐乳、咸菜,纯是农家食品,却感清醇香甜,有滋有味,是一顿难忘的早点呢。

8点40分,离司马台新村,一路雨雾迷离,山色空濛,草木村舍,乍隐乍现,此或米家山水之粉本。至北京近郊,雨甚大,天地混沌,眼中景物尽失矣。出六环,雨渐小、渐无。过满城、顺平等路口,未遵循导航提示行车,以至回环往复,跑了不少冤枉路。后返唐县境而曲阳,已是下午2点钟光景了。

入县城,到处堆放着石雕工艺品,粉尘弥漫,给人以脏乱的印象。驱车入住"恒都国际大酒店",是此地第一流的宾馆了,够宽绰,也甚整洁,算是找到一处可以好好休息的地方了,然而因时间紧迫,遂匆匆下楼,就近于"擀面馆"草草进餐后,便驱车西去恒山路,转正阳街,而北岳路,直抵此行目的地"北岳庙"。

"北岳庙"占地面积颇见阔大,围墙内外,古木参天,红墙黛瓦,气象森然,入山门,经御香亭、凌霄门、三山门、飞石殿遗址,至主殿——"德宁之殿"。大殿面宽9间,进深6间,气派宏大而肃穆,东西山墙壁画标为唐吴道子所作,画虽精彩,颇见朝元图之风范,然没有足够资料可以证明是吴道子手迹,传说而已。于此国保文物单位,标识说明,当应严谨而为,不能给游客传达似是而非的知识。殿内光线微弱,壁画昏黑残破,虽作观摩,却未能得其梗概,不无遗憾。

北岳庙内,古柏多多,树龄在五六百年者,随处可见,有八百年者,更见老干饱经沧桑,色如铸铁,高可摩霄,翠叶筛影,立于柏下,柏籽瑟瑟,令人发思古之幽情。

庙中古碑林立,有碑廊、碑亭,读不胜读,有魏碑,有唐碑,有宋之韩琦、王禹偁撰书碑,有明太祖圣旨碑,皆高大无比,至明清之碑碣,不知凡几,或摩挲几通,或搜读数行,或仅报之一瞥,似有负于这些高碑巨碣,有负于古人之心血,来去匆匆,徒生惭愧。

一天奔波,颇感疲累,于庙中购得地方文物资料二种,以资日后翻阅,弥补因参观之粗略而所致之疏漏也。

出北岳庙,小明发现路南西南角屋角之上,一塔尖高耸,形制不凡,建议前去探访,遂穿街过巷,向人打听。未几,寻到塔前,读简介,知为隋天寿元年之遗构,名"修德塔",屡经修葺,今之塔为宋制花塔,亦为国保文物单位。绕塔而行,仰观俯察,虽四周皆为民居,且有丛树禾稼,而高塔凌空,白云飞度,仰之弥久,目眩塔动,似有倾倒之势,坐地闭目,久之神回。兴尽而归,于酒店休息,已是下午6点许。7时在酒店进晚餐,尚无食欲,仅喝小米粥一碗,佐以青菜少许。

九月二十七日

8点进早餐,8点40分离酒店,将入高速路口,经十字街头,堵车40分钟,令人心烦。9点半方得进入高速路上,经唐县、顺平、阜平诸县境,于中午12点许到五台山服务区,设施粗放,环境也差,每人勉力吃一碗西红柿刀削面,以为充饥。下午两点许返回忻州,结束七日之承德之行。

五台山游访记

(2017年8月10日—22日)

八月十日

上午10点五台山朋友边恩弘到忻，接我与效英、雪丹经定襄、五台而入山。中午时分抵台山，于"弘德堂"就餐。餐毕，入住"金都山庄"二层25号、27号。

下午休息，晚6点吃饭，饭菜较去年大有改进，色、香、味俱能称意，稍一品尝，似已过量，夜来或会不适。

此行忘带外套，晚饭后外出散步，凉意十足，微冷。

八月十一日

晨6点起床，洗漱后，读所携汪曾祺先生散文集《一辈古人》数篇。7点许，见窗外云涌车沟道，未几，雷雨如注，8点早餐，雨乍停，青天露，太阳出，台山天气，幻化不定也。

9点小边到，驾车抵黛螺顶山脚，游人有走磴道者，即沿

2017年8月于五台山黛螺顶在昌善法师导引下游览

2007年8月9日,陈巨锁于五台山陪沈定葊先生造访妙江法师

左起:释妙江、陈巨锁、沈定葊

"大智路"爬千零八台阶，可由山脚从"善财洞"至黛螺顶山门。也有绕谷口小道，纡盘而行或"骑马上山"者，此乃我40年前初登黛螺顶之路径。此行坐缆车，仅9分钟便到山门，且在缆车上得观山中丛树草木，僧院游人，亦极御风凌高，游目骋怀之乐也。

下缆车，至山门外远眺，台怀诸寺皆在指顾间，三泉寺、寿宁寺，以至玉华寺、凤林寺亦尽入望中，红墙黛瓦，古树高塔，历历可见也。

黛螺顶，初名青峰，上建佛庵，今则顶寺合称，即"黛螺顶"者。山寺座东面西，中轴线上建天王殿、旃檀殿、五方文殊殿和大雄宝殿，北配殿为祖师殿和地藏殿，南配殿为伽蓝殿和观音殿。一院有丁香，几年前春天，偕亢佐田夫妇上山，寺中，正丁香盛开之时，花香浓郁，几醉游人。有松，挺然高标。五方文殊殿前，北为桦楸，主干仅留半截，旁生4株，亦径粗尺余矣。南为云杉，俗称青杆，更见伟岸冲云。后院大雄宝殿前左右为油松和云杉，皆千年古木，奇伟超拔，亦顶天立地之大丈夫也。

中院殿前云杉下有碑一通，正乾隆所书之诗碑，字在碑阴，隐堂中有拓片，遂不复仔细观摩。

在山寺熙攘的游人中浏览之际，适逢方外旧识昌善法师身着袈裟法事毕步出殿门，走下台阶，看到我，便合掌致意，我亦还礼问候。师言："吃茶去。"遂相偕北去丈室。与法师共坐,吃茶叙话,谈山寺之沿革与古木之芳华,语缓而意邃,境清而茶香。师若僧怀素,"经禅之暇,颇好翰墨",以故,丈室之内,置一大几,案头之上,文房四宝一应俱全。案后植双竹,翠叶婆娑,生意可人,北墙下有条几,有书橱。条几上置法师访梦参老和尚之合影,书橱内,图书典籍,排列有序。西墙下设茶座,正法师待客叙话处,座后素壁挂一镜框,内装篆书"无量寿"三字,西泠刘江先生手笔也。

法师作字,从规蹈矩,字字庄重,不离法度,非醉素之狂草者也,正与师戒律谨严,为人方正之作风相表里。

来访者多多,今之寺院,似也不能清静自在。小坐有顷,将离山寺,法师遂导引我观摩了正在绘制壁画中的地藏殿和观音殿,画工似乎借鉴了永乐宫壁画技艺,构图饱满而绵密,设色富丽而不失典雅,而其用笔钩线,修长劲挺而能飘逸,一派兰叶描之气象,真有杜甫诗句"森罗移地轴,绝妙动宫墙"的感觉呢。法师又复引我到"五文殊"殿前,观赏那两棵干径尺余,叶如槐状的树木说,这也是桦楸树。2003年,他初上此山寺时,将母本处移来的小树,当时粗仅两三寸,得法雨的浇灌和山灵的呵护,如今已是大树。春天白花,秋天黄叶飘金,枝头缀满颗颗红果,有若珊瑚珠,很是让人留恋观赏的。赏木之际,已是上午11点时分。师尚有代县之行,来人催促,我便告别,师送我等至山门。

坐缆车下山,进"法音书店",购得《苦禅宗师艺缘录》、

《本焕长老传奇》(李苦禅先生和本焕老和尚生前,我皆曾造访请益),便往"台怀小镇"就午餐,然后回金都休息。

下午,与效英徒步至"真容寺"巡礼。百零三岁的梦参老法师在方丈院养怡着,年事已高,不复打扰。随兴在寺院徜徉,山寺还未全部完工,藏经楼尚在建设中,大雄宝殿、天王殿以及地藏、观音东西二配殿皆已装塑完成。整个建筑既具中国古典风格,又有日本庭院和装饰的一些特色,在五台山新建复建寺院中,是值得游览的地方,不过现在尚未对外开放。于此,我想起了旧作《过五台真容寺》一首:

万佛留胜迹(其地原为万佛洞),古洞化城开。殿阁诚唐构(新建大殿为仿唐结构),浮图远凡胎(寺有元代砖塔,颇为精美)。松门白云度,丈室素心回。南山悠然见(于方丈室二楼客堂可见"南山寺"景致),疏钟自往来。

时已近晚,返回山庄。

八月十二日

大晴天。上午9点,往竹林寺方丈院造访妙江大和尚,送上拙书对联一副与拙书宋词百首印品一函,即祈教正。师以所制"福"字大瓷盘一件与《一片真影》书法摄影册为谢,并伸手入大瓷瓶摸出手链数串,以赠我等,随请师为之加持,反复摩挲后递我手中。师言他近来身体欠佳,且瘦了20来斤,遂往京301医院检查,并无大碍,或因月前赴多伦多参加中、美、加佛事活动,来去7日,时间紧促,过度疲累,以致生病,现日见好转,遂能接引香客,随缘开示。师颇健谈,语多幽默诙谐,问起写字事,师言:"我又不会写字,出家人没什么东西送人,写写字也是为结缘,却也很劳人。每位在场的香客都要我写字,不给谁写也不好,不能让人家不高兴,生出嗔心来。况且写字又不是卖东西,卖完了,你再要,没有了。"师说着把双手一摊,做出已无货可卖的姿势,并莞尔一笑。紧接着又说:"没办法,这写字事儿,就不同,有人要,说出口,你还得完成。"

见又有来访者,遂起身告别妙江法师。小边导引我于五观堂内以观所藏拙书长联,数十年前曾悬诸该寺大雄宝殿檐柱上,古寺重建,移至室内,以免遭风雨剥蚀耳。

时近中午,雷雨大作,霎时天霁,台山天气,不可捉摸。路经龙泉寺,聊作浏览,在客堂吃茶数杯,小坐而出,然后到南山寺下的一家"酱醋鱼馆"就午餐,农家风味,可口实惠,其所蒸大花卷,尤为喜人。

下午休息,吃茶看书、散步,适其所适,安闲自在。

八月十三日

晨起,见阴云如铅,8点则云开天蓝。上午9点小边驾车接我往"镇海寺",车绕寺前而东、而南,盘旋而上,至寺之侧门前而停放,见当地售香纸者一位女人言:五月间,此处南坡平顶大松树上有"仙鹤"翔集,多至四五十只,很是壮观,专门来此拍摄者不少,更有游客多多,眺望赞叹。而另一位稍年轻男人说:"是鹳,不是鹤!""就是鹳,什么鹳?"我想不管是鹤,还是鹳,都是一道很好的风景呢。

　　入山门,是一区过道小院,花木繁多,有波斯菊,有罂粟花,姹紫嫣红,迎风竞秀。花丛之中,一株大杏树,枝叶茂密,时已立秋,红杏垂挂,好像笑脸迎人,喜色不禁。转入章嘉活佛塔院门前左右,旧各有一棵青杆,今仅存其一,直干入云,高标天际,小院内挂满游人祈福之红丝带,红光灼灼,隐天蔽日,又一景致也。入塔院,章嘉活佛塔金妆彩绘一新,将乾隆间遗构涂抹得面目全非,古意荡然无存,匪夷所思,徒唤奈何。唯后殿有康熙二十二年一匾,上书"香阁慈云"四字,宝蓝底色虽有剥落,却如一位饱经风霜的老人,尚可见其风采仪容。

　　入正院,坐西面东天王殿二侧,均置山门,北门洞开,香客出入,南门朱红而锃亮,而今紧闭,据说曩时,有达官贵人光临,方得开启。天王殿后为大雄宝殿,大雄宝殿后为观音殿。观音殿后,孤峰突起,上殿五世、六世章嘉舍利殿,乔松掩映,其境清寂,山之侧有石阶磴道可达顶端,几年前,我曾登临其上。观音殿前有二花坛,植百合、黄菊等,秋光灿烂,花色照人,微风乍过,生机摇曳。

　　入客房,住持金光师外出未归,由二当家桑仁师(小名二峰,当地人,从小在菩萨顶出家),为我等烹茶不辍,与之叙话,质朴而通达。面对窗外翠峰如障,新松如洗,高鹜如画,鸣鹊报喜,亦复心生欢喜,得"僧窗半日闲"之清福。

出山门,小坐长凳之上,观四围山色,听松风如诉,青杆、马尾松皆数百年古木,高标天际,埋山填谷,不知其数,野卉山花,竞相争荣。寺前二水合抱,山溪叮咚,置身其间,身入画图,真大李将军之青绿山水也。

于此小坐,思入往昔;初来之时,得一画稿,后成《镇海寺》一画,以赠我师王绍尊,请其赐教,多有褒奖。后同窗老友王朝瑞也来台山游览,画一幅《镇海松涛》,尚留隐堂之中。又曾陪同香港画家杨善深先生莅台山写生,于镇海寺前留恋选画,以焦墨勾勒古寺奇松,给我启迪,大受教益。而隐堂中所藏上海苏渊雷先生之诗咏台山之晨的墨迹小件,让人想到先生立于古松之下,放声咏啸的情状和倩影。

思入遐想,久之神回,遂取道护银沟换乘越野车,往访"海螺城"之"雷音寺"。上五台山数十次,从未造访海螺城,知其路程不远,且小边路熟,遂作薄游。

越野车自护银沟过清水河,北去未几,入于"天盆谷"口,穿一杨树林而西去,渐行渐高,行土石路上,有工人正在修建山体护坡,有推土机开路运料,机声轰鸣,声转幽谷。入山愈深,弯道愈见陡折,汽车小心盘升,便到得"海螺城"之"雷音寺"旧址。寺毁于十年"文革"中,今有僧人妙戒法师在此重建雷音寺。法师河南人,16岁到五台山圆照寺出家,现年40

岁,在山 24 年。十几年前同师兄妙树重建玉华寺,8 年前带两个徒弟来此荒山野岭,寻得雷音寺遗址,搭建茅棚,发愿重兴古寺,迄今已花去 1800 万元,首先在山之向阳处新建了龙王殿和大威德殿,拟为僧人作闭关之所。

在法师简易客房趺坐吃茶,听法师谈建寺之缘起与筹款之艰难。千里之行,始于足下,既以起步,慢慢来,终成正果。师又言:山寺建成之后,请赐题额字。我颔首以应:"愿为献拙。"

茶顷,法师导引我等先往龙王殿、大威德殿巡礼,然后到雷音殿旧址参观,蔓草丛生中,地基、台阶、柱础、断碑、赑屃等半埋残砖破瓦堆中,大殿外围墙也仅留残垣半壁,古井依稀可见,山风过隙,乱草披离,荒败苍凉,这便是如今所见的雷音寺立于寺之残基之上,但见其地七峰环抱,如障如屏,高低起伏,如青螺出没海上,或谓"海螺城"之由来。若存旧说,《清凉山志》中则云:"天盆之东,昔人于此见化城,若海旋焉。"亦无不可。更喜丛树相拥,翠碧满眼,正避风聚气养生健体之佛地仙山也。指顾间,忽闻犬吠,法师言,早年入山,夜间有狼豹相扰,遂养藏獒 5 只,以护院、护料(建筑材料)。"狗子亦有佛性,为建寺出力守夜,其功德也是无量的。"法师如是说。

时近中午,工人归来就餐,法师留饭,我们不愿更多打扰,遂返山庄午餐而后休息。

今日在雷音寺,爬坡上下,小试腿脚,尚能适应,亦可喜也。

八月十四日

上午9点，往金界寺见智明法师，于新客堂小坐吃茶，欣赏壁上所挂"五方文殊"大幅唐卡，法绘金碧辉煌，精工富丽。法师言此画由热贡唐卡传人带领5位徒弟绘制一年而完成，真金除外，造价90万元。又谈绘制见闻，颇为详细，特为记之。先叙制金粉过程，将金箔揉碎，蒸去杂质，再揉再蒸，复以水"澄"，再去杂质，便为可用之金粉。调金粉涂于画面，再用玛瑙碾压，即可平整而瓷实，后以硬笔画出装饰纹道，则可收返光耀眼的效果。画上白色即以鹿骨为原料，烤制压碎为细粉末，调制使用，色白而富光泽，更见深沉而厚重。而其他用色，皆是贵重而稀少的矿物质，以故唐卡价位高昂。

茶顷，先后随法师参观诸殿，于大雄宝殿见匠师正为毗卢佛之须弥座作精心彩绘，而须弥座侧置一尊铸铜高僧像，正智明学修于成都昭觉寺时之师傅清定法师。智明不忘师恩，铸像为念也。又往天王殿欣赏了四大天王彩绘艺术，而后于钟鼓楼下观其砖雕、石雕和木雕的精工。智明法师在复建金界寺过程中，无不亲力亲为，对其用料极为严格，于塑像、壁画、雕刻、彩绘等制作用心良苦，精益求精，将金界寺打造成古寺重辉的一个精品工程，令人赞叹。谈到所收集原"文殊寺"的部分诗碑，建议聚拢一处，建廊护持，亦寺中一个可供驻足留恋的幽区别院。

别智明法师，陪效英往五爷庙进香祈福，到塔院寺巡礼，而后路经"一盏明灯"吃素斋。小边说,他们几人合伙拟往普陀山考察,将设分店,预祝其考察一帆风顺,分店生意兴隆。

八月十五日

上午,小边驾车,同往东台望海禅寺。山行20里,经鸿门岩东去,由油路变为土路,虽感颠簸,而入冬则可减却路面因结冰而打滑。忆昔三四十年前数上东台,为观日出,凌晨3点,抹黑起床,在台顶凛冽的寒风中以待日出,每每不能如愿。读赵朴老《东台顶观日出》一首《忆江南》,山中胜景,仿佛见之。38年前陪同杨善深先生登东台顶,得写生稿数幅,至今不曾整理,每观画稿,那乱云飞渡,群峰出没的景致会顿现脑海,而杨善老早归道山,唯为我所画册页一开,所书对联一副可供赏对,每观其迹,便见其人,当年还是一位年仅68岁精神健旺游兴甚浓的岭南派名画家。

到望海禅寺,住持觉一法师迎入客堂,吃茶叙话。知法师本已下山到台怀,拟赴邢台而转潮州参加书画和佛事活动,因我登台,遂先返寺相见。师51岁,圆头,紫红色面孔,俨然一尊铜铸罗汉,性喜书画,酷爱挥毫。趁我上山之机,索书二横幅,一为"朝气满神州",一为"佛光普照",客中作字,未能工也,留念而已。后法师导引我等游览了望海禅寺书画院大楼。因其买了当日机票,便又匆匆下山而去。

我等在寺院各处巡礼后,乘车北去,绕行半山,寻得"那罗延洞",聊作观瞻,再循原路返回台怀。

上山下山,一路看风景,如入青绿山水画中游,草坡花甸,白杨青杆,远山近山,阴阳浓淡,层次分明,清风徐来,纤云飞渡,高路入云端深处,牛羊悠然而下山,真天然图画也。

车返台怀,再往"酱醋鱼馆"吃农家饭,餐毕回山庄休息。

八月十六日

上午往游菩萨顶,寻林虎法师不值。后往广宗寺礼法尊法师塔,参观法尊法师纪念堂,读楹联。访住持演明法师不遇,将离寺,法师归,又相邀小坐,再导引在寺院各处介绍其所书并刊刻之文字,皆劝善守法、醒世爱国之内容,亦见其用心之良苦。

上午11点返回山庄休息,下午在住地读书散步。

八月十七日

上午9点,往朝南台,行油路30里至金阁寺,一瞬而过,前出台山西路收费站,再去20里为土路,直达南台锦绣峰。一路林木夹道,山花点缀,芳草铺陈,牛群、马群游弋,更见远山缥缈,山岚浮空,偶起气流,白云如柱,扶持而上,直达天庭,诚为奇瑰非常之观。忽焉风起,云烟敛迹,峰峦顿现,青碧如洗,幻化之际,神奇莫测,正台山之景致也。经气象站,望"古南台",至普济寺山脚,有香客八九人,沿细路石径而登顶,采撷山花,说笑而行。

于山寺半道,住持乂亮师徒步下山办事,停车路边,相与问候。

至山寺,古建新建,交相辉映。古佛殿为数百年之遗构,为石砌窑洞式殿宇,门楣券口所用石材,皆以旧碑改制,光绪年建券口上旧碑之刻痕尚未洗尽,历历可读;券口西侧石料上尚存"大明"字样,可证当年山寺经济之窘迫。而原建石碹之天王殿,设计精巧,匠心独运,朴拙中见韵致,今于原建的石殿上外加歇山顶建复盖包裹,既保护了原建,又为山寺增加了新的气派。

诸殿巡礼后,到大客堂小坐吃茶,住持外出,唐居士接待。中午12点循原路下山,于小边的"弘德堂"就午餐。午餐后回山庄休息。下午3点,雷雨大作,檐溜如注。久之,雷息雨停,推窗而望,白云相逐嬉戏,山峦滴翠摇青,亦复怡人眼目,快人心胸。

八月十八日

上午有雨,时大时小,雨中过栖贤阁,入洞子沟,沿溪北去,两山近峙,谷之中,溪之西,山之麓,一寺涌起,红墙碧瓦,殿阁庭院,曲径扶栏,正"观音洞"是也。当家和尚根登师,几年前偕金界寺智明法师到忻州余之新居,携五色哈达与铜铸六字真言见访为贺。于隐堂中吃茶叙话,少言寡语,似感拘谨,小坐而去。前年上台山,便作回访,煮红茶、呈果盘、赠念珠、赠手串,热情接待,方知师为甘肃夏河人,十几年前到五台山住锡观音洞,重辉山寺,身体力行,颇得寺僧与信众之好评。去年在山,小边邀我与效英在台怀一家涮锅店吃牛羊肉,并请登根师同座共餐。师体态魁伟,食量大,举筷之顷,顿下牛羊肉四五盘,真具大气象,方显藏民纯朴自然之真面目。今过观音洞,知其回老家夏河未归,便也不作造访。

过"地藏洞",寺门萧条,无一香客。去年到此吃茶,深感其山寺清苦,寺僧生活似也难于维系。小边说:"去年咱们所见之住持已到他处去了。不发大愿,不能吃苦,复兴寺院,谈何容易。出家人,'不为自己求安乐,但愿众生得离苦。'是本分。"此言极是。

前行,过"普贤洞",见一磴道,自半山垂下,直挂岩壁,一尼姑头戴草帽,身着一袭灰色尼袍,缓缓攀登山道,脚下薄云细雨,岭头山寺飞甍,高远幽寂,令人神往。

复前行,路作"丫"字分岔,左去,经"清凉社"村,未几,即见"文殊洞"。古洞前,建三层楼阁,阁下殿宇皆为复建,气派宏大,庄重堂皇,即今雨中,游人不减,也足见此地香火之旺盛。

于一片乱石草地上,有五六头黄牛悠然觅食,仰天哞叫,一位牧牛人,打着油布大雨伞,稳坐石头上,有若打坐,还是打盹?而或是默诵经文呢?一只喜鹊兀立青石之端。静观那纹丝不动的牧牛人和自在觅食老黄牛,瞬息所见,却是一幅充满禅意的图画呢。

过"心印寺",前年曾来造访,仅建有闭关房和图书馆,还有一座体量不大的"本焕法师纪念塔",而今大殿、山门皆具规模,巍然在目,对之,也令人心生欢喜。僧人的愿力、心力、劳力和能力,实在是让人不可估量的。

离"心印寺",驱车"庙沟村",直抵沟掌,已无路可前行了。下车,见一黄狗,摇尾相迎,伴随我们浏览了沟掌破房旧院,杂草丛生,无人居住,唯几丛波斯菊雨中绽放,珠露滴沥,光彩照人,而不知时代之变迁,也不管主人之他去。于沟掌稍作逗留而离去,那黄狗也尾随相送到拐弯处,岂非狗子真有佛性。

于村头路边,遇一老翁,甚热情,颇健谈,邀往其家小坐,与之问答,知老人姓田,79岁了,面色红润,身体硬朗,说这庙沟村原有四十几户人家百十来口村民,而今年轻人都外出工作和居住,村里仅留十几个老人了。他的儿子也到20里外台怀打工,家中只留他和老伴生活。老人有房三间,分里外屋,打理得清清爽爽,老两口喜养花木,窗台上、屋檐下,摆满了盆栽,有紫色的吊金钟,红色的秋海棠,白色和粉色的波斯菊,西墙下有两丛橘红的卷丹花,长长的花须,顶着颤巍巍的花蕊心,还有一株金灿灿的向日葵,"开着轮子似的火红花",不禁让我想起了书中"顿河上的向日葵",便引出上面的那句子。在丛花的隙地上,还见缝插针,种上了生菜、白菜、芫荽什么的,生鲜活泼,都是供自己食用的。小院不设大门,干摞石头垒成两道墙,两墙之间,形成了一条小小的通道,供人出入。墙头上置一口废弃的大铁锅,锅内种满了九月菊,粉红色,挨挨挤挤,花头不大,竞相开放,迎风带露,野逸多姿。临街的石垛墙头上,爬了几株瓜蔓,大叶之下,隐现着两个大金瓜,一个柠檬黄色,一个朱红色,很是惹人注意。后院的墙头上布满了一种俗名叫"榨油油花"的植物,"能榨出油来吗?"我问道,老人笑着回答道:"不能,还要嘞。"这"还要"二字,是五台方言,我不知道如何写才准确,其意思大概是"说着玩的","说笑"而已吧。

墙外,隔着道路,便是一条叮咚有声的长渠,激越奔流的是山溪活水,隔水是一块一块的山药(土豆)地,山药正开着白色和浅紫色的花朵。地之后,挺然如屏的是南山,密集着白杨和青杆,间有鸟雀飞过,鸣叫着,为宁静的山村增加几许清幽。于此境界,却有几分王安石笔下"茅屋常扫净无苔,花木成畦手自栽。一水护田将绿绕,两山排闼送青来"的诗意呢,尽管老人的小院不设门禁,青山的胜景则从来不会关在门外。

别"庙沟村",循原路返"丫"字岔路口,小边说:"这里叫采茶路,不过,山中没有茶可采的。"沿沟北去,有村叫"苇地坪",地转平坦而宽绰。至沟掌有"铁瓦殿"村,村中曾建有"铁瓦寺",早毁。寻其旧址,虽挖出地基,也备了少许建筑材料,不知什么原因,工地已不再施工,空寂无人,唯鸟雀在几棵树上唱和。

　　上午11点返回台怀,车至南山寺侧门,徒步登上"佑国寺"山门外之"望峰台",邂逅山寺住持悲善法师,知其从小在此住庙,遂问起自静老和尚在南山寺时的情况,未能记起有什么故事。

　　于南山寺罗汉堂门前,见一僧人坐于门首,座下有一红嘴鸦,喳喳鸣叫,那僧遂以手抚摸其背,黑色羽毛闪着亮光,突然飞上僧人的膝盖,僧鸟甚为亲近。问其何以如此状况,"这鸟被猫抓去了尾羽,不能飞翔觅食,我就喂养护持它,慢慢亲近起来,整日不离左右,成了我的跟班。"那僧人说着话,又去摸抚他的红嘴鸦。于此,又引起了我的回忆,十几年前,我到寿宁寺游览,见大雄宝殿的殿门中飞入几只红嘴鸦,落在大殿内的山墙屋檐下,脱口而说:"大殿内住鸦鹊,不怕佛头着粪?"一位身着灰色旧棉袍的老僧坐在殿下靠椅中,回答了四个字:"爱屋及乌。"趋前问候,老僧八十三岁了,正是自静老和尚。后来才知道,他是一位学问僧,一笔好字,黄庭坚的遗韵。山中人只知道他会下棋,真是真僧不露相。

　　收回思绪,时值中午12点,返回车沟道,往"锦绣山庄"吃涮锅。

八月十九日

　　上午9点往玉华寺而来,车到殊像寺门外,堵车严重,费去不少时间。至新建瑞应寺,已具规模,路之另一侧,又复建一处寺院,扩地围墙内已建起大殿,初见成效。

至玉华寺,见围墙新起,环护山头,颇为醒目,大雄宝殿、天王殿,业已竣工,藏经楼正在立架之中,工人上下,手脚矫健,若穿梭林木间之灵猴。过毗卢殿外,绕龙王殿,至文殊院,住持妙树师已在山门外相迎,相偕而入,方丈信行法师相邀吃茶。客堂阔大,立高台之上。前有月台,亦甚宽绰,于此东望,可见台怀之黛螺顶,衬以远山近树,浮岚游云,诚绝妙之图画。客堂之后,依山建闭关室一排,闭关室与客堂之间,有小院一区,植红松十数棵,挺拔撑空,浓荫覆盖,忽闻鹿鸣呦呦,闻声而望,见三只梅花鹿自山坡相偕而下,至院侧的杨树林,竖起头来张望,似乎在打量我们这些不速之客,于此扶栏小伫,也感幽极静极。

客堂为实木人字架大屋顶,作红木色,庄重典雅;四壁为落地大玻璃,周边山色云影,皆入望中。室内设茶台、书案,置盆花,空地上晾着新采摘的山蘑,满屋弥漫阵阵清香。

围坐茶台,吃茶叙谈,二位法师介绍复建玉华寺的艰难和辛苦,谈前去海螺城的妙戒,谈金界寺的智明,都发大愿,都做实事,都会有建树,是僧中的英才。信行师是温州人,收藏有弘一法师的墨迹,遂又谈到了弘一大师和丰子恺先生以及两浙的书界人物,法师对书法不独爱好,也颇有见地。

茶毕,离文殊院,二师导引我沿磴道小路而下,至"玉华池",井水一泓,以石砌之,清澈明洁,得似满月。池之上,拟建攒角顶八角亭,而后引水种莲,更期花放十丈,荷叶田田,届时,这玉花池又是何等景象。

时近中午,二师留饭,步毗卢殿下五观堂内吃素斋。

餐毕又导引我等至新建大雄宝殿台阶下,信行法师为大殿檐柱索题对联,我颔首以应。唯客中不能从容作字,待回忻后写寄奉上,师合掌致谢,遂与二师告别,返回山庄住地。

八月二十日

上午,先到显通寺"佛国藏珍楼",拟观所藏文物。记得早年曾多次登临此楼,观摩赏对书画,仅慈贵法师一人守护,不曾有丢失现象。而今有两人管理,楼门上两道锁,开锁入内,窗户垂帘,且无灯照,光线昏暗,书画卷大都入柜收藏,自不能一睹风采。只留管道昇所画观音像并题心经一轴,挂在玻璃框中,却非真品;有丁观鹏所画罗汉册页一本,封面有黄易所题签条,然柜中册不曾打开,不得一见庐山真面目,只黄小松之签条,已觉可贵了。而其佛造像,玉雕瓷器,以及其他杂件等,杂乱陈列,尘灰覆盖,我自无心观摩,来也匆匆,去也匆匆,其地已不见当年光景。

离显通寺,沿新开车道上寿宁寺寻自静法师在山踪迹,了无痕迹。住持僧很年轻,辽宁人,到该寺没几年,对自静和尚的事迹,亦无所知。所幸山寺修葺一新,西跨院建了文殊院,玉立苍穹之下,岿然紫霞灵峰。塔后建一大厅,内设几案,住持言,明日在此将举办一次大型书画笔会,请省城书画家数十人到山共襄盛举,也盼我能参加。"明日我的行程早有安排,不能参加这里的书画活动,抱歉抱歉。"我婉谢了山寺住持的邀请。

离寿宁寺,顺路游览了"三塔寺",复建寺院,殿宇辉煌,香火旺盛。山门正在改建中,住持索题寺额,答应回忻后写寄法师。

中午复往南山寺下吃农家饭。

八月二十一日

上午入紫霞谷,先访"宝华寺",在尼泊尔式飞来塔下,有二僧人洗菜做饭,切金黄色的油炸豆腐,刮橘红色的胡萝卜皮,洗翠绿的生菜,鲜色可人,堆置满案。二僧人边劳作,边叙话,还不时打量过往的游人,一只花猫蹲坐在僧窗下,突然抬起前脚来,去扑那飞过的蝴蝶,蝴蝶逸去,花猫便卧下来,闭上双目,鼻中很快发出一种呼噜呼噜的"念佛声"。这也是宝华寺一道风景罢。

过"憩山寺",入藏经楼,殿颇宏大深广,得似藏地大经堂。殿内有僧五六位,作上殿演奏与念诵排练,梵吹声起,钟磬传响,经幡飘拂,跪拜如仪。而殿之一角,尚有画工彩绘,专心致志,似不见游人来去。后与住持相见,邀入客堂吃茶叙话。知法师籍贯山东，原本是一位工人，在西安工作，应朋友所邀，到此憩山寺作施工管理，机缘凑合，遂出家做了僧人。谈及该寺建筑形制，说因为请了夏河匠师来此设计施工，难怪所有建筑，一派藏地风格。将离山寺，住持僧导入西跨院，指着山窝的一处小寺院说："那就是当年的憩山寺，矮小破旧，稍作修葺，拟作僧人们闭关静修的处所。"因山路崎岖，且在施工之中，此行便不再造访了。

后至"庙顶庵"，但见殿宇庄严，庭院整洁，花木多多，有几位尼姑在大殿屋檐下翻晾蘑菇，忽有自北京来的十几位男女居士，上殿进香礼佛，住持闻讯前来接待，互致问候，颇见熟稔，知其诸居士每年都来此庵续缘。礼毕，尼众陪其香客步入五观堂用餐。

时在上午 11 点，我们离庙顶庵，到小边的"佛缘阁"先吃茶休息，然后上"台怀小镇知青饭店"二楼包间吃午饭。

八月二十一日

整日下雨，整日读书，未出"金都山庄"半步。

八月二十二日

上午 9 点离五台山，小边送我等返回忻州。

隐堂题跋(之二)

题潘龄皋书法

上党王建国,吾友也。重交谊,富收藏。壬午某日,携潘龄皋所书小幅见示。是时也,夏暑正炽,奇热难耐,及观书字,似有微风拂面,顿生清凉。噫!潘公之作,文章生动,所记张雪蕉拈韵题诗事,俨然友好共话,呼之欲出。其书件高可尺余,宽八寸许,百卅余字,分九行,犹见东坡松雪遗韵,信笔写来,得自然之妙,亦落落可人也。今之所谓大家者,未必能臻于此也。潘书于隐堂留旬日,谨题数语以归赵,不知建国兄以为然否?陈巨锁。

题云南爨乡文化节

超然有悟,书参爨字。

乐哉斯游,身入麟城。

亢佐田画《元遗山先生野史亭著书图》

跋周退密书东坡诗册

四明周退密词丈,吾之忘年交者,相与十数年,时有翰札往来,每诵其清词丽句,不独引人入胜,也复想见先生吟咏挥毫之倩影也。而今又以期颐之高年,书东坡居士之诗作,随心走笔,一任自然,不激不厉,风规自远,洵可谓优入人书俱老之化境矣。谨题数语,思堂先生以为然否?

癸未冬月,陈巨锁。

跋苗培红书心经长卷

心无挂碍,作字远离安排雕琢,究竟质朴自然。邹平苗培红先生书《心经》长卷,正复如是。徐徐展对,渐入清凉境界,遂生无量欢喜。

时在戊子立秋后三日,陈巨锁拜题。

跋李廷华文章

《文化复兴中的当代中国书法运动》,其文立论精当,所言正吾欲言而未所言者也,使吾省却许多笔墨,大合我意,大快我心。

岁在己丑年嘉平月,陈巨锁。

跋郭广勤所藏汉砖朱拓

右汉砖朱拓一纸,文曰"永元七年"。其字瘦劲整肃,法度严谨,神采焕然;其饰尖圆变化,简净明快,颇饶情趣。读之,知古人虽司工制砖,亦富匠心,令人钦佩。此砖出于越中,后为泰安秦汉风砖瓦研究院主人郭广勤先生所得,遵嘱为题数语以归之。

己丑夏月陈巨锁。

跋李明杰书小楷《千字文》

向闻云州李明杰先生雅好书法,尤精楷则,今以小楷《千字文》见示,果然疏朗劲健,秀逸天成。晤对良久,心为之清静,目为之怡悦,诚可谓赏心悦目者也。七十老人,尚能作如此雅致小楷,佩服!佩服!

陈巨锁拜题。

题赵国柱藏林鹏书卷

曩对黄宾老之法绘,其笔墨尽得干裂秋风,润含春雨之韵致。今观林鹏先生所书代州、河曲镇远眺之诗卷,亦复如是。而其近时之所作,似嫌太甚疾速,不若十数年前所书此卷蕴藉沉着耐人寻味。不知藏家国柱兄以为然否?岁在辛卯六月雨天拜观敬题于隐堂南窗之下,陈巨锁

自题《隐堂百影册》

平生无多嗜好,性喜读书游山。

作字添为余事,摄影以记流年。

读书不求甚解,游山偏爱林泉。

腰脚差强人意,尚堪西北东南。

癸巳暮春三月自题《隐堂百影册》,陈巨锁。

跋田东照《餐韵食趣》

吕梁食事,尽现毫端。

一卷在手,五谷呈鲜。

味之象外,思危居安。

淳风可嘉,赖以宣传。

东照先生《餐韵食趣》读后,陈巨锁。

跋赵国柱书法

国柱作书,入古出新,所书既不离陈法而又不拘于陈法,喜能机杼圆活,蹊径自拓,得此手眼,故可名家也。陈巨锁。

朱松发作画赞

初见挥毫意纵横,旋惊笔力能扛鼎。

胸中元气淋漓甚,笔下江山铁铸成。

观朱松先生作画赞之。陈巨锁。

王绍尊老师翰札册

师心可鉴,明月清泉。

绍尊老师翰札。

陈巨锁敬题。

自题所书《千字文》

甲午正月,客居海南五指山中,一日晨起,见户外夜雨初霁,杂花承露,鸣禽上下,旭日临窗,欣然理纸染翰,书《千字文》一过。奈何行笔急速,不能苍古,惭愧,惭愧。

陈巨锁时年七十有六矣。

跋《元遗山先生野史亭著书图》

遗山先生,金亡不仕,构亭于家,著述其上,是为野史亭。期间,奔走四方,采摭旧闻,凡有所得,则为记录,终成《中州集》《壬表杂编》若干卷,诚所谓"金元一代之文献,卒赖野史亭著述之力"也。余居忻州数十年,尝往韩岩谒拜先生墓园,于野史亭中,低回良久不能去。每想见先生于一灯之下,寸纸细字,聚精会神著述之情状,便致书同窗老友亢佐田作《遗山先生野史亭著书图》。奈何佐田迟迟不肯下笔,屡催之,皆不应。越三年,忽以二幅见寄,于此亦足见佐田作画之不苟也。癸未夏秋之交,遗山墓园扩建一新,又复有《忆元先生著书图》,寻得亢画,披览再三,拟付装池。月前,远请海上八六老人丰一吟女史为之签题。签至,装成一卷,谨题敬语,以记其始末云尔。

甲午夏月,陈巨锁。

题定襄七岩山造像残石

定襄七岩山,有磨笄洞,祀惠应圣母,乃磨笄夫人也,《史记·赵世家》有记载。有灵光寺,乃千佛洞也,为东魏之遗构,日本遣唐僧圆仁和尚曾造访。二洞之内外岩壁,有北魏、东魏、北齐及唐宋之摩崖刻石与造像碑多多。余居忻之日,尝往谒拜,坐卧其下,竟日不去。丁亥八月十九日再访之,惊见赵郎奴造像崩塌回光窟下,不禁神伤。亟请焦君槌拓,仅得佛龛造像及两边之题记。至甲午九月十九日,再游七岩山,见回光窟下,路畔亭侧,又有魏齐造像残石,立以护路,无人珍惜,徒自叹息。至五月二十八日,邀潘、童、李诸君同往,拓得此纸。陈巨锁谨记之。

题王利民书作

友书王利民,每以所书高堂大幅见示,动辄数十纸,足徵于书法情有独钟,用力甚勤。观其所作,鸿篇巨制,有如高崖坠瀑,声振岩谷,珠玑溅落,墨韵升腾。而其斗方小品,恰似涓涓细流,激激浅浪,一溪风月,幽趣时见。而山阴道上,好景无限,非勉力奋进者,其奇伟瑰怪非常之观,何以拾掇得。书付利民书友共勉之。

岁在甲午小暑,陈巨锁挥汗题。

自题所藏《松龛杂稿》释文

余所藏《松龛杂稿》卷,纸本,高廿一厘米,长五百十五厘米,卷尾有"山右徐继畬松龛印"八字白文图记一枚,此卷乃徐先生同治年间设帐平遥超山书院时手录旧稿,含诗文联语等文字,皆未曾收入典籍者。今三晋出版社兴《山西文华》,拟出版《徐继畬全集》,特以杂稿卷之顺序释录于后,以供文集增补之需用。惟卷之装裱时,因有缺页,以致部分章节不能卒读,深以为憾也。

岁在乙未端午节,陈巨锁于隐堂。

张熙玉先生从艺六十周年雕塑作品展题赞

匠心独具,圣手传神。

题尹承志书《心经》隶书卷

江西尹承志先生,书坛之耆宿。余素闻其书名,所憾南朔千里,不曾谋面,未能请益。今观其所书大作《般若波罗蜜多心经》隶书卷,得见老人心无挂碍,笔下自然畅适,传诸黄毅君,当永宝之。

乙未立夏,陈巨锁拜题。

跋夏承焘先生所书论《元好问词》小件

瞿髯翁有《论词绝句》百首，以其戊午冬月所书论《元遗山》二首之一小幅，乃应人之作也。先生时年七十有九，养疴京华，因其年事已高，体气欠佳，以故笔下偶有讹误，卷中点去二字。是作已不复当年之精致者，遂重书一纸以报命。而前书亦不复加盖印记，为随手掷之字篓者。于此亦见先生治学做事认真之一斑，而篓中之物，幸免秦火，流于隐堂之中，亦胜缘者也。又隐堂尚藏有先生致津门张牧石短札一通，札中有云："丁敬刻印中，有'髯'字一方，可否摹刻见惠？"云云，不知介龛曾操刀否？睹此函札，不禁寻思，倩太原印人杨建忠君复摹丁敬"髯"字小章，加钤焚余之上，顿成完幅。悬诸粉壁，朝夕相对，亦见余于一代词宗景仰钦慕云。

岁在乙未夏月，陈巨锁题记。

题张马勺

少小泡剧场，常记张飞夜战马超；

老大赏图画，却看张星彩绘马勺。

效祖先生以张马勺见贻，悬诸隐堂，顿生喜气，书以谢之。

题翠岩山铁梁桥石刻

翠岩山中，铁梁桥上，栏板雕饰，无尽意藏。忻州市伞盖寺铁梁桥,其栏板石雕甚古朴,其人物、鞍马亦极传神,而其雕造年代尚未有定论也。巨锁记。

题《神泉沟午睡图》

独卧松坡下,满鼻茯苓香。

充耳唯天籁,梦入黑甜乡。

《神泉沟午睡图》题记。岁在乙未夏至后五日,隐堂。

题灵璧石

君赠灵璧石,拳拳喜玲珑。

叩之久不语,大音本稀声。

翁山范白君以灵璧石见赠,扣之不鸣,戏题。陈巨锁。

跋郑孝胥《满洲国歌》

东坡有云:"古之论书者兼论生平,苟非甚人,虽工不贵。"方之附逆之徒郑孝胥,正可当也。睹此伪满洲国歌手迹,即见其丑陋之端倪。研究其人之历史,亦为不可或缺之资料。

白爽宋人词意图像百印赞

道眼已空诗眼在,刀锋不让词锋爽。

悼念殷宪先生

墨迹犹新,悲添云朔;

史稿未竟,梦断平城。

殷宪先生,吾之旧雨,曾以《云朔骋怀》、《平城史稿》二种见赠,忽惊辞世,悲从中来,展对遗著,哀思缕缕。隐堂。

殷未林山水画题赞

高岭大壑,写吾晋山川之气象;

流长源远,承传统法乳之神髓。

观殷未林山水画题赞。陈巨锁。

跋张存堂小楷《金刚经》

原平张存堂先生,吾之乡友,亦吾之书友也。日昨以所书《金刚经》长卷见示,但见楷法精稳,清气拂拂,若非心无挂碍,焉能得此境界也。是卷且为古稀之年手泽,其后人晓凤小侄女尤当宝爱,亦可师法也。陈巨锁谨题。

悼念张颔先生

绵田虽焚,介子寒食千载祀,

颔老岂逝,哲人著述两不朽。

岁在丙申腊月,我适海南,惊闻张颔老前辈先生仙逝,不能返晋吊唁,痛哉！痛哉！后学陈巨锁。

题杨文成所藏《元遗山先生全集》

余居忻州五十年,访野史亭,谒元子墓,登读书山,礼福田寺,沐山川之雨路,得遗山之诗教,幸何如之!幸何如之!然于"文革"洗劫中,偶临忻州北城楼,见《遗山先生全集》之雕版,堆弃墙角,无人珍爱,更有以之入炉生火煮饭烹茶者,不禁为之酸楚而慨叹。此文化之灾难,时代之不幸也。日昨,杨君文成以其所藏《遗山先生全集》见示,乃光绪七年忻州知事方戊昌以道光三十年平定张石舟刊本重镌者,传至民元初,书版尚见完整,民国八年忻州陈芷庄又增补同治五年番禺李光廷所编《广元遗山年谱》而印行,正吾当年所见秀容书院藏版之遗痕也。元子《全集》分上下两函而装之,杨君留心忻州文献,素重故实,于偶然中,幸获全集之上函,喜之余,终因未能购得全编,而常引以为憾事,遂不废四方搜求,经几寒暑,竟又觅得下函,元集欣成合璧,诚可谓延平剑合,合浦珠还,闻之亦复令人欢喜赞叹。该本虽属晚近,然今之已不复多见矣,当珍之护之,用仰先贤,津逮后学,其功德亦莫大焉。

岁在丙申秋风后五日,题《元遗山先生全集》于隐堂南窗之下。陈巨锁。

题范越伟书姚奠中先生诗卷

书友越伟,以所书姚奠中先生诗《一年纪事》长卷见示,展卷快读,洋洋洒洒五百言,奔来眼底。其书乍缓乍疾,或收或放,激越处,不离法度,疏缓处,能全气魄,允为范君之力作也。诗作在眼,奠丈云亡,何其速化,令人悲伤。幸闻长卷付梓,不惟范君与先生之一段情缘,更是对先辈学人尊崇和怀念。有感于斯,谨题数语以志之。

岁在丙申正月于隐堂南窗之下。陈巨锁。

题范越伟赠笔

书友范越伟,每以狼毫小楷笔见赠。作字能得劲健爽快之致,甚合我意。据云:是为江西老笔工以传统手工艺精心制作,紫毫黑干,嵌白题刻,煞是惹人生爱,一管在握,便欲作书。日昨范君又以十数枝惠之,且刻以"文隐书屋"字样,知为我特制者,字为书家程志宏所题,亦颇清纯典雅,耐人赏对。致谢之余,谨为之记。

时丁酉端午前二日,陈巨锁。

自题《旧稿掇拾》

余少小山居,喜爱书画,模山范水,时有涂鸦之作。入小学,描红写仿,临碑摹帖;拓写炕围画上之山水花鸟,描摹旧书籍中人物绣像,对书画之兴趣,愈来愈浓,以至上大学,专修国画,兼及书法,积五年之学力,于书画初识门径。摹古临今,博采百家;登山临水,外师造化;忘却寒暑,不知懈怠。所欣慰者,得写生画稿,以千百计,或可谓践行"搜尽奇峰打草稿"者也。惟所憾者，对其拙作，从不知留稿。有友朋索取，随意弃掷，除交城写生外，诸如漓江拾稿、黄山掇英、峨眉撮秀等，皆十不存一焉。加之近廿年来，几不作画，偶一染翰，手生笔拙，所画无一有可观者，徒具画家虚名耳，惭愧，惭愧。

日前，偶理旧物，得弃余杂稿近百幅，多为二十世纪六七十年代所作，正当年学画时临摹写生之习作，笔力孱弱，稚气满纸，对之不禁一笑，笑我当年如此笨拙，竟不自知也。或有乘兴放笔，即席挥毫之作，亦乏神韵，尽见疏野狂放，几堕魔道矣。且所存画稿，历经三四十年岁月，或遭鼠啮，或为虫蛀，或着霉点，或留水渍，斑斑驳驳，实不堪入目也。本拟付之一炬，行书画家毁少作之举也。转念一想，人之成长，自有过程，学书学画亦然。少作或多有可笑之处，却或亦有少许可爱之处，况此中也凝聚着自己不少愿景和心血。旧时画稿，遂不忍扬弃，掇拾成册，既引起点滴回忆，亦可徵余学画之轨迹。或有贻笑大方者，于我又有何妨哉。

时在丁酉立秋前三日于隐堂南窗之下，陈巨锁。

题香泉寺诗碑

居忻州数十年，知红叶香泉为忻县八景之一，愧未尝往也，至乙未寒露后二日，方做一日之薄游。山峦竞秀，草木争辉，品泉读碑，游目骋怀，得一日之闲，享一日之乐也。

余于山寺陂陀之上，乱草丛中，觅得《香泉寺功德记》石碑一通。斜卧苔生，无人问津，以手摩挲，正乡进士党承志所撰山寺重修之碑记，以志山寺之兴废者也。日前宁兄志刚以新拓香泉寺诗碑拓片见示，言是碑数年前坡头村重建山寺时，于旧基中掘得，正党承志作记后二年，偕友游寺分韵之作，片石留锦字，沉晦庆昭苏。

志刚素重乡邦文献，关注家乡文化建设，见此诗碑，遂发动议拟建新亭，嵌碑壁间，以助游人之吟诵，以发骚客之诗思。此举诚可嘉也，诚可赞也，岂非山寺之幸欤！陈巨锁并书。

文景明书法展贺联

师姚卫，友张林，书存河汾气概；
居酒都，尚侠义，人有龙马精神。

文景明先生书法展，岁在丁酉秋月，陈巨锁题贺。

题隐堂清供

文成赠佛手，小明赠丹柿，向琴赠酸刺，伴以自采之蒹葭，置诸隐堂案头，诚清供图。时值秋阳在窗，伏案静坐，沏清茶一杯，展杂著数卷，似有思而无思，虽展卷而未竟，清景无限，乐何如之，偶得俚句，以酬诸君：

感君情意深，两年赠佛手。
分香到隐堂，佳节正重九。

我无金玉盘，供之以瓦缶。

丹柿来远林，相伴胜琼玖。

性本爱丘山，拜石拜五柳。

嚼得菜根香，平生素朴守。

佛手诚仙品，金色动户牖。

指竖破禅关，香幽慰老叟。

蒹葭拂梅瓶，沙棘亦为友。

饮绿茶一杯，清趣君知否？

时在丁酉重阳节后五日于隐堂南窗之下。陈巨锁。

后　记

生活如常,粗茶淡饭。无事静坐,有友清谈。莳弄花草,不知怠倦。日日散步,老妻相伴。听鸟观花,清景无限。偶然欲书,每亲笔砚。暗中马齿徒增,所幸身心顽建。余尝言:平生无多嗜好,性喜读书游山。而今目力不济,腰脚也欠当年。读书未竟十行,眼前模糊一片。登山知难而止,观瀑坐听潺湲。此吾今生活之常态也。生活乃文字之本源,生活平淡,文字自然也就无奇了。

去年寒冬,远适海南,天涯作客,海角逢春,闲来无事,翻阅20世纪六七十年代外出日记,记及当年行脚之见闻。文字虽云粗疏,而其中,亦可窥见当时社会现象之一斑,以故不忍丢弃,遂成《行记》六七篇,虽云身经眼见,而已时过境迁,皆成"旧闻"矣。

年来,学界前辈,书坛师友张颔、冯其庸、马作楫、刘艺、佟韦诸先生,溘然辞世,竟成古人;五台山梦参法师,也往西生,不禁悲从中来,谨成短文,聊记行状,以寄痛失良师益友之无尽哀思。

年近八十,记忆力为之衰退,昨日、前日所读之书,所查之生字,竟然不记,老杜笔下"读书难字过,出门错应人",便成了对我的写照。但又奇怪,而其六七十年前的往事,留存脑海中,不仅不曾忘记,而是愈见清晰,犹如当下眼中所见,耳中所闻,遂成《青灯有味是儿时》《故乡的草木鱼虫》等篇什。

拉杂写来,记往事,记古人,记昔游,竟得二十余篇,都为一集,名之为《隐堂忆旧》。不过,这《忆旧》也不全然,"古人"多为年来所逝之人,《游访记》则记今年所游之地,岂可言旧。话又说回来,昨日之事,今日视之,已为过去;已逝之人,昔游之地,便为陈迹,何况数十年前往事,今日整理结集,名曰《忆旧》,不亦当乎?

多年来,承蒙三晋出版社社长张继红先生的错爱,为余拙著十数种出版发行,或赐序跋,或写评论,推介揄扬,竭尽心力,皆令我铭感而难忘,于此,再次敬致谢忱。

陈巨锁
2017 年 11 月 8 日

图书在版编目（CIP）数据

隐堂忆旧/陈巨锁著.－－太原：三晋出版社，2018.2

ISBN 978-7-5457-1691-7

Ⅰ.①隐… Ⅱ.①陈… Ⅲ.①散文集–中国–当代 Ⅳ.①I267

中国版本图书馆CIP数据核字（2018）第035500号

隐堂忆旧

著　　者：	陈巨锁
责任编辑：	张继红
责任印制：	李佳音
出 版 者：	山西出版传媒集团·三晋出版社（原山西古籍出版社）
地　　址：	太原市建设南路21号
邮　　编：	030012
电　　话：	0351-4922268（发行中心）
	0351-4956036（总编室）
	0351-4922203（印制部）
网　　址：	http://www.sjcbs.cn
经 销 者：	新华书店
承 印 者：	山西臣功印刷包装有限公司
开　　本：	787mm×960mm　1/16
印　　张：	24.75
字　　数：	200千字
版　　次：	2018年7月　第1版
印　　次：	2018年7月　第1次印刷
书　　号：	ISBN 978-7-5457-1691-7
定　　价：	68.00元

版权所有　翻印必究